순정기 純情記

강준희 外

순정기 純情記

충북소설 2023_ 16人 소설 選(통권 26호)

펴 낸 날 2023년 10월 25일

지 은 이 강준희 외 15人
발 행 처 충북소설가협회
펴 낸 이 이기성
기획편집 서해주, 윤가영, 이지희
표지디자인 서해주
책임마케팅 강보현, 김성욱
펴 낸 곳 도서출판 생각나눔
출판등록 제 2018-000288호
주 소 경기도 고양시 덕양구 청초로 66, 덕은리버워크 B동 1708호, 1709호
전 화 02-325-5100
팩 스 02-325-5101
홈페이지 www.생각나눔.kr
이 메 일 bookmain@think-book.com

• 책값은 표지 뒷면에 표기되어 있습니다.
ISBN 979-11-7048-613-8(04810)
ISBN 979-11-90089-96-8(세트)

충청북도 / 충북문화재단

※ 이 책은 **충청북도 · 충북문화재단**의 후원으로 예술창작활동지원사업의 일환으로 지원받아 발간되었습니다.

충북소설-2023-26호

순정기 純情記

강준희 外

특집

충북의 소설 문학

단편소설 選

강준희 / 안수길 / 박희팔 / 지용옥 / 전영학 / 김창식 / 이종태 / 오계자
강순희 / 이영희 / 정순택 / 김미정 / 정진문 / 박희본 / 한옥례 / 김용훈

· 책머리에 ·

여백과 소설

빛이 좋은 날에는 부딪는 눈빛마다 햇살을 튕겨내는 향기가 다져있다. 저마다의 가슴으로 또랑또랑한 결실이 싱그럽다. 바람이 그 싱그러움으로 미끄러지며 가슴을 한 땀 꿰어간다. 소설가는 문장을 꿴다.

저마다의 푸른 색감으로 잎을 살찌우는 나무가 맑고 신선하다. 나무가 숲의 계절을 조율하고 있다. 소설은 생명의 감성을 싹틔운다.

꽃은 한눈에 예쁘다. 그런데 녹음은 은근하다. 바라볼수록 아름다워진다. 소설가의 문장을 읽어갈수록, 감성의 녹즙이 고이는 듯 세상이 맑고 싱그러워진다.

여백은 창조적이다. 소설은 여백에서 구상하고 창조한다.

산은 각양각색의 나무로 어우러졌기 때문에 조화롭다. 소나무와 갈참나무와 아카시아와 층층나무와 자귀나무와 산사나무가 이웃하여 공간을 주고받으며 자란다. 산나리와 엉겅퀴와 둥굴레와 가시를 품은 덩굴딸기도 같이 산다. 키 작아 갑갑한 마음으로도 앙증맞은 꽃잎을 꼿꼿하게 피우는 제비꽃도 낮은 자세로 함께 산다. 소설에서 캐릭터는 반목하

고 화합하면서도 개성이 도드라진다.

어항의 빛깔 고운 관상어가 참 예쁘다. 어항도 나름 예쁘다. 어항에 담긴 물도 참 아름답다. 소설은 감성의 우물이다.

나무가 자라기 전 태초에 산은 원래 여백이었다. 조물주는 여백을 주었고 여백은 다양성을 수용하였다. 흰 눈이 쌓인 겨울은 여백이 낳은 아름다움의 절정이다. 아름다움의 절정인 겨울보다 심오한 여백은 소설이다.

원고지 80자 내외의 단편소설, 800자를 웃도는 장편소설에서 소설가는 페이지마다 빽빽하게 문장을 만들어내지만, 독자에게는 무한한 감성의 여백이 된다.

2023년 상강 무렵

충북소설가협회장 김창식

충북소설-2023-26호
16人 소설 選

純情記

부록

특집

충북의 소설 문학

충북의 소설 문학

충북의 소설 문학을 논하기 전에 충북소설 문학의 맥(脈)을 짚어보고자 한다.

출생이 충북인 소설가들의 문학적 혼(魂)이 충북소설가협회 자긍심의 원천이 되고, 계승해야 할 정신적 자산이다.

충북의 소설 문학 1세대라고 칭할 수 있는 포석 조명희(진천, 1938~1984), 벽초 홍명희(괴산, 1888~1968), 팔봉 김기진(청원, 1903~1985), 무영 이용구(음성, 1908~1960) 소설가는 충북이 낳은 한국 소설 문학의 큰 별들이다. 비록 성장기는 고향에서 보내고 외지에서 문필 활동을 하였지만, 충북 소설 문학의 1세대로서 그분들이 남긴 문학적 혼은 충북의 문학도에게 장르를 불문하고 자부심의 원천이 되고 있다.

또한 흙의 작가 유승규(옥천, 1921~1993), 농민문학 이동희(영동, 1938~), 지조와 선비 강준희(단양, 1935~), 동인문학상 수상 김문수(청주, 1939~2012) 소설가 등이 충북소설 문학의 2세대가 되는 셈이다.

충북소설가협회의 탄생 과정을 밝히면서, 충북소설 문학의 3세대를 형성하고 있는 협회의 활동을 소개하고자 한다.

충북의 문학단체에 등록된 문인은 등단 여부를 떠나 숫자를 가늠하기 어려울 만큼 많다. 대부분이 시인과 수필가로 여러 문학단체에 가입하고 별도로 장르별 동인 모임을 조직하여 활동하고 있다. 소설가들은 문학단체에 이름을 올렸다지만 소설가만의 모임이 없었다.

1995년 1월 19일, 우연한 식사 모임에서 지용옥(『월간문학』, 이하 등단지명)이 소설가만의 단체 구성을 제안하였고, 함께 모였던 안수길(『월간문학』), 박희팔(『한글문학』), 최창중(『동양문학』)의 제청으로 소설 전문단체 태동의 시발점이 되었다.

1996년 3월 20일, 충북에 거주하면서 소위 등단의 관문을 통과했다는 소설가 중 연락이 닿은 강태재(『시와 시론』), 문상오(『충청일보』), 민병완(『문학세계』), 민영이(『동양문학』), 이항복(『충청일보』), 전영학(『충청일보』) 등이 청주시 청림식당에 모였다. 동참 의사를 밝혔으나 사정상 참석하지 못한 강준희(『신동아』), 김창식(『서울신문』), 이덕자(『예술세계』), 정연승(『충청일보』), 전성규(『문학세계』)를 포함하여 '충북소설가회'가 비로소 창립(회장 안수길, 주간 전영학)되었다.

1998년 10월, 13인의 단편소설로 무크지 형태의 창간호『조각보 만들기』가 발간되었고, 청주시 극동반점에서 출판기념회를 열었다. 안수길 초대회장과 초대 주간 전영학에 이어 최창중, 이항복, 정연승 주간의 노력으로 8호까지 회원의 작품을 표제로 하는 무크지 형태로 발간하다가, 지용옥이 제2대 회장(주간 민병완)을 맡으면서 '충북소설가협회'로 개칭하고 동인지의 표제를 '충북소설'로 변경하여 9호부터 16호까지 발간하였다.

입회 시기가 다르지만 강순희(『문예사조』), 장한길(『대한일보』), 정산흥(『공간시대문학』), 김홍숙(『농민문학』), 한상숙(『오늘의 문학』), 이종태(『동양일보』), 이규정(『한맥문학』), 오계자(『새한국문인』), 이귀란(『기독문학』), 김미정(『기독문학』), 송재용(『한길문학』), 권효진(『한국소설』), 이영희(『동양일보』), 정순택, 김승일, 박희본, 정진문, 이강홍, 한옥례, 김용훈 등이 동참하였다.

3대 최창중 회장(주간 김창식), 4대 박희팔 회장(주간 김창식), 5대 전영학 회장(주간 김창식)을 거쳐 현재의 6대 김창식 회장(사무국장 이영희, 주간 이귀란)으로 이어오면서 17호부터는 동인지의 표제를 회원 작품으로 변경하는 무크지의 형태로, 17호『보리가 뿔났다』, 18호『편지개통 재개』, 19호『은산철벽』, 20호『우화등선』, 21호『한낮의 켄터키블루그래스』, 22호『타일 반 평』, 23호『아네모네 한 송이』, 24호『꿈 하나쯤』, 25호『공원효춘도』, 26호『순정기』를 발간하여 1996년 창간호부터 2023년까지 한 해도 거르지 않고 소설 동인지를 세상에 펴냈다.

청소년의 문학적 끼를 발굴하는 교육 기부와 소설 문학의 저변 확대를 목적으로 2012년에 충북교육감이 후원하는 충북 청소년 소설문학상을 제정하여 운영하기도 했다.

창립 26년이 된 충북소설가협회 회원 다수가 칠팔십 년대에 등단하였다. 3세대 충북소설 문학이 노령화되고 있는 상황에서 4세대를 형성할 후진 양성을 위한 협회의 역점 사업인 셈이다.

충북소설가협회 회원이 발간한 순수 소설 문학 저서가 이백 여권이 넘었다. 정기총회와 분기별 모임을 단순한 회의 차원에서 벗어나 소설 문학을 토론하고 논쟁하는 방향으로 실천하고 있다. 회원 각자 왕성한 집필 활동으로 동인지 외의 여러 지면에 작품을 발표하고, 창작집을 발간하는 등 충북의 소설 문학은 지금 일취월장 중이다. 김창식은 2021년 제46회 한국소설문학상을, 문상오는 2023년 제48회 한국소설문학상을 수상하였다.

1세대와 2세대 소설가들이 한국 문단에 새겨놓은 업적과 자긍심을 본받아, 충북소설 문학의 3세대 일원으로서 절차탁마(切磋琢磨)를 멈추지 않고 있다.

단편 소설

순정기(純情記)

강준희

야드르르 갓 피어난 연초록색 나뭇잎에 찬란한 햇살이 눈 부시면 그때가 그리워 애태우는 이가 있다.

아니다.

참꽃(진달래)이 산과 들에 지천으로 피고 마을 앞 언덕바지에 분홍색 복사꽃이 꿈꾸듯 어지러워 꽃 멀미를 할 때면 그때를 못 잊어 가슴 헤집는 사람이 있다. 이순을 눈앞에 둔 장준호 교수가 바로 그 사람이다.

찬란한 햇살에 연초록색 나뭇잎이 눈부시고 복사꽃 꿈같은 어지러움에 꽃 멀미를 느낄 때면 봄은 여기저기서 팔을 벌리고 툭툭 튀어나와 누리가 온통 봄소식 일색이다. 산모퉁이나 들녘 자락에서는 아지랑이가 아른아른 피어올라 아슴아슴 졸음을 몰고 오고, 머리 위 공중에서는 종다리가 "삐삐삐삐" 몸달게 들까불다 연신 보리밭으로 굴러 내린다.

양지바른 다복솔 잔솔포기 밑에서는 장끼란 놈이 목청을 뽑아 "꿔엉 꿩" 산천이 떠나가게 쩌렁쩌렁 울다가 푸드득 날아올라 저 건너 등성이 너머로 내려앉고 밀화부리, 찌르레기, 휘파람새는 반란을 일으키듯 놈들 특유의 교성을 지르며 법석을 떤다.

그러면 이번에는 또 목소리의 여왕이라는 꾀꼬리가 그것도 목소리냐는 듯 한껏 갸기 부리며 목청을 뽑는다.

하지만 어디 이뿐인가.

갓 시집온 며느리가 하도 배가 고파 시어머니 몰래 부엌에서 장아찌 한쪽 훔쳐먹다 들켜 맞아 죽어 새가 되었다는 지쪽새는 장아찌에 원한이 맺혀서인지 울 때마다 지쪽만 찾아 "지쪽지쪽" 한다. 아마 며느리는 장아찌에 표원이 돼 죽어서 지쪽새가 된 모양이다. 안 그렇고야 저토록 지쪽만 찾을 리 있겠는가.

고샅에 땅거미가 내리고 동네에 어슴막이 깔리면 앞산에서는 올빼미가 "쪽쪽쪽" 울고 뒷산 벼랑에서는 부엉이가 "저녁 먹자 부우엉, 양식 없다 부우엉." 한다. 이러고 한 파수쯤 지나면 소쩍새가 "소쩍소쩍" 애잔하게 피를 토하고 부꾹새는 "계집 죽고 부우꾹, 자식 죽고 부우꾹." 하며 청승을 떤다. 그럴라치면 또 뻐꾸기는 수절 과부 바람 낼 일이라도 있는지 동네가 빤히 내려다보이는 돈들막 보춤 나무에 앉아 구성진 가락을 뽑는다.

그러나 이 모든 것이 장준호 교수에게는 복사꽃만큼 의미가 깊지는 못했다. 장 교수에게 있어 복사꽃은 복사꽃 이상의 의미가 있기 때문이다. 그렇다면 대저 복사꽃이 장 교수와 어떤 관계가 있기에 이순이 다 된 지금에도 복사꽃 피는 봄만 되면 소년마냥 들떠 산매 들린 듯 마음을 진정 못 하는가.

도화! 홍도화(洪桃花)! 복사꽃 홍도화!

그녀의 이름은 홍 도화였다. 복사꽃만큼이나 얼굴에 발그레 홍조를 띤 도화! 도화는 그때 함수초(含羞草)처럼 부끄럼 잘 타는 수줍은 열일곱 산골 소녀였다. 그날도 준호는 꽃 고개서 나무를 하다 쉬면서 한창 유행하는 「봄날은 간다」를 불렀다.

"연분홍 치마가 봄바람에 휘날리더라.

오늘도 옷고름 씹어가며 산 제비 넘나드는 서낭당 길에"

나무는 언제나 일요일에 했고, 읍내에 나무를 져다 파는 것도 언제나 일요일이었다. 일요일이 아니고는 학교 가랴 공부하랴, 틈틈이 농사일 거들랴, 도무지 시간이 없었던 것이다. 학교라도 어디 가까운 거리에 있나. 중학교와 고등학교가 있는 읍내는 30리 밖이었다. 게다가 강을 건너고 재를 넘어야 했기 때문에 왕복 60리 통학길이 여간 고된 게 아니었다. 그래 사시사철 걸어서 다니는 학교는 어느 한 날 먼동이 트는 신새벽에 집을 나서지 않는 날이 없었고, 일요일을 택해 읍내에 나무를 져다 파는 날도 먼동이 트는 신새벽에 집을 나서지 않는 날이 없었다.

준호는 그날도 진달래가 무리무리 흐드러지게 핀 꽃 고개서 진달래 따먹고 배 채우며 나무를 했다. 꽃 고개는 온 산이 진달래로 뒤덮여 산 전체가 온통 분홍빛 일색이었다. 여기다 햇살은 어찌 그리 눈이 부신 지 꽃잎마다 영롱히 쏟아져 내리꽂혔다.

이런 속에서 준호는 꿈을 꾸듯 취해 솔솔 불어오는 재넘이에 갑북갑북 졸음이 왔다. 그러면 웬 놈의 뻐꾸기는 그렇게 울어 쌌는지 온 산이 그대로 떠나갔다. 하지만 어디 뻐꾸기뿐이던가. 산 저 아래서는 종다리와 지쪽새가 밀화부리 찌르레기 휘파람새 등과 한 타령이 돼 또 얼마나 떠들어 쌌는지 정신이 하나도 없었다. 여기다 부꾹새가 청승을 떨고 장끼까지 호들갑을 떨면 사위는 그만 새들의 합창에 묻혀 둥둥 떠다닌다.

이때 저쪽 산모퉁이 밭 자락이나 들녘으로 눈을 주면 그곳에는 또 졸음을 가져오듯 아른아른 피어오르는 아지랑이가 마음을 심란케 했다. 그러나 이 모든 것은 마을 앞 돈들막에 꿈인 양 피어있는 복사꽃에 비할 바는 아니었다. 그리고 또한 도화에 비할 바도 아니었다.

그랬다.

꿈인 듯 피어 있는 돈들막의 복사꽃은 도화와 함께 도원경(桃源境)이자 도원경(桃園境)이었다.

언제였던가.

그날도 오늘처럼 뻐꾸기는 자지러지게 울었고, 햇살은 눈부시게 쏟아져 꽃잎마다 화사하게 내리꽂혔다. 아지랑이는 들녘 밭 자락에서 아른아른 피어올랐고, 노고지리가 하늘 복판에서 들까불다 보리밭으로 굴러내렸다. 마을 앞 샘가 둔덕 배기에는 분홍색 복사꽃이 졸 듯 피어있고, 동네 안 골목 담 너머로는 살구꽃이 구름처럼 흐드러지게 피어있었다.

그날도 준호는 늘 하던 대로 산에 나무를 하러 갔다. 그날이 일요일이었기 때문이었다. 먼젓번 일요일은 나무를 져다 팔았기 때문에 요번 일요일은 나무를 할 차례였다.

그런데 그날은 운이 참 좋은 날이었다. 호젓한 산길에서 도화를 만났기 때문이었다. 준호가 나무를 해 지고 오다 무거워 늘 쉬는 쉼터에 지게를 괴어놓고 한숨 돌리는데 도화가 얼마 떨어져 있지 않은 산자락 묵밭에서 나물을 캐고 있었다. 나물은 보나마나 냉이, 달래, 씀바귀, 고들빼기, 쑥부쟁이 등속일 터였다. 둘은 누가 먼저랄 것 없이 눈이 마주쳤다. 도화는 언제나처럼 빨강 댕기에 늘 입는 연분홍 치마를 입고 있었다. 준호는 가슴부터 들고뛰었다. 가슴 뛰는 소리가 어찌나 큰지 도화가 들을 것만 같았다. 도화도 가슴이 뛰는지 손으로 자꾸 저고리 앞섶을 눌러댔다. 준호는 숨이 멎을 것 같아 연해 심호흡만 해댔다.

이상한 일이었다.

왜 도화만 보면 가슴부터 두근거릴까. 그리고 왜 도화를 못 보면 애타고 안타까워지는 것일까.

준호는 도화만 보면 그냥 좋았고 도화를 못 보면 그냥 슬펐다. 도화를 보는 날은 행복했고, 도화를 못 보는 날은 불행했다. 그래, 준호는 어떡하든 하루 한 번이라도 도화를 보아야 했다. 안 그러면 생병이 나 견딜 수가 없었다.

준호가 도화를 보는 곳은 대개 샘에서였다. 준호의 집 바로 앞에는 바위 사이로 사철 마르지 않는 물이 흘렀다. 이 물은 큰 산 문수봉에서 땅 밑으로 스며 내려온 청정무구의 석간수였다. 그래서 사람들은 이 샘물을 문수봉 산삼 썩은 물이라 했다.

도화는 봄이면 복사꽃 색깔의 연분홍 치마를 즐겨 입었다. 그런 도화는 복사꽃이 바다를 이룬 돈들막 앞 샘으로 물을 길어 올 때는 단 한 번 연분홍 치마를 입지 않을 때가 없었다.

도화는 촌색시답지 않게 살결이 희었다. 얼굴은 달걀처럼 갸름했고, 허리는 개미허리로 잘록했으며 키는 살망하니 컸다. 눈은 크고 검었는데 늘 아래로 내리깔았고, 길게 땋아 내린 댕기머리는 삼단처럼 치렁거려 허리까지 내려왔다. 그런 도화는 양 볼이 연지 찍은 듯 발그레했고, 준호와 눈이라도 마주칠 때면 더한층 빨개져 복사꽃 홍조를 띠었다. 아 그때의 가슴 설렘을 어떻게 표현할까. 학교 가거나 학교에서 돌아올 때 샘으로 물 길어 오는 도화를 보거나 나무를 해 지고 오거나 팔고 오다가 샘가에 다소곳이 앉아 물을 긷고 있는 도화를 보면 준호는 가슴이 뛰고 몸이 굳어져 걸음을 제대로 걸을 수가 없었다. 이는 도화도 마찬가지여서 준호만 보면 얼굴을 붉혔다.

어쩌다 도화가 물 길어 오지 않는 날이 있기라도 하면 준호는 몸이 달아 똥 마려운 강아지처럼 안절부절못한 채 도화의 집 앞을 오가며 헛기침하고 노래를 부르고 휘파람까지 불면서 애달피 가슴 태웠다. 공부하다가도 문득 도화가 생각나면 공부가 안되었고, 나무를 하다가도 불현듯 도화가 떠오르면 일이 손에 잡히질 않았다.

그날 준호는 꽃 고개에 해가 설핏하고 건넛산 칠성봉에 잔양이 비껴

긴 산 그림자가 드리워져서야 지게를 짊어졌다. 도화가 오래도록 자리를 뜨지 않고 개미 쳇바퀴 돌 듯 주위를 뱅뱅 돌며 나물을 캐고 있었기 때문이었다. 알 수 없는 일이었다.

왜 도화는 나물도 별로 없는 묵정밭에 그리 오래 앉아있었을까. 냉이와 달래는 저 위쪽에 더 많고 씀바귀와 고들빼기는 저 아래쪽에 더 많은데….

도화가 일어나지 않으니까 준호도 일어날 수가 없었다. 희한한 일이었다. 마치 무슨 거대한 자석에라도 이끌린 듯 옴쭉달쭉할 수가 없었다. 준호는 가슴 벌렁거리며 도화만 응시했다. 가슴이 무척 뛰는 모양이었다. 그러던 도화가 몸을 일으켜 쫓기듯 내달은 것은 서산에 해가 지고 건넛산 칠성봉에 잔양이 스러진 다음이었다.

이러고 얼마 후였다.

밤이었다. 달이 찢어지게 밝은 밤이었다. 그날은 일요일이어서 준호는 읍내에 나무를 져다 팔고 느지막이 돌아왔다. 그러다 그만 샘가에서 도화와 정면으로 맞닥뜨렸다. 준호는 얼른 집에 가서 공부할 요량으로 고개 숙인 채 앞만 보고 걸었다. 이때 도화는 물동이를 이고 막 일어나던 참이었다.

"아이구머니나!"

도화가 화들짝 놀라며 머리 위에서 물동이를 떨어뜨렸다. 물동이는 요란한 소리와 함께 산산조각이 났다. 도화는 한동안 어찌할 바를 몰라 쩔쩔매더니 황망히 집으로 내달았다.

황망한 건 준호도 마찬가지였다. 준호는 박살 나 산산조각이 된 물동이를 주섬주섬 주워 한쪽에 치워놓고 죽을죄라도 지은 듯 죄스러운 마음을 붙안은 채 집으로 와 책상 앞에 앉았으나 공부가 될 리 없었다.

안 되겠다. 만나서 사과라도 하자.

하지만 어떻게 사과한단 말인가. 내외가 심해 길에서 보거나 샘에서 만날 때도 지레 고개부터 돌려 외면하는 터에 무슨 수로 사과를 할 수 있단 말인가. 지금은 더욱이 밤이어서 샘으로 물 길어 나오지도 않을 것이 아닌가.

생각이 여기에 미치자 준호는 책상 서랍 깊이 갈무리해 둔 하모니카를 꺼내 들고 동네 앞 서낭당 노송 밑으로 갔다. 노송은 몇백 년이나 되었는지 수령을 알 수 없고 굵기도 엄청나서 어른 두 사람이 팔을 벌려 안아도 남을 만큼 컸다. 그런데 이런 노송이 승천이라도 할 듯 하늘을 향해 세 그루씩이나 꾸불텅꾸불텅 서있어 그 위용이 대단했다. 그래서인지 사람들은 이 세 그루의 노송을 신령스럽게 여겼고, 동네를 지키는 수호신으로 모셔 해마다 정월 초순에 노송 바로 곁에 있는 서낭당에서 동네의 무고와 안녕을 비는 동제를 올렸다.

이곳은 마당 몇 배 크기의 넓은 공터가 있었고, 공터에는 잔디가 융단처럼 깔려있어 마을 사람들의 사랑을 받았다. 청년들은 여름밤 이곳에 나와 밤이 이슥토록 놀았고, 노인들은 한낮의 더위를 피해 나와 부채질해댔다. 뿐만이 아니었다. 동네가 논둑 밭둑 다 접어 어정칠월이면 노루가 아이를 업어가도 뒤돌아볼 새 없다는 동동 팔월이 오기 전에 날을 받아 이곳에서 호미씻이를 먹었고 단오나 한가위 또는 정월 대보름날에는 이곳에서 풍물 마당을 벌였다.

이만큼 노송의 서낭당 공터는 여러 가지로 유용한 모꼬지 장소였다.

서낭당 노송에 등을 기대앉은 준호는 담장 너머로 살구꽃이 구름처럼 핀 도화의 방을 향해 정성을 다한 간절한 마음으로 하모니카를 불기 시작했다. 하모니카라면 자신이 있어 준호는 「봄날은 간다」부터 멋들어지게 불어 제쳤다. 그런 다음 「나 하나의 사랑」을 애끓게 불고 「여옥의 노래」도 애달프게 불었다. 사과를 겸한 세레나데였다. 그러자 얼마 후 도화의 방에 불이 꺼지고 방문이 빼쫌이 열렸다.

물동이 사건 이후 도화는 샘으로 물을 길어 오다 준호만 보면 그 자리에서 걸음을 멈추었다. 아니 고개 숙인 채 숫제 길옆으로 비켜서 있다 준호가 지나가야 비로소 발길을 떼어놓았다. 그러면서도 도화는 무슨 말인가를 할 듯 말 듯 입술을 달싹거렸고 얼굴에는 보일락 말락 미소를 머금었다. 발그레한 복사꽃 홍조와 함께….

이런 날 밤이면 준호는 가슴이 더한층 설레어 도화의 방이 빤히 바라보이는 서낭당 노송에 기대앉아 하모니카를 불었다. 그러면 잠시 후 도화의 방에 불이 꺼지고 방문이 빼쫌이 열렸다.

이러던 도화는 다음다음 해, 그러니까 도화 나이 열아홉 살 되던 해 가을 천만뜻밖에도 시집을 갔다. 수릿재 너머 도화리(桃花里) 어느 노총각이 그 신랑이라고 했다. 총각은 농군이라 했고, 나이는 꺾어진 환갑인 서른 살이라 했다. 준호는 기가 막혔다. 죽고 싶었다. 도화가 시집을 가다니! 도화가 시집을 가다니! 서른 살 노총각한테 시집을 가다니!

준호는 소리쳐 울고 싶었다. 땅을 치며 엉엉 울고 싶었다. 분하고 서럽고 아깝고 억울해 울고 싶었다. 준호는 간절한 마음으로 도화가 늙은 총각한테 시집 안 가기만을 바랐다.

그러나 헛일이었다.

도화는 추수가 끝나고 마당질을 마치자 그예 혼례를 치렀다. 이때 준호는 도화와 같은 열아홉 살로 읍내 고등학교 3학년이었다. 도화가 시집을 가자 준호는 떡심이 풀려 아무 일도 할 수가 없었다. 도화리는 수릿재 너머 강가에 있는 마을로 묘하게도 도화 이름자와 똑같은 동네였다.

야드르르 갓 피어난 연초록색 나뭇잎에 찬란한 햇살이 눈 부시면 그때가 그리워 애태우는 이가 있다. 아니다. 참꽃(진달래)이 산과 들에 지천으로 피고 마을 앞 언덕배기에 분홍색 복사꽃이 꿈꾸듯 어지러이 꽃 멀미를 할 때면 그때를 못 잊어 가슴 헤집는 사람이 있다. 이순을 눈앞에 둔 장 교수가 바로 그 사람이다.

장준호 교수는 생각했다. 지금쯤 고향에는 찬란한 햇살이 연초록색 나뭇잎에 보석인 양 떨어져 눈부시고 마을 앞 돈들막 언덕배기에는 연분홍 복사꽃이 꿈인 듯 피어있을 것이라고. 그리고 골목 돌담 너머로는 살구꽃이 구름이듯 어지럽고 산과 들 여기저기에는 참꽃이 낭자하게 피어있을 것이라고. 들녘 자락에는 아지랑이가 아른아른 피어올라 졸음을 가져오고 머리 위 공중에서는 종다리가 몸달게 들까불다 연신 보리밭으로 굴러 내릴 것이라고….

아, 생각하느니 그때 그 시절 그리운 시절. 이제는 어디 가서 그 시절을 다시 볼 수 있을꼬. 장 교수 손에는 어느새 하모니카가 들려졌다.

강준희

신동아 소설 당선, 서울신문 신춘문예 당선, 충북문화상, 한국농민문학작가상, 전영택 문학상, 세계문학대상, 한국문학상 『강준희 문학 전집』 전 10권, 『강준희 문학상 작품집』, 『촌놈』 전 5권 외

파편(破片)

안수길

아내가 외출한 뒤부터 줄곧, 아니 그 이전부터 그는 나흘 뒤에 후배에게 넘겨주어야 할 소설을 생각하고 있었다.

텔레비전을 켰다 끄고, 조간신문을 뒤적이다 접어놓고 거실과 방을 왔다 갔다 하고 서성거리면서 그는 여러 대의 담배만 죽여댔다. 그러고도 소설의 첫 가닥을 잡지 못한 채 오전 시간을 거의 보낸 그는, 정오가 가까운 무렵에 서야 겨우 책상 앞에 앉았다.

머릿속에 뒤엉켜 있는 생각들이 대충 질서를 잡아가면서 실마리가 풀릴 듯했기 때문이다.

그는 그가 십여 년 넘게 애용하는, 촉이 굵은 만년필을 집어 들고 원고지 위에 천천히 아주 천천히 글씨를 써나갔다. 첫 줄 왼쪽에 "短篇小說"이라 쓰고 줄을 바꿔, 둘째 줄의 중간쯤에다 '흔들바위'라고 제목을 써놓았다. 그 제목은 그가 육 개월쯤 전부터, 머릿속에 숨겨두고 있던 썩 맘에 드는 것이었다. 정체성을 잃은 한 사내의 방황하는 의식을 상징적으로 표현하는 데 아주 적절하다고 생각됐기 때문이다.

그는 그 제목에 매달린 채 육 개월을 살았다. 그 제목에 썩 어울리는 소재를 찾기 위해 수시로 생각에 잠기곤 하였다. 자기 설 자리를 찾지 못해 방황하는, 주인물이 될 사내의 나이는, 그리고 그가 겪고 대면

해야 할 주변 상황이나 인물들을 어떻게 설정할까? 베란다에 놓여있는 몇 개의 화분에 물을 주면서, 혹은 신문을 보면서도 그 생각에 잠겼다.

어떤 때는 그렇게 골똘히 생각에 잠긴 채 외출에서 돌아온 아내가 부르는 것도 모르고 있다가 정신 나간 남자라고 핀잔을 듣기도 하였다. 그러나 제목에 걸맞는 그럴듯한 얘기의 가닥은 쉽게 잡히지 않았다. 언젠가는 풀리겠지, 막혔던 하수구가 확 뚫려 갇혔던 물이 빠져나가듯, 번쩍 떠오른 영감이 확실한 골격을 세우면서 실마리를 찾아내겠지…. 그가 그렇게 기다리면서 육 개월을 보내고 있던 어느 날, 후배로부터 단편소설을 한 편 써 달라는 부탁을 받았다.

"선배, 단편 하나 만든 것 있어요?"

소주 한잔하자던 후배는 소주보다 용무를 먼저 꺼냈다.

"없어."

그가 말하자 후배는 매우 난처한 얼굴로 한숨을 쉬었다. 그리고 말했다.

"나 참 아니꼬워서, 글쎄 천동식 그 작자한테 두 달 전에 청탁을 했는데 써 줄 듯이 입 다물고 있더니 마감 전날 못 한다잖아요. 그 꼴에 이름 좀 팔린다고 유세 떠는 건지 원."

"그 사람 원고 실수 별로 안 하는데 왜 그랬을까? 뭔 사정이 있겠지."

그가 알고 있는 천동식은 그럴 사람이 아니다. 대인 관계에서도 겸손하고 작품에도 성실한 사람이다. 등단 후 십여 년이 넘도록 일반 독자의 귀에는 낯선 이름일 만큼 알려지지 않은 작가지만, 이따금 문예지에 발표되는 그의 작품은 허술하거나 가벼운 데가 없다. 그런 그가 작년에 발간한 첫 장편이 5쇄에 들어갈 만큼 일반 독자에게까지 이름이 알려지게 되었다.

"사정이 있다면 진작에 통보를 해줬어야지요. 그 작자 분명히 나한테

엿 먹어라 하고 복수한 거예요. 그전에 내가 원고 하나 받아놓고 실어주지 못한 게 있었거든요."

"설마?"

그는 끝내 후배의 화풀이를 받아주지 못했다. 자신도 그런 경험이 숱하게 있었지만, 전혀 본의가 아니었다.

"아무튼, 선배 요즘 구상 중인 것도 없어요? 이미 인쇄에 들어간 것 교정 보는 동안 한 두어 주일 시간이 있으니까 좀 서둘러서 만들어 주면 안 돼요?"

그는 후배의 주문이 상당히 무리한 것이라고 생각했다. 그러나 그는 말을 잘못 꺼냈다.

"글쎄, 머릿속에서 굴리고 있는 게 있긴 한데…."

오랫동안 그의 생각을 옭아매고 있는 '흔들바위' 때문이었다.

"됐어요. 그거 빨리 만들어 봅시다. 선배는 원래 속필 아녀?"

후배는 갇힌 짐승이 탈출구를 막고 있는 장애물을 덮치듯 거칠고 빠르게 그의 손을 잡고 흔들었다. 그러나 그는 후배의 말과 달리 속필이 아니었다.

"이 사람아, 속필이 아니라 광속필이라도 두 주일에 어떻게 원고지 팔십여 매를 긁어?"

그가 고개를 저었으나 화제의 기선은 이미 후배가 잡고 있었다.

"안 되긴 왜 안 돼요? 지금부터 코 삐뚤어지게 마시고 밤에 푹 자요. 그리고 내일부터 시동 걸면 두 주일 동안 그까짓 단편 하나 못 긁어대요? 그거 못하면 작가 노릇 때려치워야지 뭐."

"그러지 말고 청탁 외 원고도 많을 거 아녀? 그중에서 하나 골라 넣으면 되잖아?"

"수북하지요. 그러나 눈을 씻고 찾아봐도 없어요. 아무거나 집어넣으면 문예지가 학생 작문집이냐고 사장이 난리를 칠 테고…."

결국 그는 후배가 쳐 놓은 족쇄에 발목이 걸리고 말았다.

흔들바위, 육 개월여를 두고 그의 머릿속을 헝클어 놓고 있는 흔들바위 얘기를 어설피 꺼낸 것을 후회했으나 너무 늦었다.

족쇄에 발목이 걸린 짐승이 안간힘 쓰다 체념할 때처럼 마지못해 후배의 청을 받아들인 그는, 그래도 한 가닥 믿는 구석이 있었다. 발등에 불이 떨어지면 어떻게 풀리는 수가 있겠지.

그러나 그건 헛된 믿음이었다. 이미 열흘을 잡아먹고도 머릿속은 헝클어진 그대로인데 시간은, 날짜는 거침없이 흘러간다. 그는 하루, 한 시간 한 시간이 지긋지긋하게 길게 느껴지면서도 한편은 점점 두텁게 쌓여가는 초조감에 가슴이 짓눌리고 있다.

막힌 생각, 엉킨 실마리가 풀리기 시작하면 단 나흘 만에 단편 한 편을 써낸 적이 있긴 하다. 그러나 그건 미리 청탁을 받고 쓴, 쫓기는 원고가 아니었다. 무심히 지내다가 언뜻 떠오른 영감이 신들린 듯, 만년필 잡은 손을 끌어당기는 바람에 얼결에 써낸 셈이다. 그렇다고 그 작품이 오랫동안 속앓이를 하고 만들어 낸 작품보다 허술한 것은 아니었다.

그는 이십 대 초반, 대학 졸업 후 첫해에 소위 등단이란 걸 했다. 그리고 이십여 년 작가 행세를 하면서 맘껏 글을 쓰는 데 몰두해 본 기억도 없지만, 단 한 편도 스스로 만족할 만한 글을 써본 기억도 없다. 그뿐만 아니라, 자신이 어느 기간에 얼만큼의 글을 쓸 수 있는지도 가늠할 수가 없다. 어느 때는 단편 하나를 가지고 일 년 가까이 씨름을 할 때도 있었고, 어느 때는 이삼 주 만에 백여 매의 단편을 만들어 내기도 했다. 상머슴 장작 패듯 힘을 불끈 쓰면 힘을 쓰는 만큼 진척이 있고 씨름선수처럼 상대에 따라 적절한 기술을 구사하여 승부를 가릴 수 있는 것이라면 소설 쓰기가 얼마나 수월할까, 그는 가끔 그런 생각을 한다. 용을 써도 안 되고 발버둥 쳐도 안 되는 때가 있는가 하면, 가볍게 시작한 첫 문장부터 술술 풀려 아홉 자식 낳은 산모가 열 번째 애 쏟듯 그렇게 수월하게 써지는 때도 있다.

그러나 '흔들바위'는 나이 쉰 넘은 산모가 첫애 낳듯 좀처럼 문이 열리지 않았다.

'흔들바위'라고 제목을 쓴 뒤에 한 줄을 비우고 다음 줄에다 '아내는 오늘 밤에도 들어오지 않을 모양이다.'라고 쓴 그는, 뒤이을 글을 찾지 못해서 만년필을 멈췄다. 엉킨 실뭉치 속에서 간신히 찾아낸 생각의 실마리가 수많은, 다른 가닥에 얽혀 오리무중이 되었기 때문이다.

'아내는 오늘 밤에도 들어오지 않을 모양이다.'라고 썼지만, 그 뒤 아내의 행적을 어떻게 그려야 할지에 대해 그는 벽에 부딪힌다. 주 인물이 될 사내의 예상대로 아내가 끝내 귀가하지 않는 것으로 한다면 아내의 실상이 너무 일찍 노출되므로 해서 사내가 겪을 심리적인 갈등 요인이 부부간의 불화에 기인하는 것처럼 가볍게 되고, 예상을 뒤엎고 그 아내를 귀가하게 한다면 사내는 의처증이 심한, 옹졸한 인물이 되어야 한다. 그렇게 되면 사내는 사회의식이 있고 자기정체성에 회의를 느끼는 그런 인물이 아니라 옹졸하고 편협한 이상 성격의 소유자로 전락 될 뿐이다. 사내가 그런 인물로 그려지는 건 그가 원하는 바가 아니다.

그는 다시 만년필 잡는 것을 단념하고 일어선다. 창문을 활짝 열었다. 방 안 천장 밑을 맴돌던 담배 연기가 분노한 군중들처럼 몰려나가는 대신 아랫도리가 서늘할 만큼 차고 시원한 공기가 몰려 들어온다. 시커먼 아스팔트 위로 악을 쓰며 내닫는 차들의 소음이 찬 공기에 실려 함께 덤벼든다.

찬 공기로 해서 잠시 맑아지는 듯하던 머릿속을, 뒤따라 덤벼드는 소음이 더욱더 헝클어 놓는다. 차종에 따라 각기 다른 엔진 소리, 노면과

타이어, 공기와 차체 사이에 일어나는 마찰음들이 뒤섞인 소음은 일정한 리듬도 박자도 없는, 그야말로 시끄러운 소리일 뿐이다.

아, 지겨운 소음. 생각해 보면 그 소음이 그의 머리를 헝클어 놓고 실마리를 찾지 못하게 하는 주범이다. 그 소음이 지겨워서, 그는 살고 있는 아파트를 처분하고 교외 땅값 싸고 한적한 곳에 마당 넓은 집을 사서 이사하고 싶었다. 그러면 머리도 좀 조용해지고 글도 잘 써질 것 같았다.

그러나 그의 그런 생각은 아내의 한마디 핀잔으로 접어야 했다.

"아이구, 우리 주제에 전원생활 낭만 꿈꾸게 됐수?"

아내는 분명히 '우리 주제'라고 했지만 그건 온전히 그를 두고 한 말이었을 것이다.

등단 이십여 년이 되도록 돈 될만한 '베스트셀러' 한 권 없는 주제, 글씁네 하고 처박혀 있으면서도 생활비 한 푼 보태지 못하는 주제…. 그런 처지에 있는 그의 주제를 이르는 말일 것이다. 아내의 말은 옳은 말이었으므로 그는 당연히 꿈을 접을 수밖에 없었다.

아내는 항상 바쁘다. 그 바쁜 것이 무엇 때문인지 그는 정확히 모른다. 그러나 아내는 그 바쁜 일로 생활비를 벌고 아이들의 교육비를 댄다. 그러니 아내는 그가 지겨워하는 소음 같은 것에 상관없이 도심이 지척인 아파트에서 살아야 한다는 것이다.

다만 잠깐이었지만 그가 직장에 다닐 때는, 언젠가 퇴직하게 되면 그 때는 한적한 교외로 이사해서 잔디와 야생화가 어우러진 정원을 가꾸며 원 없이 글을 써 보겠다는 게 꿈이었다. 그러나 그 꿈은 그냥 꿈으로만 끝내야 했다.

주민등록이나 호적의 세대주나 호주 성명란에는 분명 그의 이름이 기재되어 있다. 그러나 그건 단지 명목상의 문제일 뿐이다. 호주나 세대주의 전횡시대에 만들어진 「가족법」, 폐기를 눈앞에 둔 낡은 법조문의 잔

해일 뿐이다. 그의 가정에서 세대주요, 호주인 그가 결정할 수 있는 일은 지극히 사소하고 개인적인 일에 한정되어 있다.

호주명과 관계없이 그의 가정을 유지하고 운영하는 데 필요한 모든 결정권은 그의 아내가 가지고 있다. 잔디와 야생화가 있는 정원을 갖고 싶다거나, 소음 없이 조용한 곳에서 글을 쓰고 싶다는 그의 꿈이 그냥 꿈으로만 끝내야 하는 이유가 거기 있었다.

소음이 지겨워도, 그래서 머릿속이 아무리 헝클어져도 그는 지금처럼 그가 살고 있는 아파트 삼 층의 닫힌 공간 안에서 벗어날 수가 없고, 어쩌다 글 한 편을 쓰려면 쉰이 넘은 초산부처럼 지독한 진통을 겪어야 한다. 번개처럼 떠오르는 영감으로 고통 없이 아주 쉽게 써 본 글은 극히 희소하다. 원고지에 첫 자를 쓰기 훨씬 전부터 그는 지독한 진통을 겪고, 웬만큼 진척이 돼도 마무리하기까지 역시 진통은 계속된다.

'흔들바위'는 그중에서도 더욱더 크고 오랜 진통을 그에게 안겨주고 있다.

그는 그렇게 오랜 진통을 겪으면서도 '흔들바위'를 포기하지 못했다. 그것은 그 단어가 주는 어감이, 자신의 처지와 일맥상통하는 데가 있다는 잠재의식 때문인지도 모른다.

설악산 어디엔가 있다는, 유명한 흔들바위를 그는 보지 못했다. 그의 기억 속에 있는 흔들바위는 그가 어릴 때 살던 고향 앞에 있는 것이었고, 그것은 또 마을 아이들에게 공포의 대상이기도 했다.

가본 지가 십 년도 넘는 그의 고향은, 큰 도로로부터 사 킬로쯤 떨어진 전형적인 시골 마을이다. 새마을운동이 한창이던 때도 마을 진입로가 비포장으로 남아있을 만큼 면서기들조차 관심 밖으로 밀쳐둔 곳이다.

그 마을 진입로 한 켠에 병풍바위가 있고, 그 병풍바위 꼭대기에 흔들바위가 앉아있다. 엎은 삿갓처럼 생겼으나 밑의 중심 부분이 팽이처럼 튀어나와서 갓 테에 해당하는 사방은 모두 떠있다. 그래서 무게중심이 조금만 움직이면 곧바로 떨어져 내릴 듯한 불안한 형상이다.

누군가가 그 바위 위에 올라가 흔들어 보거나, 흔들리는 모습을 확인한 사람은 없었다. 그러나 마을 사람들은 그 바위가 흔들리고 있다고 믿어왔고, 흔들바위라는 이름에도 이의가 없었다.

마을을 드나들자면 어김없이 흔들바위 밑을 지나야 한다. 외길이기 때문이다. 어른들은 그런 흔들바위를 가리키며 아이들에게 대단한 겁을 주었다.

'나쁜 짓 하는 사람이 병풍바위 밑을 지나가면 흔들바위가 넹겨백힌다.'

그래서 마음속에 조금씩 죄를 감추고 있는 아이들은 그 길은 지날 때마다 오금이 저렸다. 6.25사변 때, 잘못 날아온 포탄이 병풍바위 허리를 맞혔을 때도 그 위의 흔들바위는 무사했다는 얘기를 어른들은 감춰두고 있었다. 병풍바위 밑을 지날 때마다 오금이 저려 하던 아이들이 그러한 어른들의 속내를 간파할 만큼 자라면 대부분 고향을 떠났고, 떠났던 사람들이 오랜만에 고향에 돌아오면 저 나름의 죄를 실토하며 추억거리로 삼았다.

그러나 비록 오금 저리던 시절의 공포는 잊었다지만, 안정되지 못한 자태로 해서 느끼는 불안감은 사라지지 않았다.

그 바위가 거기 그런 모양으로 버텨 온 세월이 얼마인지 사람들은 모른다. 하지만 그 바위가 언젠가는 병풍바위 아래로 '넹겨백히고 말 것'이라는 생각에는 변함이 없다. 그 밑을 지나는 사람이 죄가 있거나 없거나와는 상관없이 세월의 풍파가 그 밑동을 야금야금 갉아 내면서 쓰러트릴 음모를 꾸미고 있다고 믿기 때문이다. 그래서 마을 사람들은 흔들바위의 추락에 징벌성을 강조하지는 않더라도 불안까지를 씻지는 못하고 있는 것이다.

그가 떠나온 지 이십 년이 넘는 고향의 흔들바위에 붙들린 것은 반년쯤 전이다.

술좌석에서 한 친구가 우연히 뱉어낸 말 때문이었다.

“이제껏 살아온 세월이 허망하고, 하는 일에도 의욕은커녕 회의만 커지는데 앞으로 어떻게 살아야 할지, 참 답답하고 불안해.”

큰 기업체의 임원이 되기까지 열심히 살아온 친구였다. 동창 모임 때마다 좌석 중앙에 바위처럼 버티고 앉아서 항상 자신 있고 기운찬 목소리로 화제를 이끌어 갔었다. 그러던 그가 어느 날 갑자기 무너졌다. 초반부터 횡설수설하면서 좌중의 화제나 분위기에 상관 않고 연거푸 술잔을 비우던 그는 끝내 만취가 되어 소리 질렀다.

“나는 뭐지? 이놈들아 도대체 나는 뭐냐구?”

좌중이 모두 불쾌한 낯빛으로 술렁이고 있을 때 다른 친구가 말했다.

“얘가 퇴직권고를 받고 맘이 흔들려서 이래, 양해들 하라구.”

술렁거리던 좌중이 갑자기 조용해졌다. 불쾌해하던 낯빛들이 가시고 소리 지르던 친구의 심정에 감염된 듯 침울해졌다.

잘나가던 친구가 저렇게 어처구니없이 무너지는데, 우리는…. 이미 무너진 친구들은 그들대로, 아직은 어딘가에 목을 걸고 있는 친구들은 또 그들대로 회의와 무기력과 불안에 휩싸였다.

시종 침묵을 지키고 있던 그는, 만취해서 소리 지르던 친구의 모습이 ‘흔들바위’ 같다는 생각을 했다.

불안정한 형상으로, 그의 고향 사람들의 마음속에서 영원히 흔들리고 있는 바위, 수없이 많은 균열을 안고 풍화를 견뎌야 하는 병풍바위가 언제까지 지탱할 수 있을까? 어느 날 갑자기 기약도 없이 떨어져 애꿎은 누군가에게 참변을 안겨주지는 않을까? 관광 명물이 된 설악산 흔들바위와 달리 회의와 불안 그 자체인 고향의 흔들바위가, 친구의 얼굴에 겹

쳐 떠오른 것은 실로 우연한 연상이었다. 전혀 새롭지 않은 흔들바위에서 아주 새로운 의미를 발견한 셈이었다. 그리고 그 새로운 의미를 상징할 수 있는 '흔들바위'란 단어가 아주 맘에 들었다.

그러나 그는 그렇게 해서 붙들린 흔들바위에 대한 의미를 육 개월 동안이나 그릇에 담아내지 못했다. 그리고 지금도 아주 심한 진통을 겪고 있다.

'아내는 오늘 밤에도 들어오지 않을 모양이다.' 첫 문장을 써 놓고 벽에 부딪힌 그는 한참 동안 줄담배를 태우며 갇힌 짐승처럼 방안을 서성거리다가 다시 책상 앞에 앉았다. 절반도 채워지지 않은 원고지를 뜯어내고 새로 제목을 써놓았다.

'흔들바위'

이것이 왜 이렇게 요지부동으로 안 풀리는가? 나흘 후, 과연 후배에게 원고를 넘겨줄 수 있을까? 그러지 못한다면 후배는 뭐라고 할까? 작가 노릇 때려치워야지 뭐…. 아니, 더 심한 말을 할지도 모른다.

그 꼴에 이름 좀 팔린다고 유세 떠는 건지…. 천 작가를 매도하던 후배가 화살을 나한테 돌리겠지. 평소엔 비교적 예의 바르고 싹싹한 후배지만 일정량 이상의 술이 들어가거나 속이 끓을 땐 입이 험해진다. 무명 주제에, 약속한 원고도 하나 못 긁어 대면서 무슨 작가라고, 때려치워…. 천 작가에게 보다 더 심한 말로 나를 몰아붙일 것이다. 그는 갈수록 답답하고 초조하고, 그리고 불안하다. 그래, 얻어먹은 술값만큼, 아니 그 이상이라도 욕 한 판 얻어먹고 이놈의 '흔들바위'를 포기해 버릴까 하고 생각한다. 그러나 그는 결단을 내리지 못하고 다시 담배를 피워 문다.

아, 빌어먹을…. 이 지겨운 일에 내가 왜 미쳐 들었던가? 그는 신춘문예 당선통지서를 받고 감격해하던 자신, 소식을 듣고 그의 머리 꼭대기에 술과 박수와 욕지거리를 들어부으면서 환호하던 친구들의 축하를 떠올린다.

'이 새끼, 소설에 미쳐가지고 지랄 발광을 하더니 기어이 일을 저질렀구나.'

그의 당선을 가장 수선스럽게 축하하던 친구의 말은 말 그대로 사실이 되었다. 소설 쓴다고 덤빈 것은 정말 미친 짓이고 지랄 같은 일이었다. 그리고 그의 인생이 이렇게 흔들릴 수밖에 없도록 일을 저지른 것이었다. 그는 철없이 감격해 하던 옛날의 자신이 가소로워진다.

차라리 구박 많은 신문사 '쫄대기 기자' 노릇이라도 그냥 계속했더라면…. 그는 수십 번 후회했던 일을 또 후회한다.

겨우 오 년을 배겨내다가 소위 자의 반 타의 반으로 물러난 자리, 그러나 염치 불고하고 버티면 버틸 수 있었지만, 그놈의 소설 때문에 아주 용감하게 사표를 썼다.

"자네 요즘 작품 많이 썼나?"

어느 날 그를 부른 국장이, 욕설이 반이던 평소와 달리 친절하고 반듯한 말씨로 물었다.

"못 썼습니다."

"그래, 그럴 거야. 밤낮없이 뛰다 보면 작품 쓸 새가 없겠지. 난 자네의 그 재능이 아까워. 작가란 말이야 직장 일에 얽매이지 않고 맘껏 창작에 매달릴 수 있어야 하는데…."

듣고 있던 그는 '나도 그럴 수 있기를 바랍니다.'라고 생각했지만 입 밖에 내지는 않았다.

"그래서 말인데, 더 늦기 전에 전업 작가로 새 출발 해 보는 게 어때? 달군 쇠도 식기 전에 때려야 원하는 걸 만들 수 있잖아? 창작 역시 정열이 식기 전에, 피 뜨거운 젊을 때 전력투구해야 되는 것 아니야? 한 번 용기를 내보지…."

그러나 그것이 함정이었음을 그는 몰랐다. 사표를 낸 후에, 소주집으로 그를 끌고 간 선배가 그를 나무랐다.

"임마, 너 무슨 용빼는 재주가 있는지 몰라도 글 써서 자식, 마누라 먹여 살리고 학비 댈 자신 있어? 나한테 한마디 상의도 안 하고 말릴 새도 없이 덜컥 사표를 내? 왜 그렇게 경솔해? 편집국에서 빼낼 인원이 세 명이지만 너는 아니었어."

선배 기자의 말로는, 빼낼 인원 세 명 중에 그가 포함되지 않았었다지만, 국장의 기준은 달랐을 것이다. 차장인 선배는 취재나 기사 작성만 제대로 맞추는 기자를 선호했겠지만, 국장은 그 외에 광고를 받아 온다거나 행사 협찬을 받아내는 데도 일조를 하는 이른바 경영에도 도움을 주는 기자를 선호했을 것이다.

"좀 버티면 될걸. 그렇게 쉽게 넘어가는 놈이 어딨어? 순진한 자식."

경솔한 놈, 순진한 자식, 망할 자식, 개새끼, 술이 들어갈수록 선배는 강도가 높은 욕설로 그를 때렸다. 그것은 선배가 그에게 보내는 일종의 애정이고 염려였다. 그는 국장에 대해서 조금 분노했지만 이미 국장의 손을 떠났을 사표를 되돌려 받을 마음은 없었다.

'위기를 호기로 삼는다.' 그는 그런 생각을 가지고 선배 앞에서 웃었다.

그러나 그게 참 가소로운 웃음이었고 지랄 발광하는 일이었으며 미친 짓이었음을 뒤늦게 깨달았다.

소설을 맘껏 쓸 수 있는 데 필요한 건 시간만이 아니었다. 신춘문예가 아무리 어려운 관문이라도 그것을 뚫은 것은 친구의 말마따나 그냥 한 번 일을 '저지른 것'일 뿐 무한능력을 보장해 주는 것이 아니었다. 설사 글을 쓴다 해도 발표할 지면이 보장되는 것도 아니었다.

그는 막연히 전업 작가가 되어보리라는 작정을 했지만 그건 어설픈 꿈이었다. 얼마간의 휴식 겸 공백 기간을 거친 뒤 마음을 가다듬고 책상 앞에 앉았지만 덤벼드는 건 절망뿐이었다. 마땅한 소재를 잡지 못하고 마땅한 문장을 찾지 못해서 날마다 절망하고 수시로 절망했다.

한때 문학 소녀였던 아내에게, 젊은 기자요 작가인 그는 무한한 사랑과 신뢰의 대상이었다. 그러나 지금은 아니다. 자신이 문학소녀였다는 사실조차 잊은 지금의 아내에게는 '어린애 과자값은커녕 자기 술, 담배 값도 못 버는 한심한 주제'일 뿐이다.

아내는 가끔 '내가 눈이 삐었지, 미쳤지.'라고 자탄하지만, 그는 그런 아내의 말이 옳다고 생각한다. 나도 미쳤던 게 사실이지만, 아내가 눈 삐고 미쳤던 것도 사실이다. 그는 그런 생각을 할 때면 정말로 미칠 것 같은 생각이 든다.

미쳤다가 각성한 아내와 아주 미쳐버린 자신을 이제는 되돌릴 수 없다는 생각이 들거나 원고지를 마주 대할 때마다 절벽같이 다가드는 절망과 씨름을 해야 한다. 자신이 하는 일이 미친 짓이라는 것을 안다는 것은 더욱 미칠 일이다.

생각이 풀리지 않을 때는 눈앞의 원고지가 일궈야 할 무한한 황무지로 보여진다. 거부할 수도, 도망칠 수도 없는 절망의 바다처럼 느껴진다.

채워지지 않는 원고지의 공백이 지겹고, 엉켜서 풀리지 않는 생각과 앞으로 나가지 않는 만년필이 원망스럽다. 그래도 그는 컴퓨터로 글 쓰는 것을 기피해 왔다. 손가락과 일체가 되어 저항 없이 따라주는 만년필과 달리, 컴퓨터 자판은 엄격한 자기 규칙에 손가락이 따라줄 것을 강요한다. 자판이 요구하는 규칙에 따라 손가락을 더듬거리다 보면 사고의 단절이 생기고 그것이 압박감을 가중시키기 때문이다.

손가락이 자판에 익숙해지면 글 쓰는 것이 오히려 빨라진다고 하지만, 그는 아직 쓰는 속도 때문에 사고의 단절을 느낀다거나 압박을 받아본 적은 없다.

컴퓨터와 동시에 출생하거나 혹은 나중에 출생하여 유년기부터 컴퓨터와 친숙해진 세대와 달리, 그는 지필(紙筆)에 먼저 익숙해진 세대다. 습작기에는 물론, 기자 시절에도 그는 글을 쓸 때마다 원고지와 씨름해 왔다. 머릿속에서 생각만 풀리면 뇌신경이 만년필촉까지 직접 연결된 듯 그대로 써지기 때문에 그는 아직도 원고지 선호 습관을 버리지 않고 있다.

그가 제목만 써놓은 새 원고지를 앞에 놓고, 후배에게 욕을 먹을 것인가 더 붙들고 앉아 진통을 계속할 것인가를 결정하지 못한 채 암담해할 때, 전화가 왔다. 필시 작업 진척을 묻는 후배의 전화일 것이다. 그는 그냥 앉은 채 전화기가 울도록 내버려 둔다. 후배가 무슨 말을 하던 그는 대답할 말이 없다. 욕을 먹을 것인가 나흘 후에 원고를 넘겨줄 것인가 마음이 갈피를 잡지 못하기 때문이다. 전화를 받지 않으면 후배는 분명 불안해할 것이다.

아무리 속필이라도 두 주일 기한에 나흘씩이나 남겨놓고 탈고했을 리는 만무고, 혹시 집필을 포기하고 도망친 것은 아닌가? 후배는 그렇게 짐작하고 안절부절못하겠지. 그는 혼자 울고 있는 전화기를 바라보는 것도 고통이다. 빌어먹을, 그는 전화기 울음소리를 멈추게 하고 싶지만, 그것도 용기가 나지 않는다. 고의로 전화기 울음을 멈추게 한다는 것은 이쪽에 사람이 있다는 것을 알려주는 것이고 그것은 전화를 걸고 있는 상대방, 안절부절못하고 있을 후배를 더욱 화나게 할 것이다. 울어라, 네 맘대로 울어라, 그는 우는 애를 달래다 지쳐서, 우는 애 스스로가 지칠 때를 기다리는 것처럼 전화기를 외면하기로 한다.

달랠수록 더 극성스럽게 우는 애가, 그냥 내버려 두면 결국은 제풀에 지쳐 스스로 울음을 멈춘다는 진리를 이미 오래전에 터득했다.

지금은 고등학생이 되고 중학생이 된 그의 딸과 아들에게 이유식(離乳食)을 먹일 때 그것을 깨달았다. 기자생활을 접고 전업작가로 새 출발하겠다던 그의 소망이 부서지고, 밥벌이 나간 아내를 대신해서 애보개 노릇을 할 때였다. 그는 그때 아내가 죽이고 싶도록 미우면서도 대단히 위대한 존재라는 걸 알았다.

이제 아이들은 그의 손을 떠났다. 아니 그의 보호나 간섭을 거부한다. 그는 아이들로부터 자유로워진 셈이지만, 그가 느끼는 건 아이들이나 절망으로부터의 해방이 아니라 배신감과 무력감이었다.

"아빠 직업을 뭐라고 쓰지?"

중학교에 입학한 아들이 가정환경 조사서라는 걸 가지고 와서 물었을 때, 그는 대답할 말이 없었다. 아내도 딸도 대답하지 않았다.

"소설가라고 쓸까?"

아들이 다시 묻자, 딸이 아주 단호한 소리로 말했다.

"바보야, 그게 직업이야?"

"그럼 뭐라고 쓰지?"

아들이 다시 묻자, 이번엔 아내가 말했다.

"백수니까 백수라고 써라."

"백수가 뭔데?"

아들이 묻자

"먹고 노는 게 백수지. 중학생이 그것도 모르냐?"

딸이 화난 듯 말해 놓고 벌떡 일어나 방을 나갔다.

"그렇게 쓰면 챙피하잖어?"

아들은 그가 글 쓰다 막히면 만년필을 놓듯, 쥐고 있던 볼펜을 던지고 한숨을 쉬었다.

그는 그때 딸과 아들 모두에게 모멸당한 듯한 배신감을 느꼈다. 아내는 그렇다 쳐도 아들과 딸은 그래도 소설가라는 아버지에게 웬만큼은 자부심을 가지고 있으리라 믿었었다. 그러나 그 믿음은 허망한 것이었다.

아들이 가정환경 조사서의 보호자 직업란에 뭐라고 썼는지 그는 모른다. 그러나 그의 아들과 딸이 가지고 있는 그에 관한 존재의식이 그의 아내와 다름이 없다는 걸 확인하게 되었다.

사십 대. 마흔 살 나이는 마귀의 흔적과 같다고 누가 그랬던가? 그러나 그의 존재가 부서져 내리는 푸석돌처럼, 아니 언젠가는 굴러떨어질 흔들바위처럼 그렇게 불안하고 위태로운 존재가 된 것이 나이 탓은 아니었다. 당선 소식을 듣고 축하해 주던 친구의 말처럼 '미쳐서 지랄 발광' 한 탓이고, 선배의 꾸중대로 단순하고 순진한 탓일 터이다.

애초에 소설에 '미쳐서 지랄 발광'을 안 했더라면 국장의 꼼수에 단순하고 순진하게 넘어가지도 않았을 것이다.

그러나 모두가 돌이킬 수 없는 일이다.

한참을 혼자 울다 멈췄던 전화기가 다시 기를 쓰고 운다. 빌어먹을, 그는 두렵고 짜증스럽지만, 용기를 내서 수화기를 든다. 내가 너 때문에 얼마나 피를 말리고 있는 줄 알아? 후배가 뭐라던 대판 쏘아붙이고 이 놈의 '흔들바위'를 때려치우리라. 영원히 되살아나지 못하도록 망각의 진구렁 속에 깊숙이 처박아 버리리라.

그러나 전화를 건 상대는 후배가 아니다. 한 내무반에서 이 년여의 병영생활을 함께했다는 것 말고는 아무것도 공통점이 없는 군대동기다. 그러나 그에게 공술을 잘 사 줄 뿐만 아니라 존경심을 가지고 있는 유일한 사람이다.

"글 쓰시나?"

군대 동기의 말은 상당히 조심스럽다. 군대동기는 그가 밥 먹고 배설하고 잠자는 시간 외에는 항상 글만 쓰는 줄 안다. 그리고 자신의 전화가 그의 글 쓰는 위대한(?) 작업을 방해하지나 않을까 대단히 조심스러워한다.

"아니, 그냥…."

그가 대답하자 군대동기는 안심하듯 목소리를 조금 높인다.

"전화를 안 받길래 글 쓰시는 데 방해가 돼서 그런가 했더니 다행이구만. 나와서 목 좀 축이고 하시지."

그에게는 과분한 공술을 사면서도 군대동기는 항상 조심스럽다. 이런 순수하고 순진한 그리고 바보 같은 군대동기의 착각을 어떻게 깨우쳐 줘야 할까? 전화를 받거나 마주 앉아 술잔을 기울일 때마다 그는 당혹스럽다.

"얼른 나와. 잠깐 쉬면서 한잔하자고. 당신을 보고 싶어 하는 사람이 있으니까."

군대동기가 그를 불러 낼 때는 늘 그렇게 말한다. 지금도 아마, 그의 옆에는 그에게 소개하고 싶은 남자와 예쁜 색시가 함께 앉아있을 것이다.

그가 가면 군대동기는 분명, 옆에 앉아있는 남자에게 전과 똑같이 그를 소개할 것이다.

"내 친구야. 소설가인데, 책도 많이 내고 신문에 글도 자주 쓰는데, 알지?"

그러면 옆의 사내는 대개 직함이 많이 쓰인 명함을 내밀면서, '예. 뵙게 되어 영광입니다.' 그럴 것이다. 장식품처럼 끼어있던 여자는 자신이 같은 말을 몇 번째 반복하고 있는지 기억하지 못한 채 '어마, 그러셔요!'라고 감탄사를 발할 것이다. 그러나 그는 군대동기의 친구들이 내미는 명함이나 치렛말에 관심을 두거나 기억에 담아둔 적이 없다. 어차피 그것들도 수없이 울궈먹는 여자의 감탄사처럼 허황된 것들이니까.

그는 누군가가 자신을 향해 직접 묻는 말에 아주 짧은 대답을 주거나, 좌중이 웃을 때 함께 웃어주면 된다. 그것으로 그의 역할은 족하다. 그리고 이렇게 유식한 친구와 트고 지낼 만큼 나도 유식한 놈이다. 군대동기가 동행한 친구들에게 그걸 확인시키도록 옆에 있어만 주면 되는 것이다.

군대동기는 자기 주변 사람들에게, 나에게도 이런 지식인 친구가 있다는 걸 과시하고 싶을 때 그를 부른다.

군대동기는 제대 전에 그에게 이런 말을 했었다.

"요즘 같으면 나같이 가방끈 짧은 놈은 방위로 빠진다는데…."

중졸 학력으로 현역병에 징집된 것을 꽤나 억울해했다. 그러나 제대 후엔 말을 바꿨다.

"그래도 자네같이 대학물 먹고 글 쓰는 친구랑 트고 지내게 된 게 군대 덕 아닌가."

그가 그의 첫 창작집 한 권을 줬을 때도 군대동기는 진심으로 감격한 얼굴을 했었다.

"초등학교 때, 옆자리 아이가 선물 받은 책을 자랑할 때 그게 그렇게 부러웠었지. 나도 그런 선물을 받아 보는 게 소원이었지만, 어림도 없는 일이었지. 책 선물 받기는 내 평생 첨이여. 이십여 년 만에 소원을 이룬 셈이구만."

가난했던 어린 시절에 이룰 수 없었던 간절한 소원을 떠올리며 군대동기는 감개무량한 얼굴이었다. 그러나 그는 오히려 쑥스러웠다.

거금의 인세를 기대했던 아내에게 실망만 준 책. 초판 몇천 부로 끝났지만, 그마저 서점에서 일찌감치 자리를 빼앗기고 창고로 들어갔을 책. 그 책을 들고 그토록 감격하는 모습을 보고 있기가 부끄럽기 때문이었다.

그날 군대동기는, 그가 한 달이나 두 달쯤 피를 말리며 쓴 소설의 원고료보다도 훨씬 많은 술값을 썼다.

무진 고생 끝에 포크레인 한 대를 장만하고 그걸 씨로 해서 늘려온 여러 대의 중장비로 들과 산을 쑤시고 허물어댄 군대동기는 많은 돈을 벌었다.

사업하면서 키워 온 큰 배포와 많은 돈을 가졌음에도 그 앞에서는 항상 순진하고 조심스러운 군대동기에 대한 그의 생각은 참으로 착잡하다.

술 인심 넉넉하고 때로는 과분한 용돈까지 주머니에 꽂아주는 호의가 눈물겹게 고맙기도 하지만, 자신의 신분 포장용으로 그를 불러내는, 불순한 동기를 생각하면 그 자신까지도 함께 치사스러워진다. 그러나 한편으론 그의 가족들 마음속에 새겨진 그의 비참한 모습을 알아챈다면, 대학물도 소설가도 한낱 허접쓰레기에 불과하다는 것을 알아버린다면 얼마나 허망해할까? 그는 언젠가 그런 허망함과 부딪칠지도 모를 군대동기에 대해 연민을 느끼기도 한다.

"자네 글 쓸 시간을 뺏어서 미안하구만, 그러나 좀 쉬기도 해야지."

군대동기는 예상과 같이 남자친구와 여자 하나를 양옆에 두고 앉아서 그를 맞았다. 그러나 그날의 그를 부른 군대동기의 목적은 예전과 조금 달랐다.

"실은 자네한테 어려운 부탁이 있는데…."

몇 순배 술잔이 돌아간 뒤에 군대동기는 어렵게 얘기를 꺼냈다. 동행한 그의 친구 부친의 대단히 훌륭한 일대기를 써 줄 수 없겠냐는 것이다.

동석한 군대동기의 친구 부친이란 사람은 그도 알만한 사람이었다. 지방의 경제인협의회 회원이 될 만큼 중소기업경영에 성공한 사람이었다. 입찰비리와 부실공사로 수차례 신문에 그 이름이 오르고 노임체불과 환경사범으로 찍혀 경찰과 검찰 출입을 무수히 반복한 사람이었다. 그런가 하면 방송국에서 실시하는 이웃돕기나 수재민돕기 가두모금 때면 어김없이 마이크를 잡고 애국과 협동과 상부상조를 부르짖는 사람이기도 하였다.

"경비는 자네가 필요한 대로 얼마든지 부담할 테니까 신경 쓰지 마시고…"

군대동기가 말하고

"네. 좋은 책만 만들어 주십시오."

그 옆의 친구가 강조했다.

그는 잠시 당황했다. 술맛도 사라졌다. 그러나 이내 유혹을 느낀다. 어쩌면 그 껄렁한 창작집 인세의 몇 배, 아니 몇십 배가 되는 거금을 아내에게 줄 수 있을지도 모른다. 소설가, 그것은 곧 백수라는 아들과 딸의 인식을 바꿀 수 있을지도 모른다. 피를 말리면서도 풀어지지 않는 '흔들바위' 따위는 집어치우고, 군대동기 친구의 아버지가 떠벌리는 거짓말을 미사여구로 치장하면 그럴듯한 고난극복의 입지전, 자비와 적선으로 살아온 한 자선가의 일대기가 그려질 것이다. 이른바 자서전이니 대필자의 이름은 그들이 알아서 감춰줄 것이다. 얼마나 좋은 흥정인가?

그러나 그는 마음과 다른 말을 한다.

"난 바빠서 그런 거 못 해."

소설가란 허접쓰레기 같은 자존심이 이 지저분한 놈아, 하고 그를 윽박지르고 있기 때문이다.

"아니 지금 당장 써 달라는 게 아니야. 아무 때고 자네 맘대로 시간 날 때 하면 돼."

거절당하리란 예상을 전혀 안 했던 듯, 군대동기는 당황해한다.

"예, 내년도 좋고 후년도 좋습니다."

훌륭한 아버지의 자서전을 가보로 남기고 싶은 효자도 간곡히 말한다.

"친구, 미안해. 난 바빠서 가야겠어."

그는 일어섰다. 오를듯하던 취기가 오히려 말짱하게 깨는 듯하다.

"이봐, 친구 왜 그래?"

뒤따라 일어선 군대동기의 만류를 뿌리치고 나온 그는 술집을 나선다.

그렇게 진저리 나는 시간을 보냈는데도 해는 아직 하늘 복판에 떠있다. 정오를 조금 지났을까? 그의 발밑에 드리운 그림자가 아직도 짧다. 이제 집에 돌아가면 책상 위 원고지에 제목으로 써놓은 '흔들바위'가 그를 또 지겹게 할 것이다. 후배의 전화는 네가 무슨 작가냐, 때려치우라고 몰아붙일지도 모른다. 그는 집으로 돌아가는 것이, 책상 위의 원고지와 마주 대하는 것이 두려워진다.

그는 택시를 탔다 "어디로 모실까요?" 택시기사의 말에 잠시 망설이던 그는 시외터미널이라고 크게 외쳤다.

어느 날 갑자기 그를 사로잡았던 '흔들바위', 이제는 넌덜머리가 나도록 지겨운 그 '흔들바위'를 한 번 보리라.

도대체 너는 뭐냐, 따져 봐야겠다. 엉거주춤한 자세로 병풍바위에 올라앉아 고향 사람들의 마음속에서 영원히 흔들리고 있는 바위, 지워지지 않는 불안을 안겨주고 있는 바위, 반년 간 그를 잡고 머릿속을 헝클어트린 이유가 뭘까? 육안으로 확인하고 너는 뭐냐, 크게 외쳐 보면 뭔가 대답이나 나올 것도 같다.

그는 고향으로 가는 버스를 탔다. 전혀 계획에 없던 일이고, 그렇게 태평할 수 있는 형편이 아니었다.

그러나 버스가 출발하자 그는 마음이 조금 편안해졌다.

차가 도심을 벗어나자, 차창 밖으로 익은 가을이 스쳐 지나간다. 가로수가 황갈색으로 변했고 용케도 들판이 누렇게 익었다. 그가 어렸을 적엔 들판은 풍요의 상징이었다. 주린 배를 안고도 누런 들판을 바라보면 저절로 살이 찐다고 했다.

그러나 지금은 들판의 논두렁 밭두렁마다 농민들의 한숨이 넘친다고 한다. 들판이 점점 메말라가는 탓일까? 아니면 들판을 바라보는 사람들의 마음속에 채울 수 없는 욕망이 들어찬 때문일까?

소박한 농부였던 그의 아버지는 그가 국민학교 교장 선생님으로부터 받아 온 글쓰기 상장을 집에 오는 사람마다 내보이며 자랑을 했었다. 그러나 그 아버지는 그가 낸 첫 창작집을 들고 한숨을 쉬며 말했다. 이 글 가지고 늬들 밥은 먹는 거냐?

이제 아버지는 그 무거운 한숨을 그냥 안은 채 세상을 등졌지만, 아버지가 쉬던 한숨의 무게는 예전 그대로 그의 가슴을 누르고 있다.

대학 시절, 문학소녀였던 아내는 대학 학보에 실린 그의 짧은 단편을 보고 읽을수록 감동적이라고 했다. 그러나 자신이 문학소녀였었다는 사실조차 잊어버린 지금은 그가 쓴 더 긴 글도 읽지 않는다. 사람들은 왜 저 땅이 주는 풍요를 보지 않고 한숨을 읽을까? 아버지와 아내는 왜 자기가 쓴 글을 읽지 않고 한숨과 탄식만 자아내는 것일까?

아버지와 아내는 그의 존재를, 군대동기나 그 친구처럼 신분포장용으로가 아니라 호구용(糊口用)으로 인식하기 때문일 것이다. 그러나 그는 그 어느 쪽의 욕망도 충족시켜 주지 못하고 있다.

그가 진정으로 원하고 있는 것은 따로 있지만, 그것 역시 절망에 부딪히고 있다.

군대동기와 그 친구의 신분포장용이 되기를 거부하고 자리를 뛰쳐나온 그는 아버지가 쉬시던 한숨의 무게와 아내의 탄식으로부터도 도망치고 싶다. 그의 아들의 우상인 슈퍼맨처럼 날 수만 있다면 그는 날아서 지구 밖 먼 곳으로 달아나고 싶다. 아니 슈퍼맨이 날아와서 그가 탄 버스를 번쩍 들고 지구 밖 먼 곳, 미지의 행성으로 옮겨준다면, 그는 광활한 우주 공간 속에서 슈퍼맨의 펄럭이는 망토자락을 볼 수 있을 것이다. 아름답게 빛나는 행성들의 광채에 취할 수도 있을 것이다. 아버지의 한숨도 아내의 탄식도, 군대동기의 호출도 그리고 후배의 닦달도 없을 것이고 '흔들바위'가 주는 절망도 없을 것이다.

버스가 그의 고향 가까운 군청소재지에 도착했다. 잠시의 망상에서 깨어난 그는 혼자 피식 웃었다. 현실에서는 불가능한 모든 것이 망상 속에서는 가능하고 자유롭다. 슈퍼맨의 비상처럼 초월적이고, 펄럭이는 그의 망토자락처럼 무한자유가 방해받지 않기 때문이다. 그러나 망상은 망상일 뿐이다. 그는 철부지 같은 망상에 빠졌던 자신이 참 한심스럽다는 생각을 한다.

버스를 내려서 둘러보는 거리 모습은 아주 낯설다. 비좁던 길은 넓어지고 나지막하던 건물들은 까치발을 한 듯 높아졌다. 초라하고 촌티 나던 간판들도 화려해졌다. 위치 짐작도 못 할 만큼 낯선 거리를 조금 걷다가 그는 담배가게 표찰이 붙은 상점으로 들어섰다. 담배도 사고 고향마을로 가는 버스 편도 물을 참이었다. 그러나 그전에 그는 팔목을 잡혔다.

"이 사람, 이거 얼마 만이야?"

돌아보니 알 듯한 얼굴이다. 이름이 얼른 떠오르지 않지만 굵은 눈썹과 유난히 늘어진 귓볼은 옛날 그대로다.

"난 부천이야, 석부천."

사내가 잡고 있던 그의 팔목을 흔든다.

"오, 석부천."

그도 사내의 손을 당겨 잡고 마주 흔든다.

"이게 얼마 만이야? 그동안 소식 없이 발걸음도 안 하더니 웬일이야?"

"그냥 잠깐 다녀가려고. 그런데 자넨 어떻게 지냈나?"

"나야 뭐, 이 구멍가게 벌여놓고 그냥저냥 살지."

사내는 과일과 음료, 일용품들이 보도까지 밀려 나온 가게를 가리키며 말한다.

'그 녀석, 귓볼 늘어진 것 보니 똑 부처상이다. 잘 되면 덕 좀 베풀고 살겠다.' 고등학교 시절에 그의 집에 놀러 온 사내, 부천을 보고 그의 아버지가 말했었다.

부처상, 그래서였던지 아니면 그의 이름이 주는 어감 때문이었는지 사내의 별명이 돌부처였다.

'덕 좀 베풀고 살겠다.' 그는 사내의 가게를 둘러보며 아버지의 말을 떠올린다. 어쩌면 아버지의 그 말이 맞는 것도 같다. 사람들이 오가는 번잡한 길가에 온갖 물건을 벌여놓고 팔면서 덕을 함께 나누어 주고 있는지도 모른다. 네모진 방 안, 네모진 책상 앞에서 네모 난 원고지 칸에 붙들려 절망을 앓고 있는 자신, 아버지에게도 아내와 자식들에게도 그 절망을 나눠 주면서 전전긍긍하고 있는 그에 비하면 부천은 확실히 덕을 베풀고 있는 셈이다. 그를 의지하고 사는 가족에게는 물론 그를 믿고 찾는 고객들에게도 돌부처답게 넉넉한 보시를 하는 셈이니 아버지의 예언은 적중한 것이 아닌가?

"가게가 너저분하지?"

가게를 둘러보는 그에게 부천이 쑥스러운 얼굴로 묻는다.

"아니, 규모가 크구먼. 이걸 어떻게 혼자 운영하나?"

"운영은 무슨? 그냥 젊은 애 하나 두고 있는데 지금은 배달을 나갔구만…."

부천이 그의 손을 잡고 가게 앞의 파라솔 밑으로 이끈다. 어느새 배달 나간 젊은 애가 돌아왔는지, 스무 살 안팎의 청년이 가게 안에서 바삐 움직인다. 손님도 서너 명이 필요한 물건을 찾는지 서성거리고 있다.

"얘, 여기 맥주하고 안주 좀 내 와라."

부천이 소리치자 청년은 대기하고 있었다는 듯이 지체 없이 안주와 맥주를 놓고 간다.

"애가 눈썰미 빠르고, 어떻게 몸이 날랜지 다른 사람 두서넛 둔 것보다 나아. 자네 살던 동네 그 윗뜸에 운학골이라고 있지? 거기 아인데 애가 된 애야."

운학골이라면 그의 고향 마을에서 잔등 하나 넘는 곳이다. 구름 위의 신선마을처럼 높은 곳에 학이 많이 날아온대서 운학(雲鶴)이랬다. 운학골에 살던 신선과 부처가 만났으니 가게가 덕(德)으로 가득 차서 덕진상회고, 그래서 오는 사람마다 덕을 나누어 주고 있는 건가? 그는 가게 간판을 바라보며 웃었다.

"왜? 옛날 집이 아니라서?"

"아니, 가게 이름이 좋군!"

"좋기는? 옛날 집 사서 개축해 가지고 가게 좀 늘리다 보니 그냥 두기 뭣해서 아무렇게나 지은 이름인걸…."

부천은 어느새 잔 두 개에 가득 맥주를 따라놓았다.

"참 오랜만이야."

부천이 먼저 잔을 들었다. 그도 마주 들어 올린 잔을 부딪친다.

"자네 기억나나? 우리 집에 놀러 왔을 때, 우리 아버님이 자네 귓볼을 보시고 부처상이라며 덕 좀 베풀고 살겠다고 하신 말씀…."

그가 말하자 부천이 고개를 갸웃하며 어색하게 웃었다.

"기억 안 나나?"

"내 귀가 크다고 하신 말씀 기억나지. 그러나 덕을 어쩐다는 건 농으로 하신 거지."

"자네 사는 걸 보니 아버님이 예언을 하셨던 거야."

"구멍가게 해가지고 겨우 풀칠하고 사는 주제에 무슨…."

말을 끊고 술잔을 비운 부천이 정색을 하고 말했다.

"나 어릴 때 고생 좀 했잖나? 자네도 알다시피 고등학교도 어거지로 졸업을 했고, 대학은 꿈조차 못 꿨지."

"그때 생각해서 모교에 어려운 학생 한둘씩은 대학 입학금을 대 주고 있네. 내가 못 배운 한이 그런다고 풀리는 건 아니지만, 마음 위안은 되지….”

부천은 감춘 물건을 내놓듯 조심스럽게 말했다. 그는 심한 부끄러움으로 얼굴이 뜨거워졌다.

부천의 상을 보고 덕 좀 베풀겠다고 예언했던 아버지가 그에게는 '글 가지고 늬들 밥은 먹는 거냐'고, 무거운 한숨을 내쉰 것은 당신의 예감이 적중한 때문은 아니었던가? 그는 다시 가슴이 답답해진다.

“정말 어려운 일, 장한 일을 했네.”

그가 말하자 부천은 손사래를 쳤다.

“아니지. 자네 같이 배운 사람들이야 기자도 하고 공무원도 하면서 여러 사람에게 덕 보이며 살지만 나 같이 못 배우고 없는 사람 무슨 보람으로 살겠나? 자식들한테 고생 안 물려주겠다는 좁은 생각이나 하고 그런 조그만 적선으로 위안을 얻는 게 고작인걸.”

그가 대학을 다닐 때나 그 후 신문기자가 되었을 때 가끔 고향에 내려오면 뒷바퀴가 굵은 자전거에 키보다 높은 짐을 싣고 열심히 페달을 밟던 부천은 악수하던 손을 놓기가 무섭게 달아나곤 했었다. 이따 보자, 그래놓고는 연락을 해도 만날 수가 없었다. 그 후 이십여 년, 이름과 얼굴이 서로 아물아물해질 만큼 세월이 흐른 지금은 부천이 그를 먼저 알아보고 팔목을 잡았다. 그런 부천 앞에서 그는 신문사에서 퇴직했다는 얘기도 원고지 앞에서 날마다 절망하며 산다는 얘기도 할 수가 없었다. 키보다 높은 짐이 실린 자전거 페달을 힘겹게 밟으며 달아나던 부천, '이따 보자.' 해놓고 연락을 해도 만나주지 않던 부천의 심정이 이랬으리라…. 그는 심한 자괴감으로 얼굴이 뜨거워졌다.

“반가웠네. 다음에 또 보세.”

그가 일어서려 하자 부천이 급히 그의 옷깃을 잡았다.

“무슨 소리야? 아직 자네 얘기는 한마디도 못 들었어.”

"고향에, 병풍리엘 좀 다녀가야 해."

"병풍리 가는 거 누가 말리나. 옛날하고 달라서 금방이야. 도로가 확 뚫려서 버스도 연락부절이고 택시 타면 이십 분도 안 걸려."

그는 부천에게 옷깃을 잡힌 채 다시 앉았다.

"기자생활 바쁜 거 알아. 그러나 모처럼 만났는데 이렇게 헤어질 수가 있나? 이 잔마저 비우고 옮겨서 얘기 좀 하자구…."

그러나 그는 끝나버린 기자생활 얘기도 잔 비우는 것도 잊은 채 눈을 크게 뜨고 물었다.

"병풍리에 길이 뚫렸다고?"

"그럼, 거기 사 차선 도로 깔린 게 언젠데? 벌써 사오 년 됐지 아마."

"사 차선이나?"

"사 차선이지. 병풍바위를 깎고 그 앞에 다리까지 놓아서 고속도로 못잖게 큰길이 됐는걸."

"그럼 흔들바위는?"

"그거야 땅속 어디엔가 묻혔겠지."

"흔들바위, 그게 땅에 묻혔어?"

"병풍바위를 깎아냈는데 그게 무사할 리가 있나? 마을 사람들도 그거 잘 없앴다고 하던걸, 하기사 무슨 구경거리가 되는 것도 아니고, 지나가는 사람 머리꼭지만 쭈뼛쭈뼛하게 하는 건데 시원하게 잘 없어졌지 뭐."

그는 흔들바위가 굴러서 자신의 머리 위로 떨어지는 듯한 착각을 느꼈다.

잠시의 착각이 사라지자 그는 가슴이 시원한 듯도 하고 구멍이 뻥 뚫려 허전한 듯도 했다.

"결국 사라졌구만. 아니 없애버렸구만."

그는 혼잣말처럼 중얼거렸다.

이제 그가 병풍리에 갈 일은 없게 되었다. 어쩌면 흔들바위가 그 자리에 그냥 있었더라도 병풍리엔 안 갔을지도 모른다.

"자, 술 들어."

옮긴 자리에서 그는 부천이보다도 더 서둘러 술을 마셨다.

오늘 밤 그는 집에 돌아가지 않을 것이다. '아내는 오늘 밤에도 돌아오지 않을 모양이다.'라고 첫 문장을 썼다가 찢어버리고 빈 원고지 위에 달랑 써놓은 '흔들바위' 넉 자가 그의 방을 지킬 것이다.

언젠가 그가 돌아가면 홀로 그의 방을 지키던 '흔들바위'마저 찢어 없앨 것이다. 또 한 장의 파지(破紙), 아니 내 인생의 파편(破片)이 또 하나 늘어날 것이다.

안수길

월간문학 등단, 충북예술상, 충북문학상, 유승규 문학상, 소설집 『당신의 십자가』, 『광풍과 딸국질』 외, 장편대하소설 『잠행』 전 5권 외, 칼럼 「비껴 보기 뒤집어 보기」 외

경무대와 청와대 그리고 경복궁(사대문)

박희팔

지금의 청와대를 이승만 대통령 땐 경무대라 했다. 1960년 4.19혁명이 나 이승만 대통령이 이 경무대를 떠날 때까지 12년을 살던 곳이다.

이승만의 경무대 시절 당시 일어났던 가짜 이강석 사건이 떠오른다.

즉, 이승만의 양자인 이강석은 당시 이승만의 자유당 시절 제2인자였던 이기붕의 장남이다. 당시는 경무대의 위세가 대단히 컸을 때였다.

이때 가짜 이강석 사건을 만화가 김성환 씨가 『동아일보』에 만화를 연재했는데 1958년 1월 23일 자 만화에 소위 똥통사건을 그렸다.

내용인즉 이렇다.

'앗 저기 온다./귀하신 몸 행차하시나이까?/저 어른이 누구신가요?/쉬이, 경무대에서 똥을 푸는 분이요.'

이 만화는, 아랫녘의 경찰서장이 가짜 이강석에게 '귀하신 몸이 어찌 홀로 오셨나이까' 해서 이것이 번져나간 것을 풍자한 내용이었다.

당시 가짜 이강석은 주위에서 이승만 대통령의 양아들인 이강석과 닮았다는 말을 듣기도 하고, 우연히 서울에서 이강석이 헌병의 뺨을 때렸는데도 별일 없이 지나는 걸 봤었는데 이에 한 번 가짜 이강석 노릇을 해봐야겠다는 마음이 일어나 아랫녘의 경찰서에서,

'아버지의 명을 받고 이 지방을 살피러 왔다.'

라고 거짓말을 해, 아랫녘의 경찰서장, 군수, 시장과 함께 '대통령 각하의 아드님께서 여기까지 와주셔서 소인 한 평생의 영광입니다.'
하는 존대를 받았다고 했다는 거다. 당시 진짜 이강석과 경무대의 권력이 막강했음이 나타나 어린 소견에도 실소를 금하지 못했었다.

이 자가 가짜 이강석이라는 것은, 당시 아랫녘의 도지사가, 자신의 아들과 안면이 있는데 아무래도 이상하다고 하여 가짜인 것이 밝혀졌는데, 이 가짜 이강석은 근 1년 복역 후 석방돼 그 5년 후에 자살했다고 한다.

이 경무대가 6·25 전쟁이 일어나 1·4 후퇴 때, 이승만 대통령이 경무대를 버리고 남쪽으로 내려가서 비어있던 직후에 우리 꼬맹이들은 이 비어있는 경무대를 놀이터 삼아 자주 가 놀았다. 그러나 마당 한 편의 화단에서 평소 보지도 못한 화분을 집에 가져왔을 뿐 안까지는 들어가지 않았다. 그 마당에서 달리기도 하고 숨바꼭질도 했다. 아무도 없이 적막했다. 그러나 우리들은 마냥 즐거웠다. 그리고 얼마 안 돼 아래로 우리도 피란을 가게 돼 경무대의 그 후의 일은 모른다.

지금의 '청와대(靑瓦臺)'는 이승만 대통령 하사 후에 대통령직을 이은 윤보선 대통령이 지은 것이다. 즉, '청기와로 지붕을 이은 집'이라는 뜻이다.

윤보선 대통령 집은 안국동의 안동교회 바로 앞에 있다. 개인의 집이라는데 대문도 크고 대문의 바로 뒤에는 드나드는 사람들을 체크하는 사람이 있었다. 그도 그렇지만 집이 높은 돌담장으로 넓게 둘러싸여 안 건물이 보이질 않아 마치 궁궐 같아서 집안의 건물이 어떻게 생긴 지도 모른다. 여기가 윤보선의 집이라는 것만 알았다.

윤보선은 우리나라 4대 대통령이다. 1, 2, 3대까지 이승만이 했다. 1960년 4·19가 일어나 1960년 8월 13일 대통령이 되어 이듬해 5·16이 나 1961년 3월 24일 대통령직에서 사퇴했다. 그는 이승만 대통령 시절

이승만의 비서관, 서울특별시장, 상공부 장관, 대한적십자 총재 등을 역임했고, 대통령 사퇴 후 제5대, 제6대 대통령에 출마했으나 박정희에게 고배를 마셨다. 박정희를 좌익프락치라고 하여 물의를 일으켰으며, 군사정권에서 여러 번 기소를 당하고 재판에 회부되기도 했다. 호는 해위(海葦)이다. 이것은 '바닷가 갈대는 아무리 바람이 불어도 꺾이지 않는다'는 뜻이다. 독립운동가 신규식이 지어주었다는 거다.

영국신사 재야 대통령으로 불렸었다(윤보선은 영국의 에든버러 대학교 출신이다). 윤보선은 얼굴이 넓적하고 안경을 썼으며 키는 보통이다. 그가 안동교회 앞 자기 집 앞문 앞에서 승용차에서 내릴 때 건장한 젊은이가 뒤에 따라 내리는 장면이 어른거린다.

- 경복궁(景福宮)

'경복궁(景福宮)'이란 '길이길이 큰 복을 누린다.'라는 뜻이다.

이성계의 조선왕조가 탄생하면서 경복궁이 세워졌는데, '검소하면서도 누추한 지경에 이르지 않고 화려하면서도 사치한 지경에 이르지 않도록 하는 것이 아름답다'는 유교의 철학을 토대로 세워진 궁이다.

이성계가 조선을 창건(1392년 7월)하고 1394년 12월에 개경에서 지금의 서울로 천도할 것을 결심하고 불과 10개월만인 1395년에 완성을 본 것이다. 이 경복궁은 북악산, 인왕산, 남산, 낙산 등이 둘러싸여 있으나 어느 때고 북악산과 인왕산을 볼 수 있도록 지었다. 이 궁에는 4대 문이 있는데 그 제1문이 '광화문'이다.

이 광화문(光化門)은,

'큰 덕을 온 나라에 비춘다.'

는 뜻으로, 즉 '어진 정치로 세상을 밝힌다'는 것이다. 경복궁의 남쪽에 있다 해서 '남문'이라 했으며, 이 광화문이 경복궁의 정문의 역할을 하여 다른 궁의 문보다 크기도 하고 우아하기도 하다.

'광화문'이란 이름은 세종 8년(1426년)에 집현전 학사들이 경복궁의 문과 전각에 이름을 붙일 때 만들어졌다.

이 광화문은 임진왜란 때 불에 타버렸으나 고종 3년(1865년)에 흥선 대원군이 경복궁을 중건할 때 다시 세워졌다. 다시 일제강점기에 광화문을 헐어 북쪽으로 옮긴 것을 6·25 전쟁 때 불에 타 없어졌다. 이를 1968년(박정희 대통령 때)에 복원했으나 본래와 달라 다시 2010년에 바로 잡아 지금의 광화문으로 되었다.

'건춘문(建春門)'은 경복궁의 동쪽에 있는 문이다.

이 문은, '봄을 세우는 문'이라 하여 붙여진 이름으로 오행에서 동쪽은 봄을 뜻하기 때문이다. 따라서 주로 세자나 동쪽의 궁에서 일보는 신하들이 출입했다.

이 건춘문 역시 경복궁 중건 당시 세워졌고, 봄은 새로운 만물이 싹튼다 했으니 왕이 될 세자가 있는 궁은 경복궁의 동쪽에 지어 '동궁'이라 하기도 했다.

건춘문은 6·25 전의 내가 어렸을 적엔 지금의 국군통합병원을 당시는 의전 병원이라 했는데, 이 병원 바로 맞은편에 있다. 이 문의 상단에 입을 벌리고 있는 짐승들의 얼굴 조각들이 있어 그 입에 돌을 던져 넣으면 길조가 생긴다고 하여 건춘문 바닥의 돌을 주워 던져보나 그 좁은 입속으로 잘 들어가지 않아 몇 번이고 몇 번이고 던져 어쩌다 들어가면 높은 톤으로 쾌재를 부르던 일이 생각난다. 하여 건춘문 상단에는 입속으로 들어가지 않은 돌들이 수북이 쌓이곤 했다.

'영추문(迎秋門)'은 경복궁 서쪽에 있는 문이다. '가을을 맞이하는 문'

이란 뜻이다. 오행에서 서쪽은 가을을 뜻하기 때문이다. 경복궁 안에서 근무하던 신하들이 출입했다. 고종 때(1896년)에 고종이 궁녀가 탔던 가마를 타고 이 문을 통해 '아관파천(러시아 공사관으로 몸을 피했던 일)' 했던 안타까운 문이다.

'신무문(神武門)'은 경복궁의 북쪽이 있는 문이다. '신묘하게 뛰어난 무용(武勇)'이란 뜻이기도 하고 또는 '신령스러운 현무(玄武)'의 뜻이기도 하다.

이 문을 사용하는 사람들은 적었으나 공신들의 충성을 다짐하는 '희맹제'에 왕이 참석할 때 이 문을 사용했다. 영조대왕은 육상궁(어머니 최씨를 모신 궁)에 참배하러 갈 때 이 문을 이용했다.

세종대왕 때 완성해서 1427년에 수리하고 임진왜란 때 경복궁이 불에 타 없어졌다가 다시 고종의 아버지인 흥선 대원군이 복원했던 것이 일제강점기 때 없어졌던 것을 다시 1975년 지금의 모습으로 복원되어 청와대의 경호를 맡은 수도경비사령부가 있게 되면서 통제되었다가 2018년에 개방되어 오늘에 이른다.

이렇듯 경복궁의 4대 문을 기술했으나 그간 숱한 어려움을 겪은 경복궁이다. 내가 경복궁을 다시 찾은 것은 일제강점기에 세웠던 총독부 건물이 우리나라 국립박물관으로 쓰였던 때다.

박희팔

『교육신보』 공모 소설 당선, 청주예술상, 청주문학상, 유승규문학상, 충북문학상

『동양일보』 논설위원, 한국문학 서사문학연구위원

소설집 『바람 타고 가는 노래』 외, 장편소설 『동천이』, 『여느 배달겨레붙이들』 외, 꽁트집 『시간관계상 생략』, 스마트소설집 『풍월주인』, 중편소설집 『조왓속』, 엽편소설집 『향촌삽화』, 칼럼집 『풀쳐 생각』 외

마누라와 작업복

지용옥

“어때 오늘, 한잔 꺾어야지?” 마지막 벽돌 층에 메지를 채우고 모래와 먼지가 뒤범벅된 작업복을 비계에 탁탁 털다 말고 오 씨가 그렇게 말했다. 하루 일을 끝내고 한잔씩 하는 건 보통인데도 굳이 ‘오늘’에 힘을 주는 오 씨의 말에 오늘이 급여날이라는 뜻이 담겨있음을 창구는 모르는 게 아니었으나 그는 지금 그 말이 귀에 들어오지 않았다. 철제 비계 사이로 까마득한 아래에 개미처럼 고물거리는 거리의 인파와 차량의 물결을 내려다보며 담배를 피우는 창구의 머리에는 미스 민으로 가득했다. 머릿속뿐만 아니라 눈앞에도 미스 민의 얼굴뿐이었다. 비계에 붙은 “안전제일” 글씨 판에도, 저만큼 건너 빌딩의 창문마다에도, 그 아래 물결을 만드는 차들의 지붕마다에도 미스 민의 얼굴이 눈웃음을 치고 있었다.

‘고것 참. 그냥 깨물어 주고 싶은 고것.’

정말이지 창구로서는 눈에 넣어도 아프지 않을 것 같은 미스 민이었다. 그녀의 고운 살결, 꿀맛처럼 감겨드는 목소리, 눈물을 잘 글썽이는 커다란 눈, 무엇보다 창구만을 기다리며 다른 남자는 거들떠 보지도 않는다는 그 사랑, 돈 많이 쓰지 말라며 싼 안주, 흔한 맥주만을 시키는 그 마음씨, 어느 것 하나 귀엽지 않은 부분이 없는 미스 민이었다.

'이제 가야지. 미스 민을 만나러 가야지. 일두 시마이했으니 짐이나 챙기구서. 이게 얼마 만이야. 벌써 보름두 넘었으니.'

어느새 휠타만 남은 88디럭스 꽁초를 벽돌 구멍에 집어넣고는 창구는 방금 전 오 씨처럼 작업복 상의를 비계에다 대고 탁탁 털었다.

제대할 때 입고 나온 예비군복인 그 작업복은 천이 질기기도 해서지만, 전방에서 고생스러울 때마다 한처럼 입고 싶었던 옷이라 보물처럼 넣어두었던 거였다. 그게 시골 살림 툭툭 털고 무작정 이 도시로 나와서는 배운 것 없고, 가진 것 없는 처지로 별수 없이 공사장 날품팔이를 하게 되자 빛을 내기 시작했다. 등짐과 골재에 아무리 비벼대도 끄떡없이 질겨서 일판에 더없이 좋았다. 옷이라기보다 차라리 장비라고 해야 옳았다.

"아, 이 사람 왜 대답이 없어!"

어느새 갈 준비를 끝낸 오 씨가 이번에는 자기가 담배를 피워물고는 창구의 어깨를 쳤다. 이제 그들은 현장사무소에 들러 소위 '간조'라고 하는 보름치 임금을 탈 참이었다.

이번 급여는 이틀이나 늦었다. 쉽게 말해 품삯인 그들의 급여는 보름만이면 어김없이 계산되는데 이번에는 그랬다. 사장의 말로는 광복절 연휴가 끼어 건축주로부터 중도금을 받지 못해서 그렇다고 했다. 아무리 그래도 그렇지, 미리미리 중도금을 빼내든가, 아니면 어느 돈을 끌어다 대더라도 품삯은 제때 주어야지 무슨 얘긴가. 보름씩 밀렸다 주는 것도 원래는 안 되는 건데, 그걸 또 넘기다니, 말도 안 돼. 보름치 이자를 따져봐야 얼마나 된다고 그러냐고 하겠지만 이 현장 전 인부들 몫을 다 따져봐라, 그게 얼만가. 창구가 제일 펄쩍 뛰었다. 소매를 걷어붙이고 서슬이 퍼렇게 따지고 들었다. 그게 그제였다. 그에게는 바로 한시라도 빨리 미스 민을 만나고 싶은 '큰일'이 있었던 것이다. 가능하면 매일이라도 만나고 싶은 미스 민인데, 이래서 이 불볕 같은 더위도 참아내며 열심히 일해 왔는데….

한 달에 두 번, 임금을 받는 날에야 겨우 미스 민을 만날 형편이 되는 창구로서는 급료일이 여간 기다려지는 게 아닌데 그걸 망친 것이다.

"술요? 전 오늘 바쁜데요. 약속이 있거덩요."

"약속? 그, 그 여자? 민인가 빈인가 하는…. 이 사람, 그게 무슨 약속이야, 자네 혼자 찾아가는 거지. 그러지 말고 오늘은 나하고 쐬주나 하러 가지. 충주집 암뽕 좋잖아! 가자구, 근사하게 딱 한잔만 하세. 그게 백번 좋을 게야. 나두 산전수전 다 겪었지만 여자 그거 별루야, 마야 마. 출세의 마, 결심의 마, 내 말 새겨들어! 알겠어? 그럼 암말 말구 날 따라와. 오늘은 내가 살 테니까."

창구는 찔끔했다. 어쩌면 오 씨는 남의 마음을 그렇게 족집게처럼 집어내는지 몰랐다.

"미, 미스 민요? 아, 아닙니다. 웬 미스 민은요. 제 친구랑 약속이 있어서…."

"허- 끝꺼정 날 속이려구 그러네."

"속이다니요! 제가 어떻게 오 씨 아저씨를 속여요."

"그래! 그렇담 일단 믿기루 허지. 그러나 믿구 보내기는 하지만 나중에라도 알게 되면 조용히 안 넘어갈 거니까 알아서 해."

"네."

말하며 걷는 동안 현장사무소에 다다랐다. 종일 가마솥처럼 끓이던 태양은 일을 마친 이 시각까지 조금도 기세를 죽이지 않고 기승을 부렸다. 후덥지근하니 비까지 올 것 같았다. 차라리 비나 좀 뿌렸으면…. 혼잣말처럼 중얼거리며 오 씨의 뒤를 따라 현장사무실로 들어서는 창구의 작업복 등판이 어디선가 반사된 빛에 번들거렸다.

"아니, 낼이믄 또 입을 걸 왜 그렇게 내팽개쳐요? 잘 걸지 않구."

현관문을 열고 들어서기 무섭게 작업복을 벗어 내던지고 쫓기듯 서둘러 욕실로 들어가는 창구의 등에 대고 그의 아내가 오지항아리 깨지는 소리로 그렇게 말했다. 13평짜리 아파트의 욕실이란 게 말이 욕실이지 반 평 남짓한 공간에 욕조란 있을 리 없고, 샤워 꼭지 하나에 세면기 하나가 고작이고 거기다 변기까지 있으니 화장실이래야 더 잘 맞는, 둘만 들어서도 돌아서기도 불편한 거였지만 그게 창구네로서는 욕실 겸 화장실 겸 세탁실 겸 다용도로 소중하게 쓰는 형편이었다. 어쨌거나 그 비좁은 공간까지 따라 들어온 아내의 쩡하는 목소리는 창구의 고막을 크게 흔들었다.

"저게 그냥 오늘 또 손맛을 보구 싶나. 왜 지랄이여 지랄이, 가뜩이나 부아가 치미는데."

그도 그랬다. 아까 공사장에서 그는 기어이 한바탕했던 것이다. 이틀이나 늦게 주는 임금을 자금 사정 때문이라고 한마디 하고는 절반밖에 주지 않았던 것이다. 그것도 무려 한 시간이나 기다리게 한 끝에.

– 이 자식들이 이거 어린애 데리구 장난하는 거야 뭐야! 이 땡볕에 위험수당 한 푼 없이 빌딩 꼭대기에 붙어서 다리가 후들거리고 간이 쫄아붙는 걸 참으며 해낸 노동의 대가를 보름두 넘게 미루다가 이제야 주면서 또 절반이야! 어디 경우여, 이게, 누구 동냥 주는 것두 아니구, 애들 끔값 주는 것두 아니구 말야! –

결국 제일 먼저 창구의 입에서 거친 소리가 나갔다. 그러자 여기저기서 고함이 터지며 웅성거렸지만 어쩌는가. 근본적으로 돈이 모자라는 것을. 사장은 나타나지도 않고 경리부장만 남아서 끝없이 이해 좀 해달라는데, 다음 계산 때는 꼭 완불하겠다는데.

임금도 다 못 받고 시간은 늦고, 이래저래 심사가 뒤틀려 있는데 마누라가 또 시비를 거니 창구도 그냥 가만히 있어지지가 않았다. 아내의 오지항아리 깨지는 소리가 줄곧 욕실의 문틈을 비집고 자꾸 들어오니 더욱 그랬다.

"모임에 간다구? 웃기구 있어 증말. 누가 자꾸 눈감아줄 줄 알구? 번번이 간조날에는 모임이라구 작업복 팽개치더니 오늘두 간졸 봤구먼. 내놔! 다 내놔! 애들하구 살 궁리는 안 하구 어디 가서 뭔 짓을 할라구 그려!"

아내의 쫑알거림은 끝이 없었다. 물을 끼얹을 때는 안 들렸지만 비누칠을 할 때처럼 조용할 때면 어김없이 창구의 고막을 건드렸다. 참다못한 창구는 비누칠을 하다 말고 버럭 고함을 질렀다.

"입 닥치지 못해! 뭘 알기나 하구 주둥이를 놀려야지. 어째 사람이 저렇게 진화가 늦을까. 도시로 나온 지가 벌써 1년이 다 되어가는데 촌티를 못 벗구. 사람 사는 게 뭔지 알어! 그냥 1원짜리까지 움켜쥐면 내놓을 줄 모르고 궁상만 떤다구 되는 건 줄 알어! 이웃두 모르구, 친구두 모르고, 동기간두 모르구 돈만 아는 돈병신, 으이구-!"

창구의 주장은 그랬다. 사람이 산다는 게 뭔가. 비록 운수가 사나워서 막노동으로 공사판을 전전하며 살게 된 처지이지만 때로 근사한 데 가서 음악도 듣고, 맥주도 한 잔씩 마시구, 영화 구경도 하고, 요즘 흔한 디스코도 추어보고, 리모컨으로 앉아서 작동시키는 텔레비전이며 전축 비디오 정도는 놓고, 식사 후 커피도 한 잔씩 하면서 살아야 하지 않느냐. 인생이 순간처럼 짧다는 가치관이 옳다는 게 아니라 그렇게 궁상을 떨어봐야 얼마나 더 모이나 이거였다. 그렇다고 어디 날마다 펑펑 써제끼자는 것이냐, 그저 한 달에 한두 번 정도지. 내가 가정 소중한 것 모르구 장래를 유념하는 것 모르것냐, 마누라랑 자식 생각을 안 하것냐. 그저 남들처럼은 아니더라도 어느 정도만 해놓고 살고, 어느 정도는 즐겨야 하잖느냐. 그걸 가지고 낭비네, 분수를 모르네 하며 잘 알지도 못하면서 남자 하는 일에 건방지게 참견이야, 하는 대로 따라오고 순종하면 사랑받구 좀 좋으냐. 모르면 가만히나 있지, 뭘 안다구 사사건건 나서냐. 모양이나 고와야지. 여자가 여자다운 구석은 하나도 없이 늘 머리는 엉크렁고, 화장기 없는 누렇게 뜬 얼굴로 내가 무슨 돈 찍는 기곈지나만 보면 돈타령만 하니 내가 무슨 산뜻한 기분으로 집을 찾냐. 그나마 미스 민이라두 있어 내가 기운 내는 걸 고맙게 알아야지, 꼴에 시샘을 하는 거야 뭐야. 그보다 남한테 말이나 안 듣고 살아야지. 베란다도 모자라 현관 밖 층계까지 어디서 구했는지 화분 깨진 것, 양재기 찌그러진 것, 비닐봉지 등 희한한 그릇들에다 상추며 고추며 파 같은 채소를 심어놓고는 물을 줄 적마다 물이 흘러내려 반장이 찾아오고, 통장이 찾아오고, 반상회 때마다 성토를 당하구. 그건 정말 죽을 맛이었다. 좁은 공간을 알뜰히 이용하여 반찬값이라도 절약하려는 건 좋으나 이 정도면 억척을 넘어 병적이 아닌가.

아내의 삶은 전쟁이었다. 밥알 하나 떨어지지 않았나, 어디 한 뼘이라도 공간은 없는가, 눈빛을 번득이며 살피고 챙겨 넣고 주워 나르는 아내가 창구는 무섭게 느껴질 때가 많았다. 주부의 그런 생활은 자연히 아이들까지 어미의 눈치를 보며 웬만해서는 전깃불도 안 켜는 초긴장 상태로 몰고 갔다. 결론은 그렇게 지독히 해서 뭔가 눈에 띄게 모아진다면 또 다르지만, 이건 그날이 그날이다. 절대 수입이 밑바닥인데 아끼면 얼마나 아끼겠는가. 그러다 지치고 헛김 나면 스스로의 실망에 살맛을 잃을지도 모르고, 환갑도 되기 전에 폭삭 늙어 쓰러질지도 모를 일인데 아내는 변함없이 그랬다. 더구나 요즘은 헛김 나게 하는 게 얼마나 많나. 땅 사기니, 부동산 투기니 수십, 수백억이란 엄청난 돈들이 땀 한 방울 흘리지 않고 왔다 갔다 하지 않나. 그걸 보고 살맛 안 난다고 일할 필요 없다는 건 아니지만, 그렇더라도 당신처럼 그렇게 워낙 없는 데에서 쪼

개고 쪼개보았자 거기가 거기지 뭐 새끼 칠 게 있겠냐.

이게 창구의 변인데, 여기에 맞서는 그의 아내 변 또한 일리가 있다는 점에 늘 충돌이었던 것이다.

아내는 그 변을 주장으로 그치는 게 아니라 너무도 자신 있고 단호한 창구의 주장을 단칼에 자르는 행동으로 나타내기 때문에 더 큰 문제인 것이다.

무슨 소리여, 쥐뿔도 없이 불알밖에 가진 게 없으면서 한 푼이라도 애껴서 저축을 해야지, 달리 무슨 방도가 있느냐. 시골에서 농사 지을 때는 그래도 여기저기서 푸성귀라도 뜯어 먹지, 이웃 인심 좋지, 없어도 그리 몸 달지 않았지만 여기는 도회지가 아니냐. 농사일은 힘들어서 죽어두 못하겠다며 시내로만 나가면 날품을 팔아도 하루 오만 원이니까 그만해도 월 백오십만 원이니 그만하면 면서기 하는 친구 오만수가 뭐 부러우냐, 그 친구 월급이 사십만 원 요쪽 조쪽이라더라 하면서 큰 소리 뻥뻥 치고 웃뱀이 논 팔아서 나왔어야 지금껏 손에 쥔 게 뭐 있느냐. 논 판 돈도 내가 우겨서 토끼장 같은 아파트일망정 전세를 했기 망정이지, 사글세 얻었어 봐라. 그것도 벌써 날렸을 거다. 일이 여기에 이르렀는데 애들두 키워서 공사판 날품팔이를 시킬 참이냐, 어렵게 벌어서 술 먹어 치우게! 웃겼어, 정말 참새가 웃겠다. 뭐? 나보구 여자 같지 않다구? 아어느 년이 멋 내구 싶지 않아서 이대루 내버려두는 줄 알아! 화장품이란 게 도대체 얼만지나 알아? 쥐뿔두 바를 것두 좋을 것두 없는 게 최하 만원이 넘는데, 나두 좋은 화장품 쓰구 싶구 고급 핸드백 들구 다니고 싶지만 그런 거 다 갖추다 보면 1년두 못 가서 거리로 나앉어. 뭘 알기나 하구 겉멋이라두 부려야지. 이만치 사는 것두 다 내 덕인지나 알구 힘들어두 참고 젊을 때 진득히 돈만 벌어 오라구, 내 딴주머니 안 찰 테니께 걱정 말구. 쓸데없이 위만 쳐다보구 침 흘려봐야 다 그림의 떡인 거여.

아내의 주장은 대충 그랬다. 때로는 그녀 자신도 기를 쓰고 아끼고 아껴 모아봐야 1년에 불과 몇십만 원 정도가 될까 말까 한 사실에 의욕을 잃고 싸고 눕는 경우도 있지만, 그녀는 줄곧 무섭게 아끼고 모았다. 공사판 다니기 좋게 월부로 오토바이 하나 사자는 창구의 제의도 한칼에 잘랐고, 어쩌다 비가 와서 일을 못 나가는 날 돼지고기라도 좀 구워 먹자 해도 끼니 겸 빈대떡으로 대신하고, 고향을 다니러 갈 때도 어김없이 버스로 버스로 연결시켰지. 짐을 아무리 들었어도 택시를 탄다는 것은 입도 뻥긋할 수 없었다.

"양복! 여기 양복 어디 갔어?"

아내가 쫑알거리건 말건 아랑곳 않고 목욕을 끝낸 창구는 서둘러 비키니 옷장을 뒤졌다. 그 비키니 옷장도 벌써부터 하다못해 그 흔한 철제 캐비닛으로라도 바꾸자고 했던 것이었으나 그 역시 들은 척도 않는 아내였다.

"저 사람들을 좀 봐요."

싸움이 시작될 때, 아내는 때로 베란다 쪽의 문을 활짝 열고 앞동 뒷동의 아파트를 가리키곤 했다.

"봐요. 저 사람들 해놓고 사는 거. 뭐 별 게 있나. 다들 관공서며 커다란 기업체의 과장입네 대립네 하며 우리들 기를 죽이지만 별거 없잖아요. 아 왜 보라니까 안 봐요! 저 사람들이 우리와 비슷한 사십 이쪽 저쪽이듯이 사는 집도 13평짜리 서민 아파트고, 다 같이 연탄 때고 살며, 베란다에도 그저 커다란 고무함지 하나씩 엎어 걸어놓은 것 하며, 세발자전거 하나에 선인장이나 고무나무 정도의 화분 두어 개, 좀 일찍 시작한 살림이라면 소철이나 분재 하나 더 기르거나 커튼 정도 더 설치했지, 다아 우리와 같지 뭐가 달라. 문제는 저 사람들이 우리보다 몇 배 더 많이 벌면서 우리와 다를 게 없이 산다는 사실, 그게 중요한 거야. 그만큼

저축을 한다는 얘기가 아니냐구!"

아내의 말마따나 정말 다른 집도 사는 게 별건 아니었다. 그럼에도 불구하고 창구 씨가 늘상 불만스러운 것은, 아니 현격하게 차이가 나는 것은 바로 여자였다. 그 집 여자들은 여자다워 보이는데 아내는 후줄그레 쥐어짜놓은 작업복처럼 윤기도 웃음도 없이 거끌꺼끌한 주름투성이인 채, 다른 여자들이 눈웃음과 단정한 차림으로 남편을 맞는 데 반하여 아내는 미간에 내 천 자를 긋고 잔뜩 노려보고만 있는 그런 차이 때문이었다. 좀 더 여자답게 약해 보이든지 다소곳이 순종이나 하든지 이것도 저것도 아닌 채 한기와 오기에 살기까지 풍기며 허구헌 날 찬바람과 짜증과 조바심만 치니 이게 어디 살맛이 나는가. 그러면서도 아내가 베란다 쪽의 문을 열고 남들을 보라 할 때면 창구는 그냥 자지러들었다.

그럼에도 불구하고, 창구네가 가정이라는 하나의 커다란 구심체에 큰 상처를 내지 않고 그런대로 꾸려가는 것은 그런 가운데에서도 창구가 급여날 단 하루, 그러니까 한 달에 두 번 정도 자기식 바람 쐬기를 하는 것으로 만족하고 그 이상의 것, 가령 매일 술을 마시러 든다거나 미스 민과 딴살림을 차리려 한다든가, 아내에게 폭력을 쓴다든가 아니면 일을 하기 싫어 한다든가 하지 않고 날만 밝으면 으레 일을 나갈 줄 아는 것과 같이 창구의 아내도 시골길망정 중학교까지 나온 남편이 처자식 먹여 살리려고 그 뜨거운 땡볕에 온종일을 위험스러운 높은 곳에서 상머슴처럼 땀 흘리며 고생하는 걸 안스러워 하고, 그래서 남자의 기분을 헤아려 급여날 하루쯤 한잔을 하는 것에 대하여 묵인해 주고 지내는 때문이었다.

그게 그런데 오늘은 달랐다.

작업복을 팽개친 일로 신경질을 내기 시작한 아내가 끝까지 수그러들지 않고 기세를 세웠던 것이다. 그녀는 시간이 늦어 허둥대며 양복을 찾는 창구의 물음에는 대꾸도 않고 창구의 외출 움직임에 대하 줄곧 잰 입을 놀렸다.

"몰러 나두, 까짓거 어느 년은 멋 내고 가다듬을 줄 몰라 못 하는 줄 알아! 나두 이제 춤이나 배워서 즐길 거니까 두고 보라구. 안팎이 쥐뿔두 없는 주제들이 같이 미쳐서 나돌아 보자구…."

결국 창구가 눈에 쌍심지를 돋우었다.

"이게 말이면 다 하는 건 줄 알아! 내가 놀러 간다구? 모임이랬잖아! 또 남자가 뼈심 들여서 돈 좀 만지는 날 술 한잔한다구 그게 뭐 그리 펄쩍 뛸 일이냐, 발작을 할 걸 해야지, 다른 집 여자들은 남자가 집에서만 죽치고 있으면서 여자 치마폭을 벗어나지 못하면 무기력해 보여서 싫다더라. 그것보다도 남자가 몸과 마음이 편해야 밖에 나가 기활 좋게 움직이구, 그래야 집으로 무엇 하나라도 더 물어오는 걸 몰라! 도대체 10년을 가르쳐도 모르니."

그러나 아내는 콧방귀부터 뀌었다.

"흥, 웃기는구먼. 그래, 남자는 심신이 편해야 하고 여자는 똥끝이 타야 하구? 남은 100원 아끼려고 콩나물 한 봉지도 애를 업구 걸리구서 북부시장까지 마라송을 해대는데 누구는 기집 끼구 맥줄 마시며 분위기를 잡어? 증말 웃겨."

그 순간 창구의 손이 날랐다.

"이게 점점 애들 앞에서…. 도무지 멋을 알아야 대화가 되지. 악만 쓰구, 말만 많으믄 되는 줄 알아! 그만큼 갈겼으면 동화가 될 때도 지났건만, 남자 한마디 할 새 없이 두 마디, 세 마디 나불거리구…. 원 어지간해야 겸상을 하지, 널 데리구 상대를 하다가는 나두 너같이 좀씨가 될까 겁난다. 으이구, 진작 제 갈 길로 갔어야 하는 건데."

창구의 주먹에 한 대 맞고 구석에 쑤셔박힌 아내는 일어날 줄을 몰랐다. 꼼짝을 안 했다. 그렇거나 말거나 집 안이 조용해지자 창구는 또 양복을 찾기 시작했다.

"아니, 이거? 야! 아빠 양복 이거 누가 이렇게 여기다 쑤셔 박았니?"

가까스로 찾은 양복은 비키니 옷장 맨 밑에 형편없이 구겨진 채 쑤셔 박혀있었다. 창구는 기가 막혔다. 아내가 악을 쓰며 반대하는 걸 무릅쓰고 지지난달에 월부로 맞춘 양복인데, 그게 어쩌다가 옷걸이에서 떨어져 아이들 옷과 아내의 옷이 뒤엉켜 쌓인 바닥 맨 밑에 눌려있는가. 밤이라 좀 괜찮을지는 몰라도 양복은 너무도 구겨져서 볼썽사나웠다.

"어이구 속 터져. 남편 외출복을 언제나 입을 수 있게 손질해서 놓아 주는 여잘 데리구 사는 놈은 얼마나 복일까. 허이구 이거 입고 가자니 너무 처참하구, 이나마 양복도 안 입고 미스 민 앞에 나타나기도 그렇구."

옷을 찾자 부랴부랴 와이셔츠를 입고 넥타이를 매면서도 창구 속이 부글부글 끓었다. 와이셔츠도 그랬다. 벌써 두 번이나 입은 것이니 세탁 좀 해서 깃을 빳빳하게 다려서 놓으면 좀 좋아. 이놈의 여편네는 도무지 뭘 하는지 이런 건 손 댈 줄을 모르니 원. 목 부분에 누렇게 땀이 절은 와이셔츠를 입으면서 창구는 끝없이 투덜거렸다. 이윽고 대충 물수건질을 한 양복까지 걸친 창구는 서둘러 방을 나섰다. 그때까지 쑤셔박힌 채 꼼짝을 않던 아내의 볼로 눈물이 주르르 흘렀다. 방을 나선 창구는 급했다. 시간은 벌써 여덟 시가 넘어있었다. 서둘러 현관으로 내려서는 창구의 발에 아까 팽개치듯 벗어놓은 작업복이 걸렸다.

"으이구, 징그러운 것."

창구는 그 작업복을 냅다 걷어찼다. 걷어채인 작업복은 실내를 벗어나 베란다까지 나가 떨어졌다. 그걸 돌아볼 사이 없이 층계를 뛰어 내려온 창구는 또 택시를 잡기 위해 큰길 쪽으로 뛰었다.

비가 한두 방울씩 떨기 시작했다.

이튿날, 밤새 주룩주룩 비를 뿌리던 날씨는 언제 흐렸느냐 싶게 쾌청하였다. 어느 순간 창구는 눈을 떴다. 머리가 지끈지끈 아파왔다. 도대체 어떻게 된 건지 기억이 안 났다. 여기는 집인데, 미스 민과 어울려 억수로 취한 채 자꾸 잔을 부딪친 것까지는 생각이 나는데 그 이후를 토옹 알 수 없다. 취중에도 미스 민이 수없이 사랑한다며 온몸으로 무너져 와서는 껴안고 볼을 비비대고 한 것까지는 알겠는데…. 도대체 어떻게 그녀와 헤어졌는지, 어떻게 집까지 왔는지 알 수 없었다.

그러다 창구는 정신이 번쩍 들었다.

"아니!? 이럴 때가 아니네! 날씨가 이렇게도 맑은데 일을 나가야지. 어째 현장에서는 아무런 연락이 없을까? 오 씨라도 좀 기별을 주지 않구."

그는 서둘러 일어나 작업복을 찾았다. 그러나 작업복은 어제 그가 걸어찬 대로 베란다에 나가 떨어진 채 밤새 내린 비로 흠뻑 젖어있었다.

"아니, 작업복이? 이게 이게 없으면 안 되는데! 허 이거야 원, 이봐! 여봐! 날 봐! 어디 갔어? 나 일 나가야 되는데, 도시락 싸 줘야지."

아내는 없었다. 작은 공간 어디에도 아내는 없었다. 애들도 없었다. 전에 없이 엉망으로 어질러진 방이며 부엌, 거기엔 전에 없이 파리가 날았다. 어디선가 매미가 기운차게 울기 시작했다.

지용옥

월간문학 신인상, 충북문학상, 소설집 『물개사냥』, 『유리 저편』 외

선암사 뒷간

전영학

녀석의 만나자는 답신은 실로 오랜만에 나를 침잠의 늪에서 끄집어냈다. 심호흡을 했다. 머리를 타고 문득문득 괴물의 혀가 닿는 것 같은 전율이 끼쳐왔다. 나의, 어둠에 찌든 에스엠에스에 녀석이 응해 오리라곤 상상도 못 했으니까.

버스 터미널 화장실 앞으로 나와라. 녀석다운 데가 있었다. 하필이면 화장실이라니. 하지만 화장터란들 피하랴. 생과 사, 흥망과 성쇠 따위를 그 날렵한 혀로 뇌까린다면 그걸 뽑아버릴 작정도 해본다. 나는 서랍 깊숙한 아우성 속에서 호신용 가스총을 찾아냈다. 벽을 노려보았다. 내가 내뱉는 숨줄기가 총구를 스쳐 맞은편 벽으로 날아가서는 투두둑 소릴 내며 떨어졌다. 조심스럽게 녀석의 면상을 조준해 봤다. 한 치의 실수도 없어야 한다.

녀석과의 약속 장소로 나섰다. 버스 터미널까지는 꽤 멀리 부담스러운 택시를 타야 했다. 속주머니에 들어있는 총이 그 강인하고 막직한 감촉으로 내 심장을 위무했다.

바람이 방향도 없이 몰려다녔다. 소금기가 묻은 남풍이었다. 타이푼이 오키나와를 지나고 있다고 했다. 옷깃이 펄럭일 때마다 나의 총은 적당한 무게로 내 옷자락을 진정시켰다. 손으로 연신, 알았다, 알았어, 이제 얼마 남지 않았다. 네가 수훈을 세워야 하고말고. 혼잣말을 했다.

터미널에는 사람들로 붐볐다. 모두 바쁘고 필요한 걸음걸이들이었다. 대합실을 흘끔 쳐다보았다. 낯익은 사람이 없다. 화장실 입구로 다가갔다. 차례를 기다리는 사람들이 출입구 근처에 짤막한 줄을 짓고 있었다. 녀석은 보이지 않았다.

이런 곳에서 만나자는 녀석의 저의가 불쾌했다. 이건 녀석 특유의 악취미다. 원래가 제 잘난 녀석이니까. 어떻든 만나야 했다. 나는 일렬 대오를 무시하고 화장실 안으로 진입했다. 소변기 앞에 선 남자들이 각기 제 일에 공을 들이고 있었다. 나는 녀석의 뒷모습을 찾았다. 없었다. 그러나 어디에서 어떻게 기습해 올지 모를 녀석의 도발에 신경 쓰느라 동공에서 힘을 빼지 못했다. 그때였다. 바로 앞 대변 칸 문이 열리면서 녀석의 얼굴이 드러났다. 순간적으로 내 가슴에 파동이 일었다. 어쩐지 푸석한 얼굴에 굼뜬 등허리 선이었다. 예상 밖이었다. 녀석이 천천히 돌아서며 어색하게 표정근을 움직였다. 그건 분명 어떤 형태의 웃는 모습이었다. 아니 웃어 보이려 애쓰는 표정일지도 몰랐다. 나는 주머니 속 총의 무게를 잠재우며 표나지 않게 만지작거렸다.

녀석이 이렇게 허름했던가. 눈에 총기가 흐렸던가. 내 악몽 속에서 늘 기고만장하던 녀석 아니었던가. 가스총이 어색하기만 했다. 하지만 눈에 힘을 빼지 않고 녀석의 앞으로 다가갔다. 녀석이 어설프게 손을 내밀었다. 솔가지처럼 메마른 팔에 힘줄 퍼런 손등이 붙어있었다. 그 힘줄이 내 깡마른 손을 잡았다. 나는 잡히고야 말았다. 동시에 후회를 했으나 그 손을 뿌리칠 여유가 없었다. 녀석 앞에서 맨땅에 헤딩하던 기억이 찔러왔다. 기력을 잃고 쓰러진 나를 지그시 넘겨보았을 녀석의 퍼런 눈동자가 스쳐 갔다.

터미널 밖엔 여전히 바람이 몰려다녔다. 녀석이 바람에 긁히는 이맛살을 잠시 찌푸렸으나 곧 횡단보도를 느적느적 건너기 시작했다. 그 끝에 간판이 기울어진 촌스러운 찻집이 하나 보였다. 녀석은 나를 흘끔 돌아보더니 말없이 그 안으로 들어갔다.

"왜 보자는 거지?"

나는 비로소 녀석에게 가시를 던졌다. 녀석이 말없이 냉수 한 잔을 들이켰다. 그리고 옆 좌석에 앉아있던 웬 여자에게 눈짓을 보냈다. 인사드려, 나직이 말했다. 우리의 옆 테이블에 어느 여자 하나가 유령처럼 앉아있었음을 비로소 알아차렸다. 여자는 입을 다물고 있었으나 입술 속에 머무는 가느다란 한숨을 삼키지는 못했다. 여자가 힘없이 눈동자를 거두었다. 뼈마디가 내비치는 두 손을 모아 테이블 아래로 감추었다. 이쪽으로 오라구, 지시하는 녀석의 목성이 갈라졌다. 여자가 마지못해 일어섰다. 의자와 탁자 사이에 끼어 엉덩이 부분이 약간 휜 자세로 여자는 녀석을 잠시 바라봤다. 인사해, 녀석이 여자와 나를 번갈아 보았다. 여자가 옆걸음으로 걸어 나왔다. 바짝 마른 얼굴에 눈동자 초점이 어색했다. 흐린 물기 같아 보였다.

"내 동생일세. 내 말만 듣고 살아온 사람인데, 따라왔네."

그러면서 녀석은 휴대폰 액정의 시계를 내려보았다. 녀석과 닮은 구석이라곤 없는 여인이었다. 그것은 중요치 않았다.

"용건은?"

속으로는 태평한 걸 다 묻는다고 자책하면서, 녀석을 두고 갈아온 십년간의 복수심을 흩트리지 않으려고 안간힘을 썼다. 이 여자의 정체에 관여할 틈도 없었다.

"새벽부터 서울에서 내려온 이유가 있지. 다 풀자는 거지. 더러운 거, 해묵은 거, 배변처럼 후련하게 풀어내자는 거지."

녀석의 달변이 터졌다. 나는 긴장했다. 그 저급한 개똥철학, 변기에 앉아서나 주절거릴 일이지. 나는 녀석이 이어갈 달변에 허리를 뒤틀었다.

녀석이 한 풀 낮게 톤을 꺾었다.

"내가 뭐 위너도 아니고…. 차를 좀 함께 타주겠나?"

녀석의 모사가 또 시작되었다.

"차?"

나는 뿌리치기 위해 외쳤다.

내무반에 나타난 선임하사는 상기되어 있었다. 12주 특수교육대 훈련이 끝나고 임지 배정을 발표하는 순간이다. 전에도 늘 긴장되는 순간이었을 것이다. 일렬로 침상 위에 도열한 훈병들의 이름이 하나하나 호명되었고, 대개는 만족한 미소를 머금었다. 나도 그래야 했다. 팔십 명 대원 중에 나는 종합평가 점수 1위였다. 필기, 사격, 병영 생활, 모든 측정에서 그러했다. 1등짜리는 자대에서 근무하는 관례가 있다고 처음부터 고지했고, 그것을 훈병들은 다 알고 있었다.

오전 수료식 때 대장으로부터 종합 1위 상장을 받았다. 그런데 어느 곳인지도 모르는 타 부대 배정이었다. 왜? 나는 속으로 물었다. 소대장을 찾아가 볼까 했으나 선임하사가 세워놓고, 야, 임마 까라면 까는 게 군대야, 하고는 뒤도 돌아보지 않았다.

나는 군장을 쌌다. 해가 실풋 넘어가고 있었다. 이 석식이 너희들 송별식이다, 배불리 먹고 잘 가라. 소대장이 식당 저편 입구에서 농담 짓거리 같은 훈시를 하고는 사라졌다. 밥이 넘어가지 않았다.

땅거미가 짙어지자, 초봄의 까칠한 냉기가 허리를 후벼 팠다. 나를 포함한 전속 대기자들에게 은전 같은 마지막 화장실 출입 허가가 내려졌다. 몇 분에 불과한 시간이었지만 애증이 얽힌 꿀꿀한 배설을 마치고 트럭에 태워졌다. 곧 도시 변두리를 잠행한 뒤 어느 역사(驛舍)의 티엠오 뒷마당에 우리는 뿌려졌다. 그곳엔 이미 타 대에서 도착한 수백 명 신병이 줄지어 어둠 속에 갇혀있었다. 레일로 질주하는 열차들의 굉음에 시달릴 여력도 없어 보였다. 우리를 태울 군용열차는 자정이 넘어서야 우물쭈물 비상 플랫폼으로 들어섰다.

열차는 빨리 달리지 않았다. 툭하면 정거하고는 시간을 되새김질했다. 날이 부옇게 밝아왔으나 여전히 그 모양이었다. 다만 서울 쪽으로, 아니 북쪽으로 하염없이 꼼지락거리는 것만은 분명했다. 도중도중 호명에 따라 하차하는 병사들이 보였다. 정오가 넘어 서울로 진입했고 열차가 속도를 냈다. 멀리로, 내가 강의 듣던 대학 건물의 윤곽이 어렴풋했는데 열차는 서울만은 재빠르게 마무리했다. 그리고 나서 어느 한적한 역에서 다시 꿈적도 하지 않았다. 해가 지고 창밖이 캄캄해졌다. 호송관이 도시락을 챙겨다 주며, 군대 시계는 어쨌든 돌아간다, 조급해 말거라, 했다. 우걱우걱 씹어먹고 도시락 곽을 와작 구겨버렸다. 내가 좋아했던 영상이나 음향을 떠올리려고 머리를 쥐어짰으나 나를 찾아오지 않았다. 졸음을 청했다. 마찬가지였다. 난생처음 적막감을 느꼈다. 우울했다.

새벽이 돼서야 시동을 건 열차가 바퀴를 굴리기 시작했다. 하얀 안개가 구물구물 산기슭을 감돌았다. 부챗살이 퍼졌다. 그리고 얼마 후 이윽고 하차 명이 떨어졌다. 여기서 마지막 내릴 병사는 나를 포함한 셋이었다. 한적한 시골 역 앞에 군용 트럭이 한 대 기다리고 있었다. 우리는 트럭에 올라타 또 하염없이 달렸다. 고개를 넘고 다리를 건넜다. 어느 곳인가, 심심하고도 쓸쓸해 보이는 군부대 앞에서 병사 둘이 뒷머리를 긁으며 내렸다. 나에 대한 겸연쩍음일 것이다. 이제 나만 남았다. 나는 다시 달렸다. 민가가 사라졌다. 산기슭 사이로 인적 끊어진 길이 수줍어했다. 여기저기 무표정한 철조망들이 나를 어색해했다.

트럭이 어느 군 막사 앞에 나를 내려놓았다. 저 앞 높직한 곳으로 남방한계선 철조망이 잿빛 구름 띠처럼 흘러가고 있었다.

먼 길을 시달려 온 나를 내무반장이 맞았다. 의외로 따뜻한 얼굴이었다. 부대 연혁과 내 소속, 임무를 알려준 뒤, 아까 열차 안에서와 같은 말로 나를 위로했다. 내 표정이 너무 심각해 보였을 것이다. 나는 극도로 말수를 줄였다. 화장실에서 용변을 볼라치면 묵지루하게 아랫배가 땅겼다. 변비에다가 빈뇨가 겹쳤다. 화장실 창틀을 잡고 헐떡이며 끙끙댔다. 가슴을 쥐어짜는 흐느낌이었다.

사흘 후 나는, 선임하사를 찾아가고야 말았다. 설명 듣지 않고는 내가 나를 감당할 수 없다고 솔직히 털어놓았다. 고뇌하던 선임하사는 이틀 후 나를 불러 조용히 귀띔해 줬다. 인사카드에 적혀있다고. 그게 좋은 기록일 리는 만무했다. 내가 남 눈속임 없이 신검받고, 날짜 맞춰 입대, 훈련받아 온 이력에서 불온하게 적힐 만한 사정이 무얼까. 아니 고교 시절부터 입대 전까지의 대학 생활을 되짚어도 도대체 무어란 말인가. 열심히 공부하다가 국방의무 이행하려고 입대한 것이 죄란 말인가. 경찰서나 기무사에 관련될 만한 짓거리가 정녕 생각나지 않았다. 나는 부대꼈다. 탈영을 해서라도 적힌 내용을 알고 싶었다.

내가 심상치 않음을 간파했는지 소대장이 나를 불러 중대장 앞으로 데려갔다.

"너 여전히 반정부, 반국가적인 행태로 나오면 군사 법정에 갈 수도 있어."

중대장은 심각했다. 나는 내 귀를 의심했다. 추호도 반정부적이지 않다. 더구나 반국가적이라니. 눈에 불을 켜지 않을 수 없었다.

"무슨 근거로 하시는 말씀입니까?"

당돌했다. 중대장의 표정이 어두워지더니 무겁게 입을 열었다.

"데모대에 앞장선 횟수가 십여 회, 이적 구호 제창이 다수…. 그래서 관심병사."

말도 안 되었다. 나는 중대장의 눈을 응시했다. 그리고 외쳤다.

"모략입니다. 누군가가 덮어씌운 겁니다."

"여기 이렇게 인사카드에 메모가 돼 있다니까. 그러니까 사고 없이 군대 때우고 나가는 게 네 인생 신작로지. 내가 보기에 어리석지 않게 생겼는데."

중대장이 뻔히 나를 쳐다보았다. 소대장이 나를 이끌고 그 앞을 벗어났다. 누굴까? 이렇게 새빨간 거짓으로 나를 엎어 깐 놈이.

철책 초소에서의 나날은 혼란스러웠다. 하지만 탈출이라는 꿈을 접지 않을 수 없었다. 어차피 국방부 시계는 돌아간다는 명약(名藥). 시간을 보내는 기술, 죽음 쪽이 아닌 나의 해방, 전략(戰略)보다 위중한 자신에의 지략(智略)이요 깨달음이랄까, 허접한 자기 방어술이랄까. 비로소 화장실 창문으로, 잿빛 구름 띠 철조망에 하염없이 내려앉는 햇빛이 보였다.

첫 휴가를 나올 때 소대장과 선임하사가 친형처럼 당부했다. 군대는 다 그런 거다, 아무리 X 같아도 인생을 깡그리 조지지 말아라, 세상에는 모략과 모리가 판치니까. 그래서 인생을 고해라는 거지만, 네 인생은 아직도 싱싱하고 파랗다.

괴로운 바다에 침잠해서, 부디 빠져 죽지나 말자고 다짐했다. 나는 유약한 민초니까. 거센 바람에 대궁이나 꺾이지 말기를 빌면서, 꽃피는 들녘을 갈구해야 하니까. 정작 모래밭 황풍이 나부낄지라도.

귀대하기 전날 운명처럼 우연히 특교대 동료를 만났다. 홍대 앞을 어슬렁거리며 시간을 보내던 중이었다. 운 좋게 자대 배치를 받은 몇몇 동료 중 하나였다. 우리는 근처 카페를 찾아들었다. 그간 잊었던 카페 냄새에 흠뻑 취하며 쌓인 얘기들을 껍질째 풀어나갔다. 같은 대학, 같은 학과이다 보니 공통 관심사도 많았다. 종합 성적 수석인 내가 자대 배치를 못 받은 걸 그는 민망해하고 안타까워했다. 부대 관행을 깬 비리가 아닐까라고도 했다. 최전방 민간 없는 철책 근무에서의 낭만과 보람도 있다고 얼버무렸지만 가슴은 쓰렸다. 그런데 그 자리에서 나는 머리가 띵해지는 말을 들었다. 자대에 남은 한 녀석(굳이 놈의 이름을 언급하고 싶지 않다.)이 사고를 쳐서 영창엘 갔고, 높은 사람과 소통할 수 있는 그 집 끄나풀이 황급히 손을 쓰는 정황이 엿보였다는 것이다. 나는 직감했다. 녀석이 거리를 쏘다니며 외치던 구호, 동기들 앞에서 자신만만해 하던 품새. 마땅히 징집 부적격자였으나 미필자 딱지를 붙여줄 수 없었던 그 아버지의 필사적인 로비. 지금도 아들을 위해 아빠 찬스를 휘두르고 있을 힘 있는 그 양반.

나는 웃고 말았다. 친구는 내 웃음의 정체를 선의적으로 해석했다. 반정부·이적 구호가 개인의 양심에 의한다면 그걸 제삼자가 왈가왈부할 성질은 아니다. 자유민주주의 나라니까. 현행법은 차치하고 말이다. 그런데 그 기록을 왜 하필이면 나한테 오려 붙였을까. 내가 그다지 만만했을까. 그 양반의 찬스 놀음에 동역한 자들 또한 어떻게 불살라버려야 할까.

휴가에서 돌아온 나는 매듭을 한 겹 푼 듯 오히려 홀가분했다. 초소 근무를 마음껏 즐길 수 있었다. 비록 산자락을 때리는 서치라이트 빛 폭(幅) 속에서 총구에 조준 당하는 나날이건만, 민간인 냄새 파고드는 도시 인근 병영이 어릿대지 않았다. 나는 마음껏 홀가분했다. 시간이 흘러간 뒤 사실 여부를 확인하면 되니까. 내가 액션을 취하면 되니까.

제대 후 녀석과 나는 필연적으로 캠퍼스에서 얼굴을 맞닥뜨렸다.

특교대에서 헤어진 뒤 꼭 2년 반만이었다. 얼굴을 피할 생각이 없었다. 언젠가 한 번 부딪칠 것 같다는 트라우마가 있었다. 악수를 하면서 옹졸해 보이기 싫었다. 거만해서도 안 될 일이다. 녀석이 내 눈앞에서 얼쩡거리는 한.

녀석이 학생회장 선거에 출마했다는 벽보가 붙었다. 학우들을 몰고 다니는 녀석의 뒤통수가 보였다. 가두 투쟁 전력을 찬란히 앞세우며 캠퍼스에 새 세상을 열겠다고 침을 튀겼다. 곪았던 종기처럼 유배지가 쓰라려왔다. 철책 앞에서 까만 밤을 밝히던 나날의 음풍(陰風) 속에서 산등성이를 허겁지겁 넘나들던 무릎 연골의 애달픔이 도졌다. 본능적으로 몸을 세워 주위를 훑었다. 녀석의 대항마를 찾아내 몸을 던져야겠다 싶었다. 그러나 지리멸렬했다. 녀석의 부채질이 캠퍼스 구석구석을 마음껏 유린해도 학우들은 손뼉만 쳐댔다. 어쩔 수 없이 애달픔을 호소하며 내가 나섰다. "달걀로 바위 치기"라는 속담을 모르지 않았다. 그러나 맨땅에 헤딩이라도 해야 내 초소의 풀싹이 돋아날 수 있을 것 같은 절박함이었다.

녀석이 나를 능수능란하게 비웃었다. 특교대 수석이 그렇게 대단하며, 최전방 철책에 너만 갔느냐고. 자기의 군대 영창 이력은 부조리한 군대 시스템에의 항거였다며 주먹을 부르쥐었다. 나는 보기 좋게 맨땅에 헤딩을 하고 말았다. 개표를 하나 마나였다. 사람들은 표(票)를 심판이라 불렀다. 선악을 가르는 칼이라고 했다. 그 칼은 행과 불행도 처결한다고 했다. 웃겼다. 표는 칼이 아니라 기저귀였다. 누구의 배설물을 적절히 은폐시키느냐, 기저귀가 두꺼운 놈은 마구마구 큰소리쳤다. 나는 똥오줌을 안 쌌다고.

무릎 연골에 더해 머리까지 아팠다. 주변 사람들의 비웃음이 식지 않았다. 기저귀는커녕 아랫도리도 채 감추기 전에 적신(赤身)의 꼴로 숨을 만한 곳을 찾았다. 도서관 깊은 곳이었다. 어둡고 적막했다. 누구에게도 얼굴을 드러낼 일이 없었고 누구도 내게 관심 갖지 않았다. 앉아서 생각하고 끄적거렸다. 밥 먹는 과정이 번잡해서 허기도 참았다. 또 하나의 철책 초소라고 생각했다. 패배자가 그나마 생명을 유지하는 가증한 피난처였다.

몇 개월이 흘렀다. 그 어둡던 도서관 구석에서 광채가 이는 눈빛을 발견했다. 조금씩 다가오는 눈동자였다. 얼마 전 화장실 앞 통로에서 나의 부주의로 팔을 부딪친 얼굴이었다. 어딜 봐도 맥아리 없는 나였지만 개의치 않는 것 같았다. 나는 애써 무시했다. 이 험한 곳에서 무슨 연애질이란 말인가. 그러다가 우울증에 쓰러지고 말걸요. 여자가 한 발 더 다가왔다. 우울증이 아니라고 강변하기도 싫었다. 그게 바로 우울증 심각단계란 말예요. 여자가 내 옆에 붙어 앉았다. 승주라는 이름이었다. 왜 그다지 무모한 선거판에 나섰느냐고 묻지 않았다. 대신 이 캄캄한 곳을 언제 벗어나려느냐고 물었다. 나를 훤히 꿰고 있는 게 놀라웠다. 그러나 나를 갉아먹는 원초 흑암이 가슴 속 깊은 곳에 도사리고 있다는 걸 그녀는 몰랐고 나는 털어놓기 싫었다. 그건 내 자존심의 중추였다.

승주와 대화를 이어가게 됐고, 캠퍼스에 낙엽이 졌다. 녀석의 회장질도 끝났다. 우리는 졸업학위를 받았고, 사회라는 진흙탕에 발을 들여놓았다.

곧 시내를 벗어났다. 바람에 시달리는 들녘이 보였다. 흰 물결이 켜를 세우는 인공호수도 나타났다. 차 앞창으로 바람이 와 부딪쳤다. 아무도 입을 열지 않았다. 나는 녀석이 먼저 입을 열어야 한다고 생각했다. 아니면 녀석 옆에 앉은 저 여인이라도. 아무리 녀석만 따라다니며 살아왔다더라도, 뭔가 말소리를 좀 내야 한다고 여겼다. 비로소 차 안의 공기가 흐를 수 있을 테니까. 승주라면 이 경황에 뭐라고 입을 열었을까. 슬쩍 여인의 옆얼굴을 훔쳐봤다. 볼 옆으로 살짝 돋은 광대뼈 윤곽만 보일 뿐이었다. 아까 카페에서 눈에 물기가 많은 여자라고 짤막하게 느꼈던 게 떠올랐다. 왜 굳이 따라왔을까, 아니면 끌려왔을까. 여인이 무심코 창밖으로 시선을 던졌다. 여전히 바람이 몰려다녔고 초목이 몸을 뒤틀었다.

여인은 산발한 듯 어지러운 구름을 정말 아무런 감정 없이 쳐다보기만 할까. 아니면 혹 울고 싶은 것일까. 눈에 물기가 많은 여자는 잘 울지 않는다잖는가. 평소에 조금씩 울고 있기 때문에.

차는 어느덧 중앙선이 없는 아스팔트 소로로 접어들었다. "선암사 계곡"이라는 표지판이 보였다. 잠시 뒤 녀석이 차를 세웠다.

주차장에도 거친 바람이 몰려다녔다. 여인의 머리칼이 나부꼈다. 나는 주머니에 손을 찔러 박고 가스총의 무게감을 만지작거렸다.

계곡물 내닫는 소리가 바람 줄기를 잡고 귀청에서 늘어졌다.

"웬 절간엘?"

기어이 내가 먼저 물었다. 회심(回心)이라도 했느냐는 비아냥이었다. 녀석이 혈색 없는 얼굴에 씨익 웃음을 그렸다. 그 의미를 몰라 나는 바람 앞에 실눈을 떴다.

"너를 거절할 힘이 없으니까."

녀석이 덧붙였다. 나는 애꿎게 여인을 쳐다봤다. 바람 앞에서도 눈을 감지 않고 그녀는 녀석을 그리고 나를 무심하게 바라보았다.

취직시험 공부에 열을 올렸다. 승주가 옆에 있으므로 해서 그럭저럭 앞으로 나아가는 진도였다. 여러 군데 원서를 넣는 중인데 거리 곳곳에 지방의회 선거 벽보가 나붙었다. 녀석의 얼굴도 보였다. 학생회장질 이력으로 자신감이 뿜뿜 솟구친 포스터였다. 나는 더 이상의 입사 원서 제출을 접었다. 승주가 여러 번 나를 설득했지만 나는 울었다. 선거에 나가 녀석과 싸우고 싶었다. 그런데 도무지 역부족 아닌가.

승주가 손사래를 치며 내 곁을 떠났다. 나의 불의의 태클을 경계하던 녀석이 여유 있게 당선되었고, 의원 배지가 가슴에서 빛났다. 젊은 신예의 도전과 성공이 장차 새 세상 새 판을 짤 것이라는 찬사가 쏟아졌다.

나는 이제 어디로 숨어야 하나. 그저 숨어 살다가 목숨 다하는 날 거품처럼 소멸되는 게 내 주제란 말인가.

그 무렵 무슨 조환지 나에게 합격 소식이 날아들었다. 승주와 헤어지기 전에 여러 군데 던졌던 회사 중 한 곳이었다. 아마도 인기가 별로 없는 회사일 것이다. 녀석을 멀리하는 게 우선이었으므로 나는 지방 근무를 자청하기 위해 입사를 했다. 다들 꺼리는 마당에 얼싸 좋다고 발령을 내줬다. 남해안 검은 바닷물이 묵묵히 고여있는 외진 곳, 창고 관리직이었다. 테이블 깊숙이, 자물쇠 속에는 가스총도 한 자루 숨겨있었다. 이따금 창고를 털러 오는 도둑들을 제압하는 호신용 무기라는 것이었다.

밤에는 어머니 코 고는 소리 같은 파도가 일었고 그 위로는 별이 반짝였다. 물에 뛰어들지 않으려고 멀리 지나가는 어선들의 불빛을 실타래처럼 붙들었다. 티브이를 엎어놓고 휴대폰도 수·발신용만 남겼다. 조용히 앉아 멍 때리는 삶을 반추하며 울고 싶은 것들을 끄적거렸다. 끄적거린 문자들에 스스로 치유되어 울음 울타리를 걷어치울 날을 그리워했다. 화장실엘 자주 갔다. 어쩌면 이 유배지에서의 아늑한 도피처일지도 몰랐다. 그곳에서는 기상천외한 영감이 활개를 치기도 했다. 바다가 종종 제 색깔을 바꾸면서 끊임없이 나를 유혹하기도 했다. 그것이 누군가와 소통을 원하는 몸짓인지, 합일을 촉구하는 메시지인지 나는 가늠할 수 없었다. 다만 화장실을 나서면 어디선가 승주 같은 여인이 사뿐사뿐 다가올 것만 같았다. 그래서 나는 바다에 추락하지 않을 수 있었다.

승주 같은 은인은 나타나지 않았다. 내가 끄적였던 파지 뭉치를 찢어 화장실 휴지통에 버렸다. 여기가 내가 택한 도피처인지, 유배지인지 점점 분간도 가지 않았다. 그럴수록 녀석에의 증오심은 켜를 더해갔다. 스스로 컨트롤 할 수 없는 가시덩굴 밭이었다. 죽지는 말아야 했다. 숨 쉬는 모든 것들은 죽기가 무서워 살아가기 마련이었다. 사는 것처럼 보이지만 실은 죽은 것이었다. 마지막으로 녀석에게 끄윽, 숨 끊어지는 소리라도 토해내고 싶었다. 한번 만나자고 허공에 띄우듯 에스엠에스를 날렸다.

모래흙길을 한동안 걸었다. 산꼭대기로부터 쏟아져 내리는 바람 줄기가 초목의 이파리를 하얗게 뒤집었다. 길가 계곡으로는 돌멩이 구르는 소리가 바람과 맞서고 있었다. 일주문이 가까워졌다. 녀석이 뭐라고 중얼거렸으나 바람 소리가 막았다. 문을 넘어 기둥에 의지한 채 녀석이 손나팔로 바람을 막으며 말을 걸었다.

"이제, 그만하자."

그런 소리로 이해되었다. 나는 당혹해하지 않을 수 없었다.

"나 공천 떨어졌고, 수갑 찰지 몰라."

녀석이 다시 바람에 맞서며 목청을 높였다. 나는 대꾸할 말을 찾지 못해 망설였다. 그리고 겨우, "그래서?" 하고 반문했다. 날던 새도 떨어뜨릴 기세이던 젊은 총아, 그 기똥찬 정치질을 이제 못하게 됐다구? 잡혀간다고? 그래서 그런 몰골로 나를 불러냈다고? 나는 이해할 수 없었다. 그가 겨우겨우 덧붙였다. 승주가 나를 배신했어, 나를 적나라하게 꼬라박은 거야, 제 몸을 탐한 것까지. 녀석이 허망하게 웃었다. 공천에서 처박히고 피의자가 되니까 비로소 네가 보이더구나, 회한이 북받쳐 며칠이고 울고 싶더구나. 녀석이 손을 내밀었다. 나는 선뜻 잡을 수 없었다. 특교대 인사기록 카드를 까보지 않고는 너를 용서할 수 없어, 나는 속으로 뇌며 고개를 저었다. 녀석이 아까부터 내밀었던 손을 여전히 거두지 못하면서 입을 놀렸다. 승주는 내가 유혹한 게 아냐, 제 발로 걸어서 왔어, 내 참모 역을 고분고분 수행했지, 장차 내가 별을 잡게 될지도 모른다는 기대로 열과 성을 다했어, 그런데 어느 날 허망하게도 돌변한 거야, 사람이라는 짐승의 마음짝이 그렇게 돼 먹은 건지, 내가 가스라이팅에 실패

한 건지 모르겠어, 그땐 네가 보낸 밀정이라고만 생각했지, 분노가 치밀었지만 어느 순간부터 네 심정도 이해가 됐어. 녀석은 차라리 눈을 감은 채 목울대만 높였다. 난 승주를 잘 알지 못해, 그건 승주의 선택일 뿐이야. 나도 소리쳤지만 바람을 뚫지는 못했다.

녀석이 바람을 젖히며 휘적휘적 선암사 경내로 들어섰다. 바람에 부대끼는 뒷간 앞 소나무가 온몸을 뒤채며 엉엉 울었다. 물기 많은 눈의 여인이 그 울음소리 속으로 홀연히 사라졌다. 대신 뒷간에 쭈그리고 앉아 울고 있는 어느 시인이 보였다. 녀석이 시인 옆에 소리 없이 붙어 앉았다. 그리고 역시 꺽꺽 울었다. 구름에 걸렸던, 여의주를 문 목어(木魚)가 바람에 나부끼며 내려와서는 꼬리를 기역 자로 꺾더니 녀석의 머리통을 사정없이 내리쳤다. 나는 가스총을 꺼내 녀석을 겨누었다. 살상용 실탄이 아닌 게 유감이었다. 방아쇠를 당겼다. 지금 우리 세상에서 악인은 끈질기게도 죽지 않으니까. 좀비처럼 다시 일어나 기염을 토하니까.

태풍이 소멸됐다. 일주문 밖 계곡에 시신처럼 널브러진 시커먼 바윗돌을 내려다보며 나는 다시 그 뒷간을 찾았다. 인근 전각에 자주색 법복을 입은, 머리 깎을 채비하는 보살들의 행렬이 보였다. 그 속에서 물기 많은 여인이 눈에 띄었다. 나는 그녀를 향해 뛰었다. 머리를 깎기 전에, 그 눈의 물기를 스스로 털어 내도록.

전영학

영남대학교 문학상 단편소설 당선, 『충청일보』 신춘문예 단편소설 당선, 공무원문예대전과 『한국교육신문』 문예 공모 입선, 소설집 『파과』, 『시를 팔다』, 장편소설 『을의 노래』, 『표식 애니멀』, 에세이집 『솔뜰에서 커피 한 잔』 외

맛이 다른 공간들

김창식

'공간에 따라 공기의 맛은 다르다.'

다섯 단어의 문장과 종일 사투했다. 어제와 같은 오류가 있어서는 안 되겠다. 내일 상욱과의 대화를 위해 준비된 화두. 공기의 맛이라는, 두 개의 단어를 생각했다니, 영신은 침대에 누워 말똥말똥 자찬했다. 절치부심 마련한 문장이 수면 중에 희미해지면 난감하다. 잠들기 전에 일어나 메모했다.

'코스모스는 교잡종이 더 예쁘다.'

반론에 대항하지 못해 흐지부지된 어제의 화두도 확신이 넘쳤었다. 소름이 소르르 돋는 성공의 예감과 자화자찬이 충만했었다. 토론이 시작되고, 눈을 두 번 깜박인 상욱이 반론했다. 엄마의 개인적인 취향이다. 코스모스의 하양과 빨강이 순색이라는, 분홍이 순색의 교잡종이라는, 교잡종이 순색보다 예쁘다는, 논리가 엄마만의 억지라고 상욱이 반론했다. 영신이 반박의 논리를 찾아내지 못했고, 확신에 찼던 화두가 흐지부지 무너졌다.

어제와 같은 논리의 오류는 없을 것이다. 수면의 중추가 고무되어 쉽사리 잠들지 못할 것이라는 우려가 생겼다. 일부터 시계를 뒤집어 놓고 뒤척였다. 새벽녘에 풋잠 들었다가 화다닥 눈 뜨니 아침이었다. 오늘의 화두, 공간에 따라 공기의 맛이 다르다. 다섯 단어의 고매하며 또랑또랑함이 썩 마음에 들었다. 뿌듯하고 길게 기지개를 켜고 절치부심의 묘수라고 자찬했다.

"맛? 공기가 맛이 있다고? 엄마. 맛은 음식에나 있어."

아침 밥상에서 상욱이 어제처럼 반론을 제기했다.

"만선의 고깃배가 정박하는 어항의 공기 맛을 기억해 봐."

영신이 고깃배와 공기의 맛을 실마리로 주고 내다본 창밖의 아침 봄볕이 기가 막히게 좋았다.

"짠 냄새 나는 거. 누구나 알아."

항구의 냄새가 짜다. 상욱이 공감했다. 항구의 공기가 짜다, 공기와 맛이 동화될 조짐의 증거였다. 고깃배가 드나들고, 바다에서 건져 올린 생선이 하역되고, 비늘이 덕지덕지한 그물. 어항에 단지 짠 냄새만 있는 게 아니지만, 상욱이 짠 냄새를 기억했다.

"엄마도 어항이라는 공간에서 짠맛을 어렵지 않게 기억해."

상욱이 말한 짠 냄새를 영신이 짠맛으로 치환했다. 맛과 냄새의 감각기관, 입과 코가 목구멍으로 합일된다는 논리를 은근하게 내밀었다.

"공간에 따라 공기의 냄새가 다르긴 하지."

상욱이 공간에 따라 냄새가 다를 수 있음에 동조했다. 영신은 안심했다. 눈망울 굴리며 반론을 정돈하는 상욱의 입술을 지켜봤다. 상욱이 논리를 비틀어야 대화가 계속될 수 있다. 상욱이 반론을 포기하면 오늘도 막막과 지루의 숨 막히는 공간에서 버거워야 했다.

공기의 냄새와 맛이 어떤 논리로 치환되는지 중요하지 않았다. 식탁에 앉아 문답을 주고받으면서 의견의 일치나 차이가 어느 정도인지는 문제될 게 없었다. 갇힌 공간에서 대화의 실마리가 끊어지는 것이 두려웠다.

***

자가격리가 열흘이 넘으면서 대화가 고갈되었다. 익숙하지 않은 낯섦이 켜켜이 누적되어 하루가 통째로 지루해졌다. 소 닭 보듯 멀뚱멀뚱한 하루가 끝나면 몸이 젖은 솜처럼 나른하고 피곤해졌다. 아들이 하숙생인 것처럼 밥을 먹고 소파에 함께 앉아도 나눌 얘기를 찾지 못했다. 상욱이 온라인 수업에 돌입했다. 스물네 평의 연립으로 제한된 자가격리가 나흘 후면 해제된다. 봄볕이 저렇게 좋은 밖의 공기를 흠씬 마실 수 있게 된다.

아침 뉴스를 듣고 불쾌한 무엇이 목구멍으로 치밀었다. 격리 해제 후에도 온라인 수업이 달라지지 않는다는, 앵커의 브리핑에 맥이 풀렸다. 지루함과 서먹함을 허물기 위해 대화를 시도했고, 다행히 상욱이 마다하지 않았다. 대화가 고갈된 공간에서 일상이 버거워짐을 상욱도 원하지 않았다.

"갇힌 공기의 맛과 봄볕 좋은 들판의 공기 맛이 똑같진 않아."

물꼬가 트인 대화에 영신이 목소리를 조금 높여 자축했다. 영신의 시선이 향한 창밖으로 상욱도 황홀하다는 표정으로 넋을 놓았다.

"저곳의 공기는 흐름이 자유로우니까."

상욱이 무리 없이 동조했다.

"천연의 햇볕이 있고."

영신이 추임새를 넣었다.

"갖가지 색깔도 있어."

상욱이 어깨춤 실룩이듯 화답했다.

"저곳은 공간이 무한할뿐더러, 보이는 것들이 역동적이지. 건물을 고정된 축으로 자동차와 사람이 움직이고, 바닷새가 갯벌로 날아가잖아?"

봄볕에 취한 영신이 띄엄띄엄 말했다. 밖으로 나가고 싶은 상욱의 간

절함을 읽었다.

"사람도 각자의 색깔로 꽃을 피우고, 결실과 휴식을 하며, 계절에 순응해야 해."

영신이 여운을 길게 늘여 덧붙였다.

"사람은 공기가 역동적인 곳에서 숨을 쉬어야 건강해."

상욱이 온라인 수업 시간이 되어 방으로 들어갔다. 영신은 점심을 위해 냉장고에서 청경채를 꺼내 다듬었다.

***

멘토가 숨을 쉬고 있을까. 잠에서 깨기 직전의 꿈에서 상욱의 방문을 두드리던 장면이 또렷하게 떠올랐다. 새벽에 기지개를 켜면서 오늘은 상욱이 등교하는 날이며 멘토가 동물병원에 가야 한다는 것을 상기했다.

멘토와 잠든 상욱이 일어났을 텐데. 조용한 것으로 미루어 멘토가 숨을 쉬고 있다. 아침을 먹고 상욱이 학교로 간다. 온라인 비대면 수업이 종료되었다. 코로나 확진자가 늘어났기 때문에 입학식을 하지 못했다. 고무줄처럼 줄었다 늘었다 반복되는 확진자로, 언제 또 등교가 중지될지 모르는 교실로 상욱이 처음 가는 날이다.

격리가 해제되어 새벽 시장에 다녀왔다. 적어도 일주일은 늦잠이 가능해졌다. 다섯 시로 조작해놓은 알람의 해제를 잊고 잠들었다. 알람을 해제하는 단순한 조작의 누락으로 일곱 시까지의 달콤한 늦잠을 잃었다. 오늘의 일상에 영향이 미칠 거라는 예감이 기분 언짢게 뚜렷했다.

영신에게 늦잠의 달콤함이란 익숙하지 않았다. 시작점을 가늠하기 어려운 시기부터 달콤한 잠에 빠져들지 못했다. 온몸에 신경 돌기를 칭칭 감아놓은 듯 잠자리에 누워도 허공에 매달려 있는 환상에 빠져 깊은 잠을 이루지 못했다. 아침에 일어나면 얼굴이 푸석했고 피부가 팍팍했다.

불면이 왜 생겼을까. 연립에서의 사물은 모양이나 성질의 달라짐이 없다. 외출이 꺼림칙해지고 출생한 해의 끝자리로 제한되었다. 화요일만 약국으로 마스크를 사러 가야 하고, 개발되지 않은 원시 동굴처럼 안전에 대한 보장이 없는 식당과 영화관에 갈 수 없다. 마스크를 착용해야 하는, 전에 없던 일상의 조건이 야금야금 생겨났다. 상욱과 영신이 십사일의 자가격리에서 해제된 것도 변화였다.

불면에 허덕이며 일주일에 하루는 죽은 듯 잠들었다. 불면에 시달리면서도 살아남아 있을 수 있는, 일종의 비타민을 복용하는 시간인 셈이었다. 대략 일주일의 육 일은 징검돌을 건너듯 위태로웠다. 하룻밤의 죽음 같은 잠이 영신을 지탱하게 했다.

커튼을 젖혀 아직 캄캄한 새벽을 바라보았다. 어둠에서 밝음으로 점진적인 변화의 시간에, 영신은 괴괴한 공간에서의 홀로서기를 자처했다. 오늘이 어떨 것이라는 예감과 어제의 일상 중에서 영신에게 짐이 된 것은 없는가, 돌아보는 시간이었다. 어제를 디딤돌로 오늘이 순탄하기를 묵도하며, 돌발하는 상황에 꿋꿋하고 참을성 있게 견뎌야 한다는 다짐을 잊지 않았다. 안경을 쓰고 착시를 교정하는 것처럼, 어그러지는 일상을 방관하지 않기로 했다.

아직도 상욱의 방이 조용한 것으로 미루어, 멘토가 살아있다. 창문을 열었다. 고등어를 도막으로 자른 후 환기하지 않은, 비릿한 냄새가 스며들어왔다. 비가 오려는 징후가 뚜렷했다. 새벽이 비를 예감하면 비릿할 수가 있구나.

***

멘토가 몇 살일까? 멘토의 풀 수 없는 궁금증. 애완견 몰티즈가 질병으로 죽지 않을 경우의 수명을 검색했다. 멘토의 출생 시기를 모르니,

남은 반려 기간을 가늠할 수 없다. 어미가 어디 있으며 어떤 경로로 입양되었는지. 아는 게 없다. 멘토의 존재가 애틋했다. 게다가 수컷이어서 어린 강아지의 생식기를 제거하는 중성화 수술을 했다.

신혼부부가 살던 지금의 연립으로 이사 오면서 멘토를 처음 만났다. 이사 후 가구 정리가 되면 데리러 오겠다며, 잠시만 맡아달라고 부탁해 놓고, 한 달이 넘어도 오지 않았다. 영신이 석 달을 기다렸다가, 멘토를 안고 부부를 찾아갔다.

만삭인 여자의 배에 손을 얹고, 다음 달에 신생아가 태어난다. 영신이 멘토를 놓고 가면 유기견이 될 것이다. 부부의 신생아를 위해 강아지랑 살 수 없다. 생명의 출산을 앞둔 젊은 부부가 멘토의 죽음쯤은 문제가 되지 않는다는 표정으로, 부탁을 가장해서 협박했다. 영신이 멘토를 포기하면 안락사 될 것이라고. 비정한 암시를 눈 깜짝하지 않고 토해냈다. 능글능글 웃는 표정과 눈빛으로 겁박하는, 젊은 부부의 만행에 영신의 가슴이 막막했다. 눈물이 솟고 분해서 화가 났다. 매정한 부부와 앉아 있는 동안 악취에 취한 듯, 속이 매스꺼웠다. 영신은 약국으로 가서 까스활명수를 복용했다.

멘토가 이미 당뇨를 앓기 시작했다는 것을 그때는 알지 못했다.

장마가 지루하게 계속되면서, 멘토의 산책이 제한되었다. 갑갑하고 더워서 갑자기 물을 많이 먹는 줄로 알았다. 매일 영신과의 산책이 습관화된 멘토가 스트레스를 받았을 것이라며, 크게 염두에 두지 않았다. 식탐이 늘었고, 밤중에 일어나 물을 먹는 소리가 자주 들렸다. 먹는 만큼 체중이 늘지 않았다. 털의 윤기가 없어지고 가슴으로 갈비뼈가 드러났다. 상욱과 식사하는 식탁으로 걸어오다가 머리를 식탁 다리에 부딪혔다. 멘토의 몸 개그가 대견하다고, 상욱과 영신이 동시에 웃었다. 당뇨 중증으로 시력에 문제가 생겼다는 것을 짐작하지 못했다. 또 우스꽝스럽게 부덮히기를 바라면서 웃었다.

영신이 멘토를 안고 동물병원으로 갔다. 사료의 조절로는 불가능하고 인슐린만이 혈당 수치를 제어할 수 있다. 이토록 심각한 증상을 관찰하지 못했느냐. 의사의 말을 핀잔으로 해석하며 영신이 고개를 주억거리기만 했다.

***

입학식 닷새 전. 전화가 왔다. 검사를 위한 시료를 채취할 것이니 즉시 보건소 선별진료소로 나오라고 했다. 느닷없이 격앙되었다가 차츰 누그러지는 음색으로, 상욱의 영수 단과 학원에서 확진자가 나왔다고 말했다.

확진자라는 말에 영신은 겁이 덜컥 났다. 저절로 이마에 손등을 얹었다. 상욱도 영신을 따라 이마에 손바닥을 얹었다. 보건소에서 열이 있는지 물었다. 없다고 대답하자, 체온기가 있느냐고 물었다. 병원에나 있는 것이지 가정에서 그것이 있어야 하냐며 머뭇거렸다. 한 달 전에 쿠팡으로 산 체온계가 생각났다. 보건소에서 가족관계를 물었다. 검사도 하지 않았는데, 영신은 확진자 취급을 하는 말투에 짜증이 났다. 수화기로 영신의 숨소리가 거칠어졌다. 가족 구성원 빠짐없이 마스크를 반드시 착용하시고, 즉시 보건소로 오라고 통보해 왔다. 가족 구성원은 영신과 상욱뿐이다. 검사받아야 할 가족이 조촐하고 간단은 했다. 영신은 뭔가 허전하고 아쉽다가 서글퍼졌다.

보건소 마당 선별진료소에서 이십 대 학원 강사가 턱을 쳐들어 시료를 채취당했다. 학생과 가족이 거리를 유지하며 차례를 기다렸다. 쓰나미에 휩쓸린 후쿠오카 원전의 재난 상황이 떠올랐다. 마스크로 입을 가리고, 겁에 질린 눈빛으로 차례가 되면 콧속 살점을 뜯겼다. 영신은 콧속이 시큰하고 이마가 찡하니 눈물이 찔끔 나왔다.

시료의 반응이 양성이면 격리 병동에 입원해야 한다. 결과가 음성이어도 자가격리를 해야 한다. 공중 보건원이 같은 말을 참을성 있게 반복했다. 어찌했든 상욱을 비롯해, 강사의 학원에 다닌 중학교 예비 신입생은 입학식에 참석할 수 없게 되었다.

상욱이 입학할 중학교로 영신이 전화했다. 신입생 김상욱의 담임이 누구신지 물어서 통화를 요청했다. 영신이 통화 용건을 말하기 전에, "김상욱 학생은 입학식에 오시면 안 됩니다." 담임이 먼저 선을 그었다. 상욱을 포함해서 입학식에 오면 안 되는 명단을 보건소로부터 통보받았다며, 학부모도 참석 불가라고 덧붙였다.

입학식을 기다리는 닷새 동안 확진자가 급격하게 늘었다. 모든 학교의 입학식이 취소되었다. 교문을 통과한 주차장 천막에서 드라이브인으로 교과서를 받아왔다. 입학식 없이 중학생이 되었고, 방에 홀로 앉아 수업을 듣게 되었다.

상욱과 영신의 시료 반응이 음성으로 통보되었다. 격리 병동의 강제 입원은 모면했다. 십사 일은 밖으로 나갈 수 없고, 누구와도 접촉이 불가한 자가격리에 처했다. 문밖에 구호 상자가 도착했다는 문자가 왔다. 삼분 카레, 햇반, 봉지 김, 참치 통조림, 생수가 배급되었다.

자가격리 중에 양성으로 확진되는 것은 아닌가. 막연하게 불안해져 스트레스가 되었다. 어쩌다 마른기침이 나와도 즉시 체온을 쟀다. 십사 일 후 보건소에서 전화가 왔다. 열이 없고 기침이 없으며 음식 냄새도 잘 맞는다고 응답했다. 구호 상자로 배달된 마스크를 착용하고서 외출이 가능해졌다. 밀집되고 밀폐된 실내에 들어가지 않았다. 자가격리를 경험하지 않은 자가 영신의 조심성을 까탈스럽게 군다며 비웃었다. 화요일만 약국으로 마스크를 사러 가면서, 앞사람과 거리를 지키려 보폭을 조절했다.

***

"이유가 뭐니?"

어제 영신이 잠자러 가는 상욱에게 물었다. 불만이 왜 생겼냐는 의미로 짜증도 섞였다. 등교일이 가까워지면서, 상욱의 익숙하지 않은 행동에 영신의 가슴이 묵직해졌다. 거실에서 방앗공이 모양으로 동동거리는 아들의 속을 읽지 못해 갑갑했다. 이유를 알 수 없는 상욱의 별난 행동에 애간장이 졸아들었다.

체온이 경고 수치를 넘어서 등교를 저지당하는 것은 설마 아니겠지. 두 시간 간격으로 체온을 측정했다. 정상보다 조금 높은 섭씨 36.8와 37.1를 오르내렸다. 보건당국에서 공지한 격리 수준인 37.5에는 미치지 못했다.

"도대체 그러는 이유가 무엇이니?"

영신의 목소리에 짜증이 섞였다.

"엄마가 알면 달라지는 게 있어요?"

상욱이 건조한 목젖으로 쇳소리를 토했다. 온라인 수업과 외출 제한이 계속되고서, 말투가 투박하고 까칠했다. 영신은 몹시 서운해졌다가 일 분도 지나지 않아, 상욱이 그럴만한 사유가 충분하다며, 서운해진 감정을 스스로 풀었다. 너의 거친 투정을 엄마가 이해한다는 표정으로 위로해 주었다.

상욱이 자겠다며, 멘토를 안고 방으로 들어갔다. 영신이 무너져내리는 심정을 끌어모아 숨을 크게 쉬었다. 전에 보지 못한 상욱의 태도가 서운해서 가슴이 무너진 게 아니다. 상욱에게 답을 주지 못해 물먹은 솜처럼 무거워진 자신이 한심스러웠다. 소리 질러 봤자 공허한 메아리만 되돌아오는, 캄캄한 어둠을 걷어내는 스위치를 찾아 불을 켜야 하는데 스위치를 알지 못했다.

"멘토 침대에서 재우지 마."

닫힌 방문에 낮게 말했다. 혹시 생겨날 수도 있는 멘토의 죽음과 누워, 등교의 첫날 아침을 맞게 하고 싶지 않았다.

영신이 거실과 방의 조명을 껐다. 상욱은 조명을 끄지 않았을 것이다. 마지막 밤일지도 모르는 멘토에게 조명을 꺼서, 인정머리 없고 불길함을 조장할 상욱이 아님을 영신은 믿었다.

상욱의 첫 등교를 앞둔 오늘 밤. 영신의 불면과 멘토의 종말이 중첩되는 것이 아닐까. 상욱의 방에서 절박한 외침이 터져 나오면 어쩌지? 잠이 오지 않았다. 외려 또렷해지는 눈으로 뒤척였다.

엄마가 알면 달라지는 게 있어요? 상욱이 물었을 때. 아니. 또는, 아니 없어. 짧게라도 대답했어야 옳았을까. 묵묵부답으로 우유부단함을 위장하지 말고. 솔직하게 모르겠다고 시인하던가. 또는 어떻게 달라졌으면 좋겠니? 도움을 요청했다던가. 내가 어떻게 달라지기를 바라는 건데? 너의 말투가 버릇없게 들렸다고 감정을 숨기지 말아야 했던가.

영신이 달라져야 하는 것이 무엇인가를 찾기 전에, 상욱이 무엇 때문에 조급해져 방앗공이로 동동거렸을까. 마주 앉아서 대화했어야 했다. 평탄한 심정으로 회복한 후 잠자리에 들게 해야 옳았다.

***

"엄마는 하루에 나를 바라보는 시간이 얼마나 된다고 생각해?"

이틀 전. 식탁에서 일어나며 상욱이 대뜸 물었다. 그때도 영신은 즉답하지 않았다. 의미 있게 생각하지도 않았다. 자가격리 돌입 후, 상욱과 마주한 시간이 길어졌다. 맹숭맹숭함에 지쳐 불편해짐을 토로한 것일까.

"사십오 분?"

상욱이 다소 힘 빠진 목소리로 또 물었다. 영신은 중학생 수업이 사십

오 분이니까. 속으로 상욱이 제안한 시간의 의미를 생각했다. 대답은 하지 않았다. 그렇게 대답했다면 상욱이 얼마나 싱거워했을까.

"집에 있으면 칠판을 바라보지 않아서 좋아질 줄 알았는데…."

상욱이 말을 끊고, 대답 없는 영신에게 싱겁다는 눈초리로 멀거니 건네보았다. 영신은 상욱의 속마음이 복잡하게 얽힘을 직감했다. 설마 엄마에 대한 짜증이 아닐 것이라며, 위안했다. 그렇지만 콕 찍어 가늠하기 어려운 감정의 소용돌이를 알아챘다.

"그랬니?"

영신이 일부러 음색에 물기를 얹어 반문했다. 의미가 명확하지 않은 막연한, 그저 너의 속마음을 이해는 한다는, 그저 너의 말을 귀담아듣는다는 추임새에 불과했다.

상욱이 목울대로 올라온 심정을 쏟아낼 듯 영신을 바라보았다. 영신이 마른기침을 삼켰다. 침묵이 잠깐 이어지면서, 영신은 물먹은 솜처럼 또 가슴이 답답해졌다.

"온라인 수업 때문에 내가 집에 있게 되면서…."

상욱이 말을 멈추고 바닥에 누운 멘토를 바라보다가,

"엄마가 외출이 잦아졌다는 거…."

상욱이 말하고자 함은 영신의 부쩍 잦아진 외출이었다. 그제야 영신은 며칠 전부터 상욱의 눈빛이 달라졌음을 떠올렸다. 도발할 정도의 눈빛이 아니라며, 상욱이 그럴 아들이 아니라며, 영신은 자신을 위안하려고만 주력했다. 상욱이 눈빛으로 암시하는 의도를 일부러 뭉갰다.

외출이 잦아진 것이 사실이다. 외출 시간이 길어진 것도 부인할 수 없다. 이유를 말해 봤자 변명일 뿐이다. 그래도 그럴듯한 이유를 찾아서 변명하던가, 그래? 앞으로는 어떻게 하겠다고 자근자근한 목소리로 처신했어야 옳았다.

어제 아침에도, 상욱이 첫 온라인 수업의 시작 시점에 영신이 밖으로 나갔다. 딴청 부리지 말라는, 비대면이라 해도 선생님이 다 알아차리신다는, 딴짓을 점검하며 평가하고 있을 거라는 엄포와 부탁을 섞어 일러두는 것을 잊지 않았다.

온라인 수업에 방해가 되지 않겠다. 지루하고 답답해도 어쩔 수 없는 게 아니냐. 영신이 외출의 정당성을 부여했다. 핑계에 불과했다. 학부모를 만나 차를 마시러 아홉 시에 나갔다. 비슷한 핑계로 외출을 감행하는 학부모의 커피 모임에 빠지고 싶지 않았다.

“엄만 평정심을 잃으면 눈썹이 올라가.”

상욱이 노트북을 식탁으로 가져왔다. 자유 학기의 체험 활동인 자수 놓기 수업이 화면에서 시작되었다. 원격의 지시를 따르며 바늘에 색실을 꿰는 느릿하고 어줍은 동작. 영신은 타당하고 적절한 수업으로 인정하기에 거부감이 일었다.

“정신이 집중되고 어수선함이 차분하게 가라앉는 효과가 있다고, 선생님이 주신 과제이니까 바늘을 잡긴 했는데….”

상욱도 자수를 놓아야 하는 상황이 썩 마뜩하지 않음을 내비쳤다.

적을 죽여야 레벨이 상승하는 게임에 몰입되어, 눈을 부릅뜨고 키보드를 소낙비처럼 두드려야 할, 사춘기 남학생이 자수틀을 붙들고 있다니. 색실을 바늘에 꿰는 상욱이 탐탁스럽게 보이지 않았다. 자수틀 내려놓고 키보드가 부서지도록 게임을 해라, 마음으로만 외쳤다.

“컴퓨터로 디자인해서 출력하는 세밀함을 무시하는, 시간 낭비에 불과해.”

영신이 참았어야 할, 속으로 뭉치는 불평을 털어놨다. 상욱의 손에서 홍실을 꿴 바늘이 잠깐잠깐 떨었다.

“엄마. 신경 쓰지 마. 옛날 규방에서 자수를 왜 놓아야 했는지 알고 있지 않아?"

상욱이 영신의 가슴에 뭉글뭉글 맴도는 불만을 읽었다. 영신은 불편함이 상욱에게 번질까 우려되었다.

"엉덩이 흔들며 밖으로 나다니지 말고 오로지 정숙하게 앉아서 서방님만 기다리라는 고약한 악습을 강요하는 시대가 아니잖니?"

영신이 불편한 심기를 마저 털어놨다. 상욱이 어른이 다 된 표정으로 털털하게 웃었다.

"지금은 규방 규수로 있는 것이 가장 안전한 시기니까. 선생님 의도 충분히 알아서 열심히 하는 거야."

집에만 갇혀있어 생각만 어른스러워진 것인가. 영신은 행인 드문 창밖을 씁쓸하게 바라보았다.

***

불면이 생기면서 생각에 갇혀있다는 자괴감에 취했다. 배추벌레에 사각사각 갉아 먹히는 배춧잎을 전두엽에 덮어놓은 듯 잠자리에 눕기만 하면 뒤척였다. 불면에 시달리다 새벽 여명을 초췌하게 바라보면서, 과거의 맥락들이 연쇄적으로 살아났다. 떳떳하거나 당당함은 없고 부끄럽고 황당했다. 기억이 소중하고 아름답다는 말이, 꼭 옳지는 않았다.

"상욱 엄마는 좋겠어. 학생이 하나라서."

상욱과 같은 중학생과 늦둥이 유치원 아이를 둔 엄마가 부럽다는 눈초리로 말을 건네왔다. 영신은 속으로, 아침만 먹여 놓으면 학교와 유치원이 종일 돌보고 있잖아? 그래서 우리가 날마다 수다를 떨 수 있고. 응수하려다 그만두었다.

"나는 셋이나 돼. …아니, 넷이나 된다?"

아이 셋을 둔 엄마가 목청을 키웠다. 모두 눈이 휘둥그레지고 입이 쩍 벌어졌다.

"숨겨놨다가 데려온 자식이 있어?"

두 아이를 둔 엄마가 눈동자를 반들거려 빈정거렸다.

"데려온 자식은 없어. 우리 집에 철딱서니 큰아들이 또 있잖아?"

아이 셋을 둔 엄마의 능글능글함에, 좀 늦은 깨달음으로 모두가 자지러지게 웃었다.

"집마다 말썽꾼 큰아들이 있긴 하지."

웃느라 찔끔 묻어난 눈물을 손가락으로 닦으며, 영신에게 흘끔거렸다. 자신은 학생이 두 명이나 있고 게다가 큰아들이 있는데, 남편이 없는 영신은 좋겠단 말을 입안에서 우물거렸다. 편해서 좋겠다는 의미의 시선이 아닌, 안쓰러운 시선으로. 말썽꾼이라도 남편이 있으니 우쭐해져 비아냥섞은, 일부러 노골적인 표정임을 영신은 알고도 남았다. 부럽다는 생각이 전혀 없고, 비꼬는 정도가 소소해서 모르는 척 그냥 웃었다.

커피 모임 엄마들과 수다 중에 말이 끊어지고, 서로 얼굴만 바라보면 괜히 숨이 버거워지니 침묵을 깨느라 또 등장하는 어제의 그 수다. 잡스러운 수다를 꼭 해야 하는지 헤어질 때면 번민이 되었다. 정말이지 가치라곤 좁쌀 알갱이만큼도 못한 수다에 등장하는 말썽꾼. 영신이 말썽꾼과 이혼한 것은 이사 오기 직전이었다.

커피 모임의 수다에서 말썽꾼이 등장할 수 있었음은(영신은 말썽꾼을 수다로 등장시키지 않았다.) 품질이 그다지 비난받을 수준이 아니기 때문이다. 오히려 자랑질하려고 큰아들이라는, 말썽꾼이라는, 가칭으로 수다에 얹었다는 것을 영신은 넉넉히 알았다. 그렇다고 그 수다에 훼방을 놓거나 언짢은 표정을 짓지 않았다. 언젠가 큰아들에게 뒤통수 아뜩하게 얻어맞는 날이 와도 저럴까? 속으로 즐거워한 순간은 있었다.

커피 향이 뭉글뭉글 맴도는 공간에서의 맹숭맹숭한 순간을 공그르며,

낯설고 구수함을 맛보는 잡담이 좋았다. 헤어지면 씁쓸하거나 공허하다는 뒷맛이 남긴 했지만.

사채, 노름, 그것도 모자라 꼴사납게 불륜을 저지른 말썽꾼과 단호하게 결별하고 이곳으로 이사 왔다. 영신과 이혼한 말썽꾼은 멘토의 존재를 알지 못했다. 영신과 상욱이 반려견과 살고 있음을 아마도 생각조차 못 했을 것이다. 불륜녀가 사는 아파트로 영신이 급습했다. 말썽꾼과 불륜녀가 놀라 뒷걸음치는 중에 고양이가 영신에게 꼬리를 흔들었다. 은근하게 도사린 배설물 냄새가 역겨웠다. 영신은 솟는 헛구역질을 참았다.

"불륜녀와 어떻게 살든 관여하지 않아. 오늘부터 너라는 인간과는 결별이다."

꼬리를 흔드는 고양이를 발로 떠밀고 악다구니를 썼던 기억이 생생했다. 불륜녀의 집에 갔다 온 후로 찝찝한 것을 만졌을 때처럼 손가락을 코에 대는 습관이 생겼다. 남편과 결별한 영신의 생존 본능이었다.

금요일과 월요일이 휴업으로 지정되면서 나흘의 연휴가 되었다. 코로나 확산을 우려한 정부가 이동 제한을 경고했다. 말썽꾼이 칩거하면서 엄마들의 커피 모임에 제동이 걸렸다.

***

중학생 자녀의 고민과 상담, 조언을 위한 카페를 찾아 가입 신청을 했다. 중학생 부모를 위한 정보를 검색하고 게시글 작성을 위해서는 정회원이 되어야만 했다. 정회원으로 되기 위한 조건을 갖추기 위해 가입 인사를 점잖고 공손하게 썼다. 댓글을 열 개 달았다. 출석 체크 칠 일 이상. 게시글 세 개를 완료해야 정회원이 되는 조건에, 가입을 포기하고픈 짜증이 돋았다. 울타리를 쳐놓고 통제하겠다는 카페지기의 갑질에 화가 확 치솟았다. 짜증과 불만을 삭이며 칠일의 출석 체크를 완료해서 정회원이 되기로 했다. 중학생을 둔 학부모의 고민과 상담을 엿보기 위해서였다.

댓글 열 개를 달기 위해 게시판을 열어보다가 준회원도 열람할 수 있는 정보를 발견했다. 영신이 우선하여 알고 싶은 정보를 찾아 마우스를 클릭했다. 자녀의 비행과 학부모의 고민을 유형별로 게시하도록 나름의 규칙이 있었다. 규칙을 어지럽히는 방문자는 주의, 경고, 강제퇴거의 단계로 징벌했다. 가면의 얼굴들이 비밀을 털어놓고 그 비밀을 염탐하는 회원의 숫자가 삼천이 넘었다.

비행 사례. 학교폭력과 대책위원회 처분 사례. 처분에 대처하는 방안. 처분이 부당하다는 항의와 울분. 심지어 학교와 교육청을 공격하려는 시도와 이에 대한 조언. 비밀이 요구되는 전문가와의 상담사례. 소소하고 자질구레한 불만이 공유되었다. 피폐해진 영혼을 위로받으려 얼굴도 모르는 서로를 단단하게 묶은, 가면을 쓴 커뮤니티에 영신은 놀랐다.

자녀의 일탈과 비행이 없으리란 믿음이 약한 회원도 이상하리만큼 적극 가담자가 되어 조회 수를 늘렸다. 비밀 결사대를 연상하는 소셜네트워크에 영신도 구성원이 되었다.

엄마가 알면 달라지는 게 있어요? 쉿소리를 묻어낸 상욱의 저항쯤은 고민거리로 여길 수 없을 만큼의, 중학생에게 일어날 수 있으리라고 짐작도 하지 못한 사연들에 영신은 놀랐다. 상욱에게 감사하고픈 마음이 저절로 우러났다.

음주와 흡연, 호기심에 의한 단순한 절도는 사춘기에서 어쩌다 실수할 수 있다는 게시글이 즐비했다. 집단 폭행. 성폭행. 심지어 부모 폭행 사연은 조회 수가 많았다. 댓글도 페이지를 넘기며 꼬리를 물고 이어졌다. 싹수가 노란 자녀를 둔 글쓴이를 위로한답시고, 두어 줄의 댓글쯤은 가치 없어 보였다.

영신은 자녀의 고민에 마땅하게 대응하지 못하거나, 간단한 물음에도 대답을 정립하지 못하는 사연과 조언이 필요했다. 출구를 찾듯, 미로에서 방황하듯 마우스를 쉼 없이 클릭했다.

어느 순간부터 상욱의 말이 줄었다. 끼니를 차려놓으면 사육하는 곰처럼 식탁으로 어정어정 걸어왔다. 먹는 양도 줄었다. 모자 사이에 대화가 줄었다. 상욱의 목과 턱 사이로 살집이 두툼하게 붙었다. 봄볕을 쬐지 않아 피부가 하얘졌다. 말수가 적어지고 행동이 굼떠져서 먹은 것이 살로 쪘을까. 살이 쪄서 말하기 귀찮아지고 굼떠진 것일까.

영신은 샤워 부스에서 늘어진 뱃살을 손아귀로 아프게 움켜쥐었다. 고장 난 체중계를 버리고 새로 샀어야 했다. 이스트를 넣어 오븐에서 부풀고 있는 식빵. 가시광선이 부족해 엽록소가 줄어드는 음지 생물. 벌거벗은 몸매로 연상되는 단어를 중얼거렸다. 체중계가 고장 나서 다행이다. 지금은 모든 국민이 형벌을 받는 시기다. 코로나가 올해 종식될 거야, 그러면 체중 조절을 시작하는 거야.

당뇨가 심해진 멘토가 흐릿하던 시력을 마저 상실했다. 냄새의 기억을 되살려 먹고 배설하는 동작으로, 단순화되었다. 멘토에 비하면 영신이나 상욱의 고통은 보잘것없었다.

***

정오를 향하는 햇살이 맑고 투명했다. 손가락 갈고리를 당기면 가야금 현이 울릴 듯, 빛살이 선명했다. 멘토가 실명하기 전에 산책하던 코스모스길로 나갔다. 성질 급한 꽃망울이 하양과 분홍의 순색으로, 순색보다 더 예쁜 교잡종의 색으로 꽃잎을 틔웠다. 멘토가 꽃의 숲으로 들어가려 목줄이 팽팽했던 작년 가을의 코스모스가 고만한 높이로 자랐다.

목줄에 묶였을 때, 마주 오는 행인에게 멘토가 선택적으로 송곳니를 드러내고 으르렁거렸다. 영신이 미안해진 표정으로 굽신거렸던 기억이 살아났다. 화가 나기도 했지만, 못된 버릇은 고쳐야 한다며, 코스모스 줄기를 꺾어 멘토의 등줄기를 때렸던 기억. 바람에 살랑이는 분홍 꽃으로 선명하게 떠올랐다.

막대기를 든 사람, 지팡이를 짚고 오는 노인을 골라 멘토가 사납게 반응한다는 것을 알았다. 막대기나 막대기를 든 사람에게 해코지당한 경험의 각인 때문일 것이라고, 누군가 조언했다.

가슴에 안은 멘토의 털이 윤기 없고 촉감도 거칠다. 그날 코스모스로 때린 곳에 흉터가 생긴 것처럼 갈비뼈가 앙상하다. 연립으로 돌아오면서 산소를 공급하는 장치를 샀다.

소파에 앉아 멘토를 무릎에 놓고 산소 튜브를 코에 대주었다. 숨 쉬는 목덜미의 달싹임이 달라지지 않았다. 조금이라도 편한 숨을 쉬라는 영신의 배려를 멘토가 받아들이지 못했다. '멘토의 생명이 곧 끝이 날 것이다.'라는 확신만 얻는 행위가 되었다.

사료나 간식을 먹지 못하므로, 미음을 수저로 넣어주면 마른 혀를 적시듯 몇 모금 받아들이고 입을 닫았다.

"마셔. 먹는 게 힘들면 산소라도 많이 마셔."

멘토의 귀에 입을 대고 속삭였다.

학부모 고민 카페 가입의 경험이 있어서 반려견 카페 가입은 쉬웠다. 멘토의 마지막을 정리할 정보의 검색이 필요했다.

***

"중학교는 칠판이 왜 그렇게 커?"

상욱의 무표정한 질문에, 영신의 목으로 마른기침이 올라왔다. 침을 짜내 버석거리는 목젖을 적셨다. 이건 정답이 없고 틀림도 없는 질문이다.

"초등학교보다 배울 분량이 많아서겠지?"

단순하고도 보편적인 답으로 여유를 가장해 대답했다. 상욱이 더 묻지 않았다. 영신의 답을 진중하게 받아들이는 눈치가 아니었다. 대답이 싱겁거나 성의가 없어서, 영신의 여유가 우스워서 반응이 시큰둥한 것은 아닐까. 진중한 생각 없이 메마르게 대답한 것이 후회됐다. 원하는 대답을 듣지 못할 것이라는 전제로, 상욱이 질문했을 가능성도 염두에 두었다.

상욱의 학원 선배가 특목고를 졸업하고 카이스트 학생이 되었다. 학원에서 수강생을 끌어모을 요량으로 카이스트 학생을 불러와 특별한 수업을 진행했다. 특목고와 카이스트에 합격하는 공부의 비법을 공개하면서 자기가 주도하는 학습을 강조했다. 공부는 자신이 하는 것이다. 선생님이 해주는 게 아니다. 날마다 수업 시간마다 교과마다 칠판에 판서하는 내용을 암기하려면 졸업도 전에 머리가 용량 초과로 터져버린다. 고객은 시장에 진열된 상품 중에서, 필요한 것만 골라 시장바구니에 넣는다. 학생도 고객이다.

카이스트 학생이 온라인 수업을 예견한 듯 수업에서 칠판은 사라진다고 예언했다. 자기주도 학습이 성공의 비결이다. 특별수업을 결론지었다.

학생들이 집으로 걸어오면서,

"학생인 우리가 고객이라니 기분은 좋다."

"그럼. 선생님은 상인이고?"

"학교는 시장이네?"

낄낄 웃었다가 심각한 표정으로 돌변했다.

"수행평가 없는 시장에 가고 싶다."

"맞아. 수행평가 때문에 선생님이 갑이고 학생인 우리가 을이잖아. 고놈의 점수."

특목고와 카이스트에서의 수업이 상욱에게는 부럽고 놀랍고 경이로웠다. 칠판에서 필기하는 수업방식은 수능 점수를 위한, 이제는 도태되어야 할 수업(상욱은 버려야 할 찌꺼기 같은 수업이라고 말했다.)이며, 컴퓨터가 없던 교실의 잔재라고 종결지었다.

칠판에 대한 상욱의 질문을 영신은 생각에서 놓지 못했다. 진지한 상욱의 질문에 이렇다 할 소견을 내놓지 못한 부끄러움을 잊지 않았다. 엄마로서, 학교를 먼저 다녔던 어른으로서, 우유부단과 무기력했던 장면이 떠올랐다. 그런 기억의 떠올림에도 상욱에게 무기력하고 우유부단한 처신이 계속되었다. 상욱이 파놓은 생각의 개미지옥에서 허덕였다.

***

수의사가 한 명, 접수대와 진료실의 간호사가 두 명인 병원은 동물환자와 보호자로 붐볐다. 사람이 의사와 마주 앉아 상담할 수 있는 시간이 불과 몇 분인 것처럼 멘토도 수의사의 진료 시간이 길지 않았다. 멘토가 아직껏 숨을 쉬고 있는 것이 기적이라며, 이 아이가 편하게 갈 수 있도록 곁에 있어 주는 것만이 할 수 있는 모든 행위라고 처방했다. 더 이상의 진료가 필요 없다는 의미임을 영신은 알아차렸다. 멘토를 가슴에 안고 진료실에서 나왔다.

접수대 간호사가 누군가와 통화로 농담을 주고받으면서 낄낄 웃었다. 죽음을 목전에 둔 멘토를 껴안고 영신은 간호사를 비난할 생각은 하지 않았다. 코로나로 일부 병원이 진료를 중단하면서, 산책이 어려워진 반려동물이 늘어나면서, 고된 업무에 시달리게 되니 나름의 방법으로 피로와 긴장을 해소하고 있을 뿐. 멘토에게 무성의하거나 무심한 태도를 보이는 것이 아니므로, 곧 숨이 끊어질 멘토만 가여웠다.

통증 없이 편안하게 수명을 마치는 처방. 안락사를 택하겠냐는 물음에 처음으로 화를 냈다. 멘토는 고개를 드는 것도 힘겨워 짖지도 못하고, 당뇨합병증 황반변성으로 시력을 잃었다. 심장 근육의 손상으로 호흡곤란과 가슴의 통증을 눈빛도 소리도 없이 견뎌내는 중이었다. 그동안 고마웠다고, 진료실에서 나온 의사에게 고개 숙였다. 의사가 멘토의 머리에 손을 얹었다. 턱밑에 온 죽음을 애도하는 목회자처럼 의사의 손이 닿았다. 멘토가 반응하지 않았다. 의사가 조금 전 진료실에서의 진단이 오진이 아님을 확신하는 순간에도 멘토는 끊어질 듯한 숨을 힘겹게 들이마셨다.

숨이 힘겹게 드나드는, 목구멍만 살아있는 생명을 영신이 가슴에 안았다. 서럽지도 화가 치밀지도 않았다. 멘토가 이 지경에 다다르도록 무엇을 했는지, 단지 먹먹한 가슴에서 눈물이 솟아올랐다.

젊은 부부가 아기를 낳을 것이라며 반려를 거부한, 꺼져가는 생명을 안고 돌아오면서 영신은 인간이 가혹하다, 또는 비정하고 매몰차다고 생각하지 않았다. 멘토는 주목받지 못하는 안쓰럽고 불쌍한 대상일 뿐이라고, 애써 생각을 한정했다.

거실에 융으로 짠 천을 깔고 멘토를 눕혔다. 익숙해진 거실의 냄새에 기운을 얻었는지, 코를 두 차례 벌룽거렸다. 영신은 멘토가 시력을 잃지 않았다면 안도의 눈빛으로 마지막을 바라보았을 것이라고 상상했다. 멘토 곁에 앉아 벽시계를 바라보았다. 멘토의 숨이 끊어지는 순간으로 초침이 타박타박 걸어갔다. 멘토가 버텨내는 삶의 장벽을 쉼 없이 쪼아내렸다.

멘토는 아마 영신보다 편안할 것이다. 생명과 희망과 기대라는 단어들이 이미 체념의 단계에 도달했다. 그런 멘토를 안고 영신은 누구를 원망하거나 증오할 수 없었다. 당뇨가 중증으로 진행되는 것을 간파하지 못하고, 적절하게 치료해 주지 못한 자신의 실책일 뿐. 증오는 자신에게만 가능한 상황이었다.

***

특별하게 무엇을 준비할까. 첫 등교에서 격리되었던 공간으로 복귀하는 순간을 위하여, 가장 좋아하는 조건과 맛을 꾸며놓으면 반응이 어떨까. 영신은 중학교로 공부하러 간 상욱을 기다렸다.

백화점에서 게임팩을 사다 놓는 것. 반팔 후드티를 사다 놓는 것. 축구화를 사다 놓는 것. 콜라가 덤으로 따라오는 피자와 치킨을 배달해 놓는 것. 이들 중에 어느 것을 선택할까 생각했다. 모두 돈으로 해결되는 것들이었다. 엄마가 알면 달라지는 게 있어요? 어젯밤에 쇳소리를 묻어내며 상욱이 말했듯이, 엄마로서 달라지는 게 없는 준비였다. 영신은 한심한 발상이라는 판단에 화가 치밀었다. 돈에 의한 준비로 하교하는 상욱을 맞이했을 때, 어젯밤과 같은 상황이 또 생기지 않는다는 확신이 서지 않았다. 가슴이 울컥하니 서글퍼졌다. 이래서 커피 모임의 엄마들이 말썽꾼으로 지칭하는 큰아들이 있어야 하는 거구나. 영신은 고개를 세차게 흔들어 방금 했던 생각을 지웠다. 이보다 더 힘겨운 상황이 닥쳐도 사채, 노름, 그것도 모자라 꼴사납게 불륜을 저지른 말썽꾼을 영신은 단호하게 거부할 준비가 되어있다.

오후 두 시. 상욱이 온라인 수업으로 집에 있었다면, 멘토와 병원에 다녀오지 않았다면, 엄마들과 커피를 마시며 잡담의 구수한 맛을 즐기고 있을 타임이었다. 수업에 집중하도록 피해준다는 핑계로 말썽꾼 큰아들을 들먹이며, 가치라고는 좁쌀 알갱이보다 못한 입담을 펴내고 있을 터였다.

상욱이 학교에서 집으로 왔다. 수업 중심으로 단축되었다며, 영신의 예정보다 일찍 귀가했다. 상욱이 가방을 메고 멘토에게 걸어왔다.

아직 살아있어.

영신이 상욱에게 눈빛으로 건넸다. 멘토가 들었을 리 없지만. 아니, 같이 살아온 감각으로 영신의 말을 알아듣는지 가늠할 수 없지만. 아직 '살아있다'는 말을 멘토가 듣게 하고 싶지 않았다. 멘토가 눈 뜨지 못하고 상욱을 알아차렸다. 숨을 두 번 느릿하게 쉬었다. 숨구멍을 겨우 연 목덜미가 힘겹게 오르내렸다.

상욱이 멘토의 목과 뒷다리 안쪽으로 팔을 넣어 가슴에 안았다. 그러자 전혀 움직이지 못하던 고개를 상욱에게 들어 올렸다. 십 초 정도 힘겹게 버티던 머리가 내려앉았다. 상욱이 울컥 눈물을 쏟았다. 학교에 갔다 왔어? 영신이 해야 할 말을 멘토가 몸짓으로 했다고 생각했다. 상욱도 영신과 같은 생각이었는지 멘토를 품에 안았다. 멘토를 양탄자에 내려놓고 눈물을 주먹으로 닦았다.

상욱이 방에서 가방을 벗어놓고 오는 이십 초. 멘토의 숨이 멈췄다. 보일러 스위치가 내려지듯 멘토의 생명이 꺼졌다. 힘겹게 지탱되던 무엇이 툭 끊어지는, 가슴이 뻐근한 공간의 맛이 코로 울컥 치밀었다.

김창식

『서울신문』 신춘문예 단편소설 당선, 2021 한국소설문학상, 2021 무예소설문학상 대상, 소설집 『바르비종 여인』, 『아내는 지금 서울에 있습니다』 외 대하소설 『목계나루』 전 5권, 장편소설 『벚꽃이 정말 여렸을까』, 『독도 쌍검』 외

관지댁

이종태

천석의 마음속에는 좁고 긴 터널이 있다. 그 어두운 터널의 끝에는 작고 허름한 방이 자리를 잡고 있다. 세상의 모든 빛이 차단된 어둡고 음습한 창고 같은 방, 바닥에서는 이끼가 자라나고 벽에서는 썩은 곰팡이 냄새가 풍기는 괴기스러운 방. 그곳은 보이지 않는 먼지들만이 떠오르다가 가라앉기를 반복하는 그런 곳이다. 마치 모래 먼지만이 날리는 한밤중의 막막하고 황량한 사막 한가운데 같은 곳이다. 천석의 마음속 깊은 곳에는 그런 방이 하나 있다. 모든 생각을 멈추게 하며 온몸을 상처투성이로 만들었던 지난 시간과 기억들, 천석은 그와 관련된 모든 것들을 이 방에 밀어 넣었다. 어머니도 그중의 하나였다. 잡다한 기억들과 함께, 아니 어쩌면 더 매몰차게 등을 떠밀었다. 그리고는 커다란 빗장을 채워버렸다. 그 후로 어머니는 천석에게는 물론이고 그의 주변 사람들에게도 얼씬거리지 않았다. 그렇게 지워지고 잊혀지리라 생각했다.

지난주, 천석의 어머니는 갇혀있던 방문을 부숴버리고 밖으로 뛰어나왔다. 그리고 곧바로 천석에게 전화를 걸어왔다. 그로 인해 오랜 시간 갇혀 지낸 어머니였다. 그녀는 밖으로 나오자마자 활기가 넘쳤다. 목소리는 크지 않았지만 차분하고 명확했다. 천석은 기억의 상자 위에 켜켜이 쌓여있는 세월의 더께를 한 장씩 걷어내며 수화기에 귀를 갖다 대었다. 어머니는 잠시 머뭇거리는 듯하면서 또렷한 말투를 이어갔다.

"이달 열 나흘 날이 먼 날인지 알고 있지? 내가 지금까지는 그냥 넘어갔는데, 아무래도 이번 생일만큼은 그냥 못 넘기겠다. 내 이제 살믄 얼매나 살겠나. 그래서 얘긴데 면소 앞에 있는 바우 식당에 큰 방 하나 예약해 놨다. 원래는 읍내 있는 뷔페식당을 알아봤는데 아무래도 우리 입맛에 안 맞을 것 같아서 그리했다. 그러니 너도 그리 알고 있거라."

어머니의 목소리는 냉랭하고 윤기가 없었다. 아득한 기억의 저편에서 순식간에 내 앞으로 다가온 그 목소리는 평화로운 우리 집을 휘어 감기 시작했다. 천석은 속수무책으로 온몸을 부르르 떨었다. 어머니의 목소리는 날카로운 칼날과도 같았다. 원한에 사무친 여인의 살기 넘치는 눈빛이었다. 갑자기 섬뜩함이 느껴졌다.

"환갑도 그냥 보내고 한평생 생일상 한번 안 받고 그냥 넘겨봐라. 사람들이 다들 무어라 하겠어, 자식인 너를 욕할 거 아니겠니? 내 너의 체면 생각해서 결정을 한 것이니께 바쁘더라도 식구들 데리고 한 번 다녀가거라."

어머니는 자기 말만 하고는 천석의 대답은 아랑곳없이 일방적으로 전화를 끊었다. 얼떨결에 뒷머리를 얻어맞은 천석은 머리를 감싸 안고 방바닥에 주저앉았다. 어머니는 그동안의 설움을 이 한방으로 멋지게 되갚고는 수화기를 내려놓은 것이다.

천석의 어머니는 관지라는 곳에서 보은 땅 사각리로 시집을 왔다 해서 관지댁으로 불리었다. 천석은 상주 쪽에 붙어있다는 관지마을이 어디에 있는지 알 수가 없었다. 어릴 적 흔히 찾아가는 외갓집을 그는 한 번도 가본 적이 없었다. 그러니 그곳에 누가 사는지, 외할아버지와 할머니는 존재하는지조차도 몰랐다. 마을 사람들이 수군거리는 소리를 들어 보면 그녀의 출생지는 관지마을도 아니고 다른 곳이란 것이었다. 그녀가 어릴 적 아버지가 병사하자 어머니는 집을 나가버렸다고 한다. 그 때 별안간 고아가 된 그녀를 데려온 곳이 관지 마을에서 근근이 먹고살던 큰아버지 댁이었다고 한다. 그녀가 어찌어찌 결혼을 하게 되고 큰아버지마저 세상을 등지게 되자, 관지마을에는 더 이상 그녀와 연관된 사람이 남아있지 않았다. 그렇게 외가에 대한 기억은 상상 속에서만 존재해야 했던 것이다.

천석에게는 외갓집에 대한 기억 못지않게 아버지에 대한 기억 역시 선명하지 못했다. 그 역시 결혼을 하고 오 년도 안 되어 세상을 등져 버렸던 것이다. 천석의 나이 다섯도 되기 전이니 몇 가지 기억마저도 희미할 뿐이었다. 키가 작았던 것과 천식인지 폐결핵인지 날마다 기침을 달고 살았다는 것, 그리고 며칠에 한 번씩 선홍색 피를 토해냈다는 것뿐이다. 돌이켜 생각해 보면 천석의 아버지는 처음부터 병치레만 하다가 떠날 사람이었던 것이다. 그래서 이십 대 중반의 스물다섯 살 젊은 아내를 청상과부로 만들어 놓고 그렇게 홀로 떠나버렸다. 천석의 기억 속 잔상은, 기침을 달고 살던 아버지가 어느 날 하얀 광목천에 싸인 채 상여에 실려 나갔다는 것뿐이다.

관지댁이 그토록 허약하고 보잘것없는 남편에게 시집을 오게 된 것은 양측의 이해관계가 맞아떨어졌기 때문이었다. 백부는 실체도 없는 양반의 끝자락을 움켜쥐고 자존심만 내세우는 사람이었다. 그는 가진 것도 없으면서 남녀의 유별을 따지고, 툭하면 반상의 법도를 앞세웠다. 그런 그가 안 씨 집안에서 며느리를 구한다는 소식을 들은 것은 생선장수 김 씨로부터였다. 김 씨는 안동에서 고등어를 받아서 내륙으로만 도는 사람이었다. 허약한 병자에게 천덕꾸러기로 자란 조카딸을 보낸다는 것이 안쓰러워 보이기도 했지만, 한편으론 그래도 양반 집안인데 하면서 속으로 쾌재를 불렀던 것이다. 더구나 특별히 조건을 따지는 것도 없었으니 이보다 더 좋을 수는 없었다.

관지댁은 꾸며놓고 보니 천방지축의 말괄량이 모습은 사라지고 없었다. 커다란 얼굴은 잘 익은 과일처럼 복스럽고 통통해 보였다. 윗저고리 속의 젖무덤 역시 제법 살아있었다. 사내 못지않은 어깨며 튼튼해 보이는 엉덩이는 남자만 제대로 만난다면 열 자녀라도 거뜬히 생산해낼 골격이었다. 천석의 조부는 마을에서 구장댁 어른으로 불렸다. 그건 오래전부터 전해져 오는 얘기였다. 윗대에서 일제 때 구장을 지낸 이가 있다고도 했고, 산골마을에서 농사거리가 제일 많다 보니 사람들이 알아서 높여준 말이라고도 했다. 그는 자신의 아들이 부실하지만 튼실한 며느리가 들어와 손자만 낳아준다면 더 이상 바랄 것이 없었다. 며느리의 인품이나 맵시 같은 것은 중요한 것이 아니었다. 대를 이어줄 손자만 낳아준다면 그것으로 끝인 셈이었다.

천석의 아버지는 결혼 후에도 잔병치레로 골골하면서 기침을 달고 살았다. 그러다 보니 어렵게 천석 하나를 낳고서는 더 이상 남자 구실을 기대할 수가 없었다. 키도 작아서 세워놓은 지게보다 머리 하나가 더 있을 뿐이었다. 골격도 부실하기 짝이 없어서 관지댁과는 비교가 되질 못했다. 몸통이라는 것이 관지댁의 한쪽 허벅지와 비교할 정도였다. 그랬던 그가 천석이 태어난 후 붉은 피를 토해내는 횟수가 잦아지기 시작했다. 그리고 결국 천석의 나이가 다섯 살이 채 되기도 전에 몸져눕더니 한 달도 채우지 못하고 세상을 등져버렸다.

천석의 아버지가 없어지자 마을 사람들은 쑥덕거리기 시작했다. 하나같이 관지댁을 바라보는 눈빛이 예사롭지 않았다. 어떤 이는 처음부터 남편을 잡아먹을 상이었다고 했고, 어떤 이는 헤프게 웃음을 흘릴 때부터 알아봤다고 했다. 매번 같은 얘기로 시작했지만 결론은 하나였다. 보조개를 드러내며 눈웃음치는 모습이나, 어디서든 가슴을 풀어헤치고 땀을 닦아내는 폼이 남자 한둘로는 직성이 풀리지 않을 상이라는 거였다.

구장댁은 산골마을치고는 꽤나 넓은 편이었다. 안채와 사랑채가 있었고 목 뒤주가 큰 원두막처럼 사랑채 옆에 붙어있었다. 헛간과 소를 키우는 외양간도 마당 한쪽에 별도로 자리하고 있었다. 이처럼 널찍한 집 안에 골골하던 아들마저 세상을 떠나자 남은 사람이라곤 구장과 관지댁 단둘뿐이었다. 구장의 부인도 일찌감치 세상을 떠난 뒤였다. 사실 안 씨 집안에서 아들의 결혼은 서둘렀던 이유도 살림을 맡아줄 사람이 필요해서였다. 그래서 골격이 남자 같고 별 볼품없었지만 나름 싹싹함이 있던 관지댁이 한눈에 들어왔던 것이다.

관지댁은 홀로 두 사람, 아니 세 사람 몫을 해냈다. 헛간의 지게를 꺼내 뒷산에 올라가 땔 나무를 해 날랐다. 농사철에는 거름통을 지고 가서 밭에 뿌렸고, 내 집일 뿐 아니라 품앗이를 위해서 남의 집 일도 자주 나갔다. 그 와중에 뽕밭을 버릴 수 없다고 누에까지 길렀다. 한 달에 한 번 정도는 마을에서 형님, 동생 하며 지내는 아주머니들을 따라 읍내 장터에 나가기도 했다. 농사지은 것을 간간이 내다 팔고 반찬거리나 생활용품을 사 오기 위함이었다. 장터까지는 월곡리 고개를 넘어 이십 리 길이었다. 이때까지만 해도 일가붙이들은 더없이 흡족해했다.

보은 읍내에 있는 장터에는 오 일마다 장이 섰다. 군내에는 관기장이나 원남장, 회인장 등이 있었지만 내용이나 규모 면에서 상대가 되질 않았다. 면 단위에 있는 장터 세 곳을 모두 합쳐도 읍내 오일장만큼은 될 수가 없었다. 그래서 읍내 오일장이 서는 날이면 근동 사람들은 물론이고, 면 단위 장터를 떠도는 장돌뱅이들까지 합쳐서 언제나 북적거렸다. 사내들의 묵직한 목소리가 가득한 우시장을 지나면 나무 시장이 있었고, 작은 사거리를 지나 오른편으로는 쌀과 콩 같은 곡물류들이 모이는 미곡시장이 자리하고 있었다. 또 길을 따라 그 옆으로 채소와 고추시장

그리고 어물시장이 이어졌다. 사각골 사람들은 남녀 구분 없이 채소나 고추 곡물류 같은 것들을 내다 팔고는 찐빵 몇 개나 국수 한 그릇으로 허기진 배를 채우곤 했다. 그리고는 불이 나게 어물전이나 옷전으로 향했다. 더러는 잡화가게로 향하는 이들도 있었다.

장터에 나간 사람들이 아무리 바쁘게 돌아쳐도 시간은 더 빨리 지나갔다. 언제나 돌아오는 길은 해가 한참 기울어진 뒤에야 출발할 수가 있었다. 아낙네들이 황토길을 서둘러 월곡리 고갯길에 도달할 때쯤이면 걸음걸이가 빠른 소 장수 패거리들이 따라붙곤 했다. 그중에는 왜골 신가와 뒷마을 샘골에 사는 황가도 있었다. 그 두 사람은 몇 번 본 얼굴이었지만 아낙네들은 무신경으로 눈길 한번 주는 법이 없었다.

왜골은 사각골 옆의 골짜기를 따라 삼십여 호가 옹기종기 붙어있었다. 신가의 집은 그중에서 첫 번째 입구에 자리 잡고 있었다. 울도 담도 없이 집 앞의 텃밭을 마당처럼 쓰고 있었다. 이때쯤이면 신가의 여편네는 눈에 불을 켜고 집 앞의 텃밭을 서성이고 있을 터였다. 그런 사정을 뻔히 알면서도 신가는 관지댁의 실룩대는 뒷모습에서 눈을 뗄 수가 없었다.

"아이고, 사각골 마나님들 장 보러 나오셨구만요. 뼈대 있는 집안 분들이 무슨 볼일이 있어서…. 어허, 소달구지라도 타고 다녀야지 이 먼 길을 걸어서 간단 말이요."

왜골 신가는 불룩한 아랫배에 힘을 모으며 울리는 목소리로 침을 튀기었다.

"아까 장터 천막집서 보니께 말이여, 바닥에 짚단을 하나씩 깔고 앉아서는 매가리 없는 국수가닥을 들이키고 있더만. 그래서 이리 힘을 못 쓰고 걸음이 더딘 건가. 최소한 선짓국에 밥을 한술 말아야 먼 길에 지장이 없을 거인데. 자고로 조선 사람은 밥이 최고여."

샘골 황가도 실실 웃으며 신가를 거들었다.

“이따가 고갯길 내려가 치실 저수지 마가네 주막에서 좀 쉬었다 가는 거이 어떤감…. 민물 매운탕에 소주라도 한 고뿌씩 허고 길을 나서면 발걸음이 훨씬 가벼울 거인데 말이여. 오늘 황우 한 마리 넘겼으니 전대도 두둑허고, 까짓것 사각골 마나님들헌티 이 신가놈이 한턱 쓰지 뭐!”

신가도 틈을 주지 않고 황가의 말을 되받았다. 두 사내는 경쟁하듯 오지랖을 펼쳐 놓으면서도 눈길은 하나같이 관지댁에게로 향해 있었다. 나이도 어리지만 은근히 곁눈질을 하는 행색이 뭔가 통할 것 같다는 생각을 하게 만들었던 것이다.

서산이 피를 토해낸 것처럼 붉은 노을이 저수지 수면에 펼쳐지고 있었다. 관지댁은 뒷머리를 훑는 듯한 사내들의 굵은 목소리에 온몸이 근질거렸다. 속으로는 사내들이랑 어울려 술이라도 한 잔 걸치고 싶었던 것이다. 하지만 일행들을 무시하고 딴 눈을 팔 수는 없는 노릇이었다. 관지댁은 한숨을 내쉬며 일가붙이 아낙네들을 따라 부지런히 발걸음을 움직였다. 치실 저수지 옆 마가네 주막을 지나서야 아낙네들은 걸음을 멈출 수 있었다. 모두들 머리에 이고 있던 보따리를 내려놓으며 길옆에 철퍼덕 주저앉았다. 그때까지도 사내들은 손을 흔들고 히죽거리며 마가네 주막으로 들어서고 있었다. 못내 아쉬운 표정들이었다.

아낙네들은 나무그늘에 앉아 땀을 식히고 있었다. 그러던 중 사내들이 들어간 마가네 주막을 바라보며 거친 숨을 내쉬는 관지댁을 발견했다. 그녀의 얼굴은 잘 익은 사과처럼 발갛게 달아 있었다. 그것은 단지 날씨 탓만은 아닌 것 같았다. 그걸 지켜보던 한 아낙이 슬그머니 한마디 건네보았다.

“관지댁, 그렇게 아쉬우면 사내들 따라갈 걸 그랬잖아. 신가놈 허벅지에 걸터앉아 술이라도 한잔 걸칠 걸 그랬어.”

관지댁은 쓰다 달다 아무 말이 없었다. 그리고는 주막으로 향해 있던 눈길을 거두며 짐 보따리를 끌어안고 몸을 일으켰다. 사각골은 이십여 호가 옹기종기 모여있는 안 씨 집성촌이었다. 처음에는 보은 읍내에서 가까운 벌판이 훤하게 트인 촌락에서 집성을 이루고 살았는데, 어느 대에 이르러 이런 궁벽한 산골로 이전을 하게 되었는지는 아는 이가 거의 없었다. 유일하게 그 문제를 아는 사람은 구장어른뿐이었다. 그마저도 어릴 적 희미하게 들은 것이 전부였다. 그 어른이 전하는 얘기에 의하면 조상들의 산소와 선산을 돌보기 위해 누군가 이곳으로 터전을 옮겨 왔다는 것이다.

구장어른은 나이로 보나 항렬로 보나 가장 윗사람이었다. 그리고 그에 걸맞게 위엄과 학식을 갖춘 사람이었다. 왜골이나 샘골 상것들하고는 아예 상종도 하지 마라는 것이 그의 지론이었다. 배워먹지 못한 아주 잡놈들이라는 것이었다. 천석은 초등학교 입학할 때까지도 숱한 단속과 잔소리를 들어야 했다. 마을 사람들도 하나같이 왜골과 샘골 사람들에 대해 상대하지 않는 게 좋다고 했다. 그 사람들 구장어른이 젊었을 때는 고개도 못 들고 다녔다고 했다. 마을 사람들이 모두 일가친척인 것이니 당연히 구장어른을 중심으로 자연스레 뭉쳐있는 셈이었다. 그들은 서로를 도와가면서 빗물이 새는 초가에 거주를 해도 마음만은 편안했던 것이다. 하지만 이제는 사정이 달라져 있었다. 구장댁에 며느리가 들어왔고, 얼마 지나지 않아 청상과부가 되었고, 그녀가 미덥지 않은 낯선 바람을 불러오자 마을은 점차 술렁이기 시작했다. 하지만 누구도 드러내놓고 떠들 입장은 못 되었다.

관지댁은 부지런히 논과 밭으로 나갔다. 봄이 되면 밭에 나가 씨앗을 파종했고, 논에서는 모를 심었다. 한여름 뙤약볕 아래서는 밭고랑에 걸터앉아 잡초를 뽑아냈다. 지긋지긋한 보리타작을 할 때면 부스러기를 뒤집어쓰면서 연신 땀을 닦아내야 했다. 때로는 보리 꺼끄러기 몇 개가 가랑이 사이로 기어오르기도 했다. 그럴 때면 실없이 배실거리거나 몸을 꿈틀거리며 허리춤을 들추기도 했다. 구장어른은 긴 담뱃대를 물고 동네를 돌아다니는 것이 하루 일과였다. 가끔은 논에 나가거나 개울을 거슬러 밭을 한 바퀴 돌아보기도 했다. 그러다가 때가 되면 어김없이 사랑으로 들어와 양반 다리를 하고 앉아서 밥상을 기다렸다.

구장어른은 때가 조금만 늦어도 불같이 화를 냈다. 관지댁은 바쁘게 일을 하다가도 밥때가 되면 집으로 돌아와야만 했다. 그녀는 숨이 막히게 만드는 시아버지로 인해서 서서히 지쳐가고 있었다. 언제부터인가 그녀는 말이 없어졌다. 시아버지 얼굴은 아예 외면하기 시작했다. 입을 봉한 채로 삼시 세끼를 갖다 바쳤으며, 눈빛은 무언가를 작정한 사람처럼 보였다. 관지댁에 대한 소문이 돌기 시작한 것은 그로부터 얼마가 지난 뒤였다. 천석이 처음으로 어머니에 대한 소문을 들은 것은 중학생이 된 뒤였다. 그는 읍내로 나가 중학교 옆에 있는 이평리에서 자취를 하고 있었다. 자취를 하다 보니 한 달에 한 번 정도는 사각골에 다녀가야 했다. 매달 내기로 한 월세뿐만 아니라 쌀과 반찬거리도 필요했던 것이다. 천석이 집에 들를 때마다 할아버지인 구장어른은 앓아누운 상태였다. 천석이 보기에 정말 몸이 아픈 것인지 화가 난 것이지도 분간하기 어려웠다. 그는 물 한 모금 마시지 않고 끙끙대면서도 목소리는 날카로웠다. 소리를 지를 때면 찌그러진 망건 사이로 눈물 같은 땀방울이 흘러내리고 있었다.

천석에게 구장어른의 병명을 알려주는 사람은 어디에도 없었다. 마을 아낙네들이 방망이를 두드리는 수로도랑의 빨래터에서나, 남정네들이 담배를 물고 앉아있는 어귀의 느티나무 아래서도 사정은 마찬가지였다. 그들은 약속이라도 한 것처럼 입을 다물었고, 하던 얘기마저도 천석이 나타나면 멈추기 일쑤였다. 천석이 그의 자리보존 이유를 알게 된 건 뜻밖의 장소에서였다. 읍내로 나가는 버스 안에서였는데, 입을 연 것은 왜골 사는 초등학교 동창 미자였다. 미자가 처음부터 구장어른 얘기를 꺼낸 것은 아니었다. 버스에서 마주친 미자는 대뜸 왜골 사는 소 장수 신가네 부부싸움 얘기를 꺼내 들었다. 천석이 듣기 싫다며 버스에서 내렸지만 미자는 자취방까지 따라오며 계속 떠들어 댔다.

"난 남의 집 일에 관심 없어. 더구나 지지든 볶든 부부싸움에는 더욱 관심 없어."

천석은 귀찮다는 듯 따라오지 말라고 했다. 하지만 미자는 포기하지 않았다. 결국 천석의 자취방까지 따라오고 말았다.

"야, 내 말을 끝까지 들어 보란 말이여. 남의 일이 아니고 다 너하고 관계된 일이여."

미자의 얘기는 왜골 소 장수 신가가 자신의 작은 아버지란 것이었다. 그리고 얼마 전 작은 엄마랑 대판 싸운 원인이 천석의 어머니란 것이었다. 작은 엄마는 두 눈에 불을 켜고는 계속 관지댁을 외쳤다는 거였다.

"관지댁은 바로 니덜 엄마를 두고 하는 말이잖아. 쉽게 말해서 우리 작은아버지하고 니덜 엄마하고 무슨 일이 있었는데, 좁은 바닥에서 누가 봤는지 이상한 얘기가 떠돌았어. 그것이 바로 우리 작은엄마 귀에 들어간 거지. 왜골에선 지금 다들 한마디씩 하더라. 우리 작은아버지보다 니덜 엄마가 더 나쁜 년이라고…."

천석은 아니라며 그럴 리가 없다며 그날 처음으로 손찌검을 했다. 미자는 머리를 얻어맞고도 무슨 이유인지 키득키득 웃기만 했다. 천석은 겉으론 큰소리를 쳤지만 속마음은 복잡했다. 한편으론 얼굴이 달아오르기도 했고, 미자의 킥킥거리는 모양새를 보고 있자니 역겨워서 견딜 수가 없었다. 결국 미자를 문밖으로 밀쳐내며 쫓아버렸다.

관지댁이 서른 서넛을 넘길 즈음해서 생겨난 일이었다. 어린 나이에 홀로된 몸은 만개한 석류처럼 흐드러지기 시작했다. 그날 저녁, 마가네 주막 뒤에서 신가가 보여준 남성의 상징은 그녀를 갈등 속으로 밀어 넣었다. 얼떨결에 마주하게 된 술자리 때문이었을까. 알싸하고 애잔한 무언가가 그녀의 가슴을 뛰게 만들었다. 선짓국처럼 비릿하게 스며드는 신가의 행동을 관지댁은 눈을 질끔 감고 받아들였다. 한번 열린 문은 거침이 없었다. 짐승들처럼 네발로 서는 해괴한 짓거리도 크게 싫지 않았고, 장 보따리를 깔고 앉아 씩씩거리며 쳐다보던 파란 하늘도 더 이상 두렵지 않았다.

관지댁은 첫 번째 술자리가 있고 나서 신가를 몇 번인가 더 만났다. 해질 무렵 어둑한 산골짜기나 버드나무가 늘어선 개울가 수풀 속에서, 아니면 뽕나무 밭 한가운데서 사람들의 눈을 피해가며 만났다. 신가와 만날 때마다, 그녀는 알 수 없는 서러움에 눈을 지그시 감고 서둘러 신가의 커다란 가슴팍 속으로 얼굴을 감추곤 했다. 밤 짐승들처럼 산야를 떠돌며 벌이던 그 짓거리가 어떻게 사람들 눈에 띄게 됐는지, 또 미자의 작은엄마 귀에는 어떻게 들어가게 됐는지 알 수는 없었다. 어쨌든 미자네 작은엄마는 두 눈에 불을 켜고 달려와 사각골을 휘젓고 다녔다. 그 일이 있고 난 다음부터 그들의 은밀한 만남은 종지부를 찍게 된 셈이었다.

관지댁은 한동안 집 안에서만 칩거했다. 집성촌을 이루고 있는 눈들을 의식할 수밖에 없었다. 그녀가 안방에서 꼼짝도 하지 않고 있을 때 일가붙이들은 부지런히 사랑채를 드나들었다. 구장어른을 달래고 위로하기 위해서였다. 그들은 하나같이 화가 머리끝까지 나 있었다. 생각 같아서는 당장이라도 무슨 사달을 내고 싶었던 것이다. 하지만 한 집안의 운명이 걸린, 아니 한 마을 전체의 운명이 걸린 문제이니 쉽게 결론을 내릴 수가 없었다. 멍석말이를 해서 쫓아내더라도 나중에 하자는 심산이었다. 그들은 그 대신 관지댁을 끈질기게 감시하고 몰아붙일 생각이었다. 겨우 정신을 차린 구장어른에게도 가혹한 주문을 빠뜨리지 않았다. 그 일이 있고 난 뒤에 시아버지와 며느리 사이는 점점 험악해져 갔다. 일가친척들도 사사건건 간섭을 하려 했고, 관지댁은 순순히 받아드리려 하지 않았다. 넘어진 김에 쉬어간다고 어차피 벌어진 일이었다. 이제 와서 모든 걸 되돌릴 수도 없었다. 구장어른의 잔소리는 점점 심해갔다. 어두운 밭에서 뭐하다가 이제 오냐며 두 눈에 불을 켜면서 볶아쳤다. 일을 일찍 끝내고 돌아왔을 때도 마찬가지였다. 천하에 밥값도 못하는 인간이라며 잔소리를 계속 이어갔다.

"흥, 상투 틀고 앉아 공자 왈 맹자 왈만 떠들면 단가. 아니 그럼 그들 보고 농사 좀 해보라 하지 왜! 그 풍채 요란한 아들마저 앞세운 주제에 뭔 놈의 잔소리여 잔소리가."

관지댁도 물러서지 않았다. 이미 엎질러진 물이었고 돌아갈 수 없는 길이었다. 구장어른이 간섭할 때마다 한마디도 지는 법이 없었다. 오히려 더 기세 좋게 속을 뒤집어 놓았다. 천석이 고등학교에 들어갈 무렵 집 안의 갈등은 정점을 찍고 있었다. 관지댁은 더 이상 구장어른을 비롯한 사각골 일가들의 눈을 의식하지 않았다. 보란 듯이 보은 읍내 장터를 휘저었고, 왜골이나 샘골 사람들을 만나면 헤픈 웃음을 팔고 다녔다. 아랫말 웃말을 떠도는 풍문에 의하면 관지댁하고 붙어먹은 인간이 하나둘이 아니란 것이었다. 왜골 신가와 샘골 황가는 물론이고, 술도가에서 배달 오는 강가와 우편배달부 권가도 자주 만난다는 거였다.

"아무리 세상이 뒤집어졌다 하지만 이건 아닌 거라. 내 눈에 흙이 들어가기 전에는 그 꼴 못 본다. 아무리 근본 없는 집에서 났다고 하나 이럴 수는 없는 거라. 한 가지 방법이 있다. 천석이 알기 전에 스스로 사라지는 것이다. 치실 저수지로 가든지, 대들보에 목을 매든지 그건 내 알 바 아니고…"

구장어른은 얼굴을 들 수가 없었다. 바깥출입은 꿈도 꿀 수가 없었다. 그는 며느리인 관지댁이 스스로 없어져 주길 바랐다. 이제 사각골 사람들도 대놓고 관지댁을 욕하기 시작했다. 그녀를 향해서 화냥기가 철철 흐르는 미친년이라 손가락질을 했다.

"하이고, 누가 할 소릴 누가 하고 있네. 하루빨리 가야 할 사람이 누군데…. 요즘 저승사자는 눈을 감고 다니는가, 이런 산송장 같은 늙은이를 놔두고 어딜 헤매고 다니나 몰라."

관지댁은 그녀대로 눈을 치켜뜨면서 게거품을 빼어 물었다. 구장어른은 가슴을 치다가 분을 못 이겨 밥상을 뜨락으로 내던졌다. 소문은 부풀리면서 퍼져갔다. 관지댁이 구장어른을 두들긴다는 얘기가 떠돌자 일가붙이들이 떼를 지어 몰려들었다.

"관지댁! 아무리 세상이 숭악하게 돌아간다 해도 이럴 수는 없는 거라. 며느리가 시아바이를 두들긴다는 얘기가 도대체 무슨 소리여! 아무리 근본 없이 자랐다 해도 그렇지, 시아바이한테다 손찌검을 하다니. 어디서 배워먹은 싹아지 없는 행동머리야. 왜골 샘골 불쌍놈들 하고만 어울리더니 기어이 백정만도 못한 짓거리를 하고 있어 그래."

일가붙이들은 이구동성으로 한마디씩 외치고 있었다. 관지댁은 그들을 뚫어져라 쳐다보았다. 눈가에는 살기가 돌고 있었다.

"대체 어느 연놈들이 그런 헛소리를 해요! 시아바이 두들기는 거 봤어? 봤냐고?"

관지댁은 잠시 억울한 표정을 짓는가 싶더니 이내 목소리가 높아지며 오른손을 치켜들었다. 그때 한 아낙이 방으로 들어가 누워있는 구장어른의 웃옷을 들어 올렸다. 바로 푸르스름해진 살갗이 드러났다. 바지를 걷어 올리니 무릎도 살짝 벗겨져 있었다.

"이래도 거짓말할 텐가! 이건 손을 댄 게 분명한데 말이야."

방에 들어간 아낙은 소리를 꽥 질렀다. 그녀는 손위 육촌 동서였다.

"노인네가 혼자 넘어진 걸 갖고 왜 나한테 그러는 것이여. 저놈의 늙은이 참 명도 길지. 개화된 지가 언제인데 아직도 상투를 틀고 공자 왈 맹자 왈이여. 이 빌어먹을 집구석, 내 저 늙은이한테 당한 거 생각하면 자다가도 이가 갈린다구."

관지댁은 일가붙이들의 말을 들은 척도 하지 않았다. 오히려 노인네가 혼자 넘어진 걸 갖고 자기한테 뒤집어씌운다며 길길이 날뛰었다. 그녀는 눈을 치켜뜨면서 마루 위에 있는 오줌 요강을 집어 들었다.

"훠어이… 훠어이…."

관지댁은 떼거리로 몰려든 사람들이 미쳐 피할 틈도 주지 않고 요강을 흔들어 댔다. 독한 냄새를 풍기며 내용물들이 사방으로 흩어졌다. 어떤 사람은 허벅지로 또 어떤 사람은 가슴팍으로 두 식구의 뒤섞인 오줌이 스며들었다. 머리가 아플 정도의 지린내가 토담을 넘어 길가까지 진동을 했다.

구장어른이 숨을 거둔 것은 천석이 전문대 2학년 때였다. 천석이 처음부터 대학을 꿈꾸었던 것은 아니었다. 그가 대전에 있는 대학을 간 것은 순전히 사각골에서 멀리 떨어지고 싶은 생각뿐이었다. 천석이 전공한 것은 건축이었다. 어차피 공부를 시작할 바엔 가능한 시골집에서 떨어진 곳을 떠도는 일을 하고 싶었던 것이다. 지저분한 소문이 떠도는 사각골로 다시는 들어오지 않으리라 몇 번이고 다짐을 했다. 그가 전보를 받고 사각골을 찾았을 때 구장어른은 이미 염이 끝난 상태였다. 그는 마을에서 준비한 오동나무 관에 안치되었다. 그리고 구불구불한 냇가 둑길을 따라 아버지가 묻힌 뒷산으로 옮겨져 갔다. 장례가 끝나고 천석이 집을 떠날 무렵엔 또 다른 소문이 그의 발걸음을 붙들고 늘어졌다. 구장어른의 죽음은 자연사가 아니라는 것이었다. 등에 착 달라붙은 뱃가죽과 앙상하게 뼈만 남은 팔다리가 그 증거라는 거였다. 자연스레 관지댁이 거론되기 시작했다. 가늘게 이어지는 그의 숨을 끊으려고 끼니와 이부자리를 대주지 않았다는 것이다. 그래서 추위와 굶주림에 바들바들 떨다가 억울하게 눈을 감았다는 거였다. 천석은 머뭇거릴 수가 없었다. 그에게는 더 이상 아무 소리도 들리지 않았다. 아니, 듣고 싶지 않았다. 어머니뿐만 아니라 마을 일가친척들 모두가 아귀떼처럼 자신을 뜯어 먹을 것 같아서였다. 천석은 마을 앞을 지나는 버스를 기다릴 틈도 없이 월곡리 고개를 향해 내달렸다. 읍내 터미널까지 뛰다가 걷다가를 반복했다. 그리고는 곧바로 대전행 버스에 올랐다.

그 후 천석은 사실상 사각골을 등지고 살았다. 대학을 졸업하면서 곧바로 군에 입대했고, 제대 후엔 대전에 있는 중소 건설회사에 취직을 했다. 그리고 회사에서 여자도 만났다. 그는 결혼식 같은 형식은 생략하고 싶었다. 아무 곳이든 방이나 하나 얻어서 그럭저럭 살고 싶었다. 하지만 그게 혼자만의 생각대로 되는 것은 아니었다. 여자 쪽의 입장을 마냥 무시할 수는 없었다. 그는 어쩔 수 없이 만나는 여자를 데리고 사각골을 찾았다. 햇수로 꼭 6년 만의 일이었다.

결혼식 날은 마을 일가붙이들뿐만 아니라 왜골이나 샘골 어른들도 모두 참석해 주었다. 천석은 그것이 동정심 때문이란 걸 알고 있었다. 세상 물정 모르던 나이에 과부가 된 어머니와 어릴 때부터 상처투성이로 자라 객지로만 떠돌았던 자신에 대한 연민의 정 같은 것이었다. 설사 그것들이 계산된 동정이라 해도 천석은 그것으로 떳떳한 사위가 됐다. 처가에 대한 최소한의 예의는 갖춘 셈이었다. 신혼여행을 마치고 한 달쯤 지났을 때 천석은 다시 사각골을 찾았다. 물론 아내와 함께였다. 자신은 내키지 않는 길이었지만 아내의 부탁을 계속 무시할 수도 없었다. 관지댁은 무표정하게 누워서 천석 내외를 맞이했다. 천석은 누워있는 어머니의 모습과 어찌할 바를 모르는 아내의 얼굴이 교차되며 당황스러웠다. 그는 다급한 마음에 이것저것 말을 붙여보았지만 어머니의 표정에는 변화가 없었다. 어색한 시간이 흘러갔다. 아내는 뭐 하나 제대로 갖춘 것이 없는 부엌에서 미음이라도 끓여보겠다고 팔을 걷어붙였다. 천석은 왠지 불안한 마음에 삽작문을 나섰다가 그예 봉변을 당하고 말았다.

천석은 이를 악물고 온몸을 부르르 떨었다. 내가 두 번 다시 상종을 한다면 인간이 아니다. 두 주먹을 말아 쥐는 천석의 목덜미로 지렁이 같은 파란 핏줄이 서로 엉키었다. 관지댁이 또 지저분한 소문에 휩싸인 것은 천석의 결혼식이 끝나고 한 달도 안 돼서였다. 어느 날인가 면에 있는 조합장 아내가 택시를 타고 사각골로 들어왔다. 그녀는 마을 사람들에게 물어본 뒤에 관지댁의 집으로 들어섰다. 마당에 들어서면서도 무척 조심스런 걸음이었다. 주변의 시선을 많이 의식하는 듯했다. 관지댁에게 이끌려 안방에 들어간 뒤부터는 오히려 관지댁의 목소리만이 터져나왔다. 잠시 후 조합장의 아내가 손수건으로 입술을 다독거리며 삽작문을 나섰다. 그때까지도 관지댁은 방안에서 꼼짝도 하지 않았다. 손으로 방바닥을 치면서 대성통곡을 할 뿐이었다. 그녀는 혼자 넋두리를 내뱉고 있었다. 조합장의 부인이 택시를 타고 마을을 빠져나가자 그예 분을 참지 못하고 밖으로 뛰쳐나왔다.

"호랭이가 깨물어 갈 여편네! 내가 이년을 그냥 두나 봐라."

관지댁은 눈물이 흐르다 말라붙은 자리를 분노로 가득 채웠다. 그녀는 서럽고 억울했다. 면사무소 옆에 있는 잡화점 주인이 문제였다. 이제 손자 볼 때가 다 됐는데 뭐가 아쉬워서 내가 그 짓거리를 하느냔 것이었다. 어쩌다 면에 들릴 때면 조합을 지나야 하기에 인사치레로 몇 마디 건넨 것이 인연이었다. 평소 오지랖 넓은 그녀가 조합장의 호의를 거절하지 못해 다방 구석에 마주 앉은 적은 있었다. 그런데 조합장과 붙어

먹었다니. 이런 죽일 여편네 같으니. 애매한 소리도 어지간해야지, 조합장 외박한 게 나하고 무슨 상관이여. 제깟 년이 뭘 안다고 주둥이를 나불거려. 관지댁은 마음속으로 되뇌이며 이를 갈았다. 그리고 소매를 걷어붙이고 면사무소 옆에 있는 잡화점으로 향했다. 그녀는 시오리가 넘는 먼 길을 쉬지 않고 내달렸다. 비지땀을 흘리며 식식거리고 달려가는 그녀를 보고 면사무소 주변 아낙들은 고개를 갸우뚱거렸다. 관지댁은 이미 제정신이 아니었다. 그녀는 잡화점 앞에 도착하자마자 두말없이 가게 안으로 들어갔다.

"아이구, 마 사람 살려!"

곧바로 잡화점 주인의 비명소리가 흘러나왔다. 잠시 후 관지댁의 손에 머리채를 잡힌 여자가 끌려 나왔다.

"간사하고 숭악한 년, 니 년 입이 얼매나 더러운지 미련 없이 보여 줄 거구먼. 오늘 너 죽고 나 죽는 기라."

관지댁은 주인 여자를 끌고 나와 바닥에 내동댕이치면서 악을 썼다. 그사이 면사무소 주변에 있던 사람들이 구름처럼 몰려들었다. 그들이 관지댁을 둘러쌌을 때 이미 그녀는 혼자 고래고래 소리를 지르며 악을 쓰다가 정신을 잃은 뒤였다.

"불쌍한 년. 별 꼬라지를 다 보는구만. 죽지는 않을라나."

사람들은 저마다 한마디씩 내뱉으며 발길을 돌렸다.

천석은 술에 취한 관지댁을 들쳐 업고 바우식당 홀을 한 바퀴 돌았다. 그녀는 술을 얼마나 마셔댔는지 오줌을 지리기 시작했고 엉덩이는 축축해졌다. 그런데도 그녀는 뭐가 그리 좋은지 마냥 싱글거리며 웃고 있었다. 그러면서도 눈가는 촉촉이 젖어있었다. 지금까지 살아오면서 처음 보는 모습이었다. 천석이 그녀를 들쳐 업은 것은 사각골 어른들의 성화 때문이었다. 그들은 운동회 날의 응원단처럼 손뼉을 치며 환호했다. 천석은 소주를 맥주잔에 부어서 단숨에 들이키고는 관지댁을 들쳐 업었다.

"야, 이거 보기 좋네, 관지댁이 천석이 등에 다 업히고 말이야."

사람들은 계속 박수를 치면서 외쳤다. 천석은 힘든 줄도 모르고 홀을 몇 바퀴는 더 돌았다. 관지댁은 두 손으로 허공을 내저으며 이미자의 「여자의 일생」을 부르기 시작했다. 참을 수가 없도록… 여자이기 때문에 말 한마디 못하고…. 관지댁의 노래는 이어지다 끊어지기를 반복했다.

천석은 왠지 관지댁이 어머니보다는 자객처럼 느껴졌다. 한밤중에 나타나 견고하게 고정시켜 놓은 마음속의 빗장을 단번에 부숴버릴 것 같았다. 그리고는 나도 사람이고 싶었고, 여자이고 싶었다. 이제 어쩔 것이냐며 비수를 겨누며 노려보고 있는 것 같았다. 그녀의 뒤를 이어 터널 속 깊은 방을 뛰쳐나올 오래된 언어의 조각들. 불만과 원망 그리고 하소연들. 이미 지워버린 언어의 조각들이 되살아난다는 것은 끔찍한 일이었다. 천석의 머릿속은 순식간에 하얗게 변해갔다. 그는 여러 가지 생각에 잠긴 채 사각골로 돌아오는 버스에 올랐다. 그런데 버스 안에서는 또 하나의 뜬금없는 소식이 기다리고 있었다.

"관지댁이 암이라며! 거참 담배도 안 피는데 무슨 폐암이여."

"아 이 사람아. 가슴앓이를 얼매나 했는데 그려. 알고 보면 불쌍한 여편네여. 부모 없이 자라 시집이라고 온 게 신랑이란 작자는 그 모양이고. 젊어서부터 나뭇짐에다 농사일에다 고생 많이 했어. 거기다 구장어른이 어디 보통인가. 죽는 날까지 상투를 튼 위인인데."

"맞아, 천석이 그 애만 아니면 벌써 도망쳤을 거구먼."

"어쩌니저쩌니 해도 아들이 최고지. 근데 천석이도 알고 있는가?"

"이제 알리면 뭐하나, 말기라서 손을 쓸 수가 없다 하던데."

버스 한구석에서 두 사람이 소곤거리는 얘기였지만 천석의 귀에는 울림이 크게 다가왔다. 그랬다, 그래서 요즘 흔하지 않은 동네잔치를 벌였던 것이다. 관지댁은 그 핑계로 아들 얼굴을 한 번이라도 보고 싶었던 것이다. 천석이 자발적으로 찾아올 일은 없을 테니까.

그렇게 하루를 보내고 관지댁과 천석이 술에 취한 채 밤이 지나가고 있었다. 첫닭이 울고 동이 터올 무렵이었다. 관지댁은 천석이네 식구가 잠든 사랑방에 들어와 아이들 가슴 위로 이불을 당겨 다독거려 주었다. 그리고 천석의 머리맡에 냉수 한 사발을 남겨놓고 방문을 나섰다. 그녀는 삽작문을 나서면서 천석이 자고 있는 사랑채를 돌아보았다. 그리고 마음속으로 다짐을 했다. 이제 더 이상 터널 속 깊은 방에 갇혀있기도 싫고, 아들에게 상처 주면서 괴롭히는 것은 더욱 싫다. 관지댁은 잠시 생각에 잠겼다가 고개를 돌렸다. 그리고는 남편이 누워있는 뒷산을 향해 발걸음을 재촉했다. 북쪽 하늘에 남아있는 별들이 반짝이며 길을 비추고 있었다.

이종태

『동양일보』 신인문학상, 소설집 『아름다운 추락』, 『벌레』 외

뭔 들

오 계 자

"뭔들 지 맘에 들껴, 세상 탓할 거 없어 지 맘 탓이지."

"하는 일에 긍지가 없으니 믿음을 가질 수 없고, 믿음이 없으면 직업에 긍지가 있을 수 없잖아. 일은 싫어서 짜증이지만 입에 풀칠 때문에 일하는 사람이 젤 불쌍 터라 자신이 하고 있는 일이 부정적이니 직업 자체가 짜증일 수밖에."

"우리 아들 보니께 엄청난 자부심으로 선택하고 시작해도 흔들리더라."

회갑 기념으로 동갑들이 여행을 와서도 자식들 걱정이다. 거의 자식 뒷담 수준이다. 웬수 같은 남편 흉보기가 줄어든 이유이기도 하다.

"니들 변경자 기억나?"

"공부벌레 경자?"

"맞아. 쉬는 시간에도 복습하던 공부벌레, 근데 갸는 노력만큼 잘 풀리지 못한 것 같아서 딱해. 지성이면 감천이라더니 그만큼 노력하는데 어째서 하늘이 감동을 못 한다니. 자식이라도 길 좀 열어주지."

당시 경자는 종합병원 청소부로 오누이를 키우시는 어머니를 돕는 길, 그리고 자신의 미래를 여는 문은 오직 장학생뿐이었다, 하도 흔들림 없이 공부만 하니까 동기들이 경자의 미래는 자신의 노력으로 개척할 줄 알았다. 하지만 그것이 오히려 사회성을 키우지 못해 세상 물정 모르는 계기가 되었을까. 아님 딸은 엄마 팔자를 닮는다는 옛말대로 팔자 탓인가. 여자의 일생이 달린 남편 선택부터 어긋나더니 자식에게까지 이어져 경자 주변을 맴도는 매지구름은 평생 걷어내지 못하고 있다. 기대했던 결혼이라는 햇살조차 남편 병 바라지로 전셋집도 날리고 남편도 날렸다는 소문이다. 애초에 직장 그만두고 남편 사업 같이하는 것부터 잘못이었다.

"아들이 전역은 했지만 복학을 못 하고 비정규직 오가다가 재작년이든가 부산시 환경미화원 107:1로 합격했다더라."

그나마 다행인 것은 아들의 사고방식(思考方式)이 어머니와는 달리 아주 긍정적이고 건전하다는 것이다. 칠·팔십 연령대는 미화원을 많이 홀대했다. 그때는 변소 오물 처리까지 했기 때문이다.

며칠 전 모 TV 토크 프로그램에 미화원 직원 세 명이 출현해서 대화하는 방송을 보고 적이 놀랐다. 잘생기고 당당한 젊은이들이 참 자랑스러웠다. 수십 년 굳어있던 정부 소속 환경 미화원이라는 직업의 이미지가 확 바뀌었다. 바로 그것이다. 만일 그들이 쭈뼛쭈뼛했다면 내 머릿속에 각인 된 미화원의 이미지는 변하지 못했을 터, 자신의 직업에 대한 자존감은 본인 스스로 가꾸는 것임을 명백하게 보여주었다.

"경자는 우리들 만나는 것도 거부하더라."

"공부밖에 모르는데 세상 파악을 했겠니? 성적은 1등 세상 보는 눈은 청맹과니지."

"타인이 보기엔 멀쩡해 보이는 금수저, 은수저들도 별수 없이 문제가 많더라. 다 그런 건 아니지만 직업에 대한 긍지는 찾을 수 없고 적성에 맞네 안 맞네, 동료 직원과 상사와의 관계도 맞네 안 맞네, 배부른 소리들이잖아."

젊은이들 입장에선 세상 쉬운 거 없다.

“모든 조건이 다 맞을 순 없는 법, 맞지 않는 조건을 억지로 맞추려고 애쓸 필요도 없고 일부러 멀리할 필요도 없어. 일이든 사람이든 싫으면 싫은 사람에게 맘 빼앗기지 말고 관심을 두지 않는 것이 상책이라고 생각해.”

상담 선생 출신다운 심 여사 말이지만, 관심 주지 말자 하면 더 관심이 쏠리는 걸 어떡해.

“문제는 긍정적인 사고방식이야. 멀리 갈 것 없어 약사 아름이 봐.”

민 여사는 딸 이름이 등장하자 들고 있던 찻잔을 내려놓더니 금시 착 가라앉는다. 자랑하느라 많이 오르내리던 이름이다.

딸은 성적이 좋아서 대학병원에 취업했다고 모임 때마다 자랑하던 민 여사다. 그 자랑은 겨우 1년 넘기고 사라졌다.

“맨날 지하 조제실에서 수용소 생활 같단 말이야!”

게다가 엄마는 투덜대는 딸이 어찌 보면 딱하기도 하다니 욕심이 한계가 없는 그 나물에 그 밥 모녀다. 그러다가 결혼하니까 시댁에서

“어차피 물려줄 유산인데 니들 아파트 단지 상가 미리 줄 테니 약국 해볼래?”

그래서 시작한 약국이다. 종합병원 앞이면 너무 바쁘다고 불만일 텐데 저만치 떨어진 지점에 정형외과 하나, 치과 하나 있지만 거기도 약국이 있다. 이제는 한낱 동네 편의점에 불과하다며 투덜거린단다. 또 어미는

“우리끼리니까 얘기지 점방이나 다를 바 없긴 해.”

우리는 그 넋두리가 다 자랑으로 해석된다며 말을 막아버렸다. 그래도 계속 터진다. 첫아이 낳고부터는 공무원 시험 공부하겠다니 시댁이나 친정이나 아무도 안 말리고 너 하고픈 대로 해보라는 식이란다. 그러자 민 여사는 진짜 약국 접을까 은근히 걱정인 게다. 다부지게 맘을 고

쳐먹은 민 여사.

"지금은 옛날과 달라서 주민들 위에 군림하는 공무원 아냐, 앞으로는 점점 더 주민이 공무원에게 갑질할 거야. 그뿐이니? 옛날엔 윗자리 눈치나 살폈지만, 지금은 아래위 다 눈치 보는 세상이다. 후배들이 더 무서워, 조금만 뒤틀리면 홈피에 공개하고 너는 그 성격으로 공무원 시켜줘도 1년 버티기 힘들 거야. 뿐이 아니고 최저임금 자꾸 올리니까 일반 기업은 기본급 자체가 따라 오르지만, 공무원 페이는 제자리걸음이라고 불평하더라. 이제 얼마 안 가서 비슷해질 거래. 설령 이제 와서 공무원 들어가면 후배를 선배로 모셔야 되는 거 명심해."

원래 암기력 탁월한 딸이라 합격 여부는 걱정 없으나 공무원이 되어도 얼마 못 가 사직하면 사돈 보기에 너무 민망할 것 같아서 극구 말리는 친구다.

"약을 소매로 판매만 하는 약방이 아니고 조제하는 약국이잖아. 직원도 두었고, 자존감 충분한 약사라는 거 명심해라. 어떻게 점방에 비교하니?"

딸이 불안한 민 여사와 주변 지인들 넋두리를 듣다 보면 워라밸(work-life-balance)이 큰 문제다. 워라밸을 무시할 수는 없다. 하지만 완전 만족하는 경우도 있을 수 없다. 시대가 변했으니 이제는 일과 생활의 밸런스보다 만족도에 비중을 둬야 될 게다.

중학교 때 생물선생님의 말씀이 늘 나에게 이정표가 되어 왔다.

"꿈은 크게 품어라, 꿈을 향해 달려라. 중요한 것은 같은 꿈, 같은 목표를 향한 경쟁자가 세상에는 수십, 수백, 수천을 넘어 수만 명이 세계 각국에서 뛰고 있다는 생각을 해보라. 너희가 놀고 있을 때 그들은 뛰고 있으며, 너희가 잠잘 때도 누군가는 너의 목표지점을 향해서 뛰고 있다는 현실을 생각한다면 절대 어영부영할 수가 없다."

그때 선생님의 표정까지 생생하게 기억한다.

경쟁자가 많다는 사실을 인지하고 더 노력해서 소위 목표지점에 도달한 승리자들, 허나 시대는 점점 젊은이들에게 장막을 치고 있다. 목표를 달성해도 편치 않은 현실, 젊은이들에겐 워라밸의 괴리가 깊다. 이래도 문제요 저래도 문제다.

남들이 말하는 연봉 순위가 공인 '사' 중에는 변호사가 가장 위에 있기 때문에 내 아들의 고민은 친구들 앞에서 꺼내지도 못한다.

태교부터 시작된 우리 아들 한이수에 쏟아붓는 내 열정은 뒤집기도 못하는 아기에게 동화책 읽어주는 엄마였다. 아들은 서울대 법대를 수월하게 입학했고, 졸업 전에 「행정사법」 고시 다 통과했다. 이제 사법고시 제도가 없어지니 대한민국 마지막 사법고시였다. 2016년 2월 27일 1차 사법고시장 보내고, 온몸으로 전율을 느낄 만큼 기도했다.

어려움 없이 연수원엘 들어갔지만 연수 과정에서 한이수는 조금씩 氣가 다운되고 고뇌가 생기는 걸 느꼈다. 낯가림인가? 단순하게 생각했다. 하지만 이수는 심각했다. 우리나라 「헌법」 제103조에

"법관은 헌법과 법률에 의하여 그 양심에 따라 독립하여 재판한다."

라고 규정되어 있다. 양심이라는 단어 하나가 한이수를 괴롭힌다. 물론 법률상 양심이란 법관 개인의 도덕적 신념이 아닌 법을 해석하고 적용하는 판결의 준거(準據)가 되는 것일 터. 법관 개인의 양심이 아니다. 하지만 판례의 예를 들어가면서 연수 과정 내내 강의를 듣고 토론하다 보니 갈등은 점점 더해갔다.

법대를 지원하고 꿈을 키울 때는 유권자의 표가 목줄이 되는 국회의원보다 훨씬 튼튼한 권력과 보람이라는 생각으로 부풀었다. 금배지 의원들이 나랏일보다는 표심 먹고 사는 자들의 본능인 이중적 대인관계

가 얼마나 불편할까 딱하기도 했었다. 그에 비하면 국민에게 준법 생활의 길을 안내하고 누군가에게 형량을 선고하거나 사형도 선고하는 것을 권력이라 여겼다. 그런데 그것이 권력이 아니라 제 몇 조 몇 항이라는 조목들이 이수에게 목줄이 되고 있는 것이다.

'과연 법관의 양심은 어느 수준일까?'

한이수의 가슴 깊은 속 뜰에서 개인의 도덕적 의식들이 조곤거린다. 초등학교 시절부터 수많은 시험이란 문지방을 넘어오느라 숨 쉬며 공기 마시듯 공부, 공부만을 먹고 자랐다. 입시의 과녁을 뚫고 연수원 산맥을 넘어온 법관에게 성직자 같은 고매한 인성을 기대할 수 없다는 걸 느끼게 되었다.

그걸 미처 생각지 못하는 법조인들이 때로는 안하무인이 될 수도 있었다. 한이수는 법관에게 부여된 권리요, 의무인 재량이 곧 책임이라는 무게를 알게 된 것이다. 지극히 공정하고 엄격해야 된다는 재량. 양심, 너무나 애매하다. 이런 문제가 피고에게만 영향을 미치는 것으로 끝나는 것이 아니라 판례가 남고 판결에 따라 개인 및 법조계의 신뢰성이 좌우되니까 더 신경 쓰인다. 그러면서도 주섬주섬 잘도 주워 담아 마지막 고비 사법 연수원 지옥을 건너왔다.

"엄마는 너 서울대 법대 합격한 날, 온 세상이 무지갯빛이었어. 사법고시 최종합격 소식에 내 쌈짓돈 탈탈 바닥났고."

이수는 그 일곱 색깔을 합치면 검은색이라는 생각이 스친다.

지금은 고맙고 미안하지만 그땐 가끔 엄마의 극성이 원망스럽기도 했다. 엄마에겐 연수 기간 2년이 그리도 길더니 변호사 시험도 무던히 통과해서 입시 공부의 고생도 다 잊었고, 고시 준비며 연수 기간의 지옥도 옛말이 되셨다.

하지만 한이수의 고민은 연수원에서 더 깊어갔다. 갈등 중에는 줄서기도 큰 고민이었다. 어느 줄을 잡아야 미래에 지팡이가 되어줄까. 차라리 옛날처럼 10여 년 정도 썩을 각오로 배석판사 과정부터 시작하면 좋겠다. 그 기간 동안 줄서기 센스도 찾고 정보도 얻지 않을까 싶기도 해서다. 엄마는 판사 인적 구성이 바뀐 걸 모르니까 배석판사 하지 말고 변호사로 경력을 쌓고 판사 임명받으라 하셨지만 어차피 사법고시 폐지되면서 판사 인적 구성이 본격적으로 법조일원화가 실시되고 있다. 다양한 배경과 경험을 보유한 법조인을 임용해 사법부에 대한 신뢰를 높이겠다는 취지다. 현재는 5년 이상 경력자 중 판사를 선발하는데 2025년부터 경력 기준이 7년 이상, 2029년부터 10년 이상으로 올라간다. 로펌 변호사 생활을 하다가 '적당히 일하고 적당히 벌기 위해' 판사가 되려는 자도 늘어나지 않을까. 달라진 제도와 사회상을 반영한 흐름이다. 허나 자칫 아주 작은 미흡함에도 누군가의 운명이 달린 판사들에게 재판의 질 저하와 재판 지연이 심해질 우려도 무시할 수 없는 이수의 양심이다. 어떻게 돌아가든 별수 없이 지금 내심의 갈등은 내심일 뿐 적당히 로펌 변호사로 법조계도 사회도 알아가고 있다.

세상 물정 모른다고 걱정하시던 어머니께서

"내가 법은 모르지만, 세상 물정은 밝으니 변호업무 중 잘 풀리지 않으면 나한테 말해. 법이라는 게 다 사람 사는 이치에 어긋남을 방지하기 위한 규칙 아니겠냐?"

지금 당장 어머니를 판사석에 앉혀도 손색없을 거라며 웃으신다.

문제가 생겼다. 자영업을 하는 부부의 이혼 소송에서 이익금의 6:4를 원했던 아내 측에 7:3이라는 판결이 났다. 이수가 맡았던 아내 측은 재판에서 패했다고 수임료 절반을 내놓으란다.

천여 명에 가까운 변호사를 거느린 대형 1, 2위권의 로펌은 아니지만 그나마 200여 명 가까운 15위 안에는 들어가는 로펌인데 어쩌나. 더군다나 이제 내년이면 경력으로는 판사 임명 순서인데 큰 오점을 남기게 생겼다. 선배의 조언은 그거 해주면 관례로 남아서 절대 안 되고, 로펌 내에서는 수임료 반납 변호사로 남으니 자칫 오점이 된단다. 당연하고 옳은 말이다. 허나 이 고객 또한 이수에게는 콘크리트 벽이다. 애초에 자문변호사 쪽으로 갈 걸 그랬나 싶기도 하다. 차라리 행정공무원으로 전환할까, 밤사이 많이 흔들렸다. 내 앞에 나타난 적신호다. 고민 끝에 비장한 각오로 고객 요구를 거부하기로 결심했다. 출근이 겁난다.

허영심도 아니고 영웅심도 없이 그냥 열심히 공부만 했다. 그리고 선망의 변호사가 되었고, 예쁜 딸의 아빠도 되었다. 그런데 이게 뭔가. 세 식구의 가장이 아직도 사회인으로 안착하지 못하고 적응을 못 하다니, 이건 고비가 아니라 능력이다. 앞으로도 얼마든지 부딪힐 문제다.

정신을 차리고 보니 자신도 모르게 공인 회계사, 세무사, 법무사, 변호사, 노무사 등 모든 공인 자격자들의 연봉을 비교해 보고 있었다. 아하 이 모든 상황이 순수함을 앞세운 나 자신의 변명에 갇혀있었구나. 최고봉에서 넘어진 자신을 일으키지 못하고 아래를 넘보고 있구나. 연봉 같은 거 신경 안 쓰는 줄 알았다. 그런 건 속된 인간이나 하는 짓이라는 인식을 하고 있었으니 어이없게도 나 자신까지 속이고 있었다. 재미없는 한 토막 꿈을 꾼 것이다. 털고 일어났다. 내일은 생떼쟁이 만나서 단판 짓고 마무리해야겠다.

힘들 때마다 반짝하고 수찬이 안부가 궁금해진다. 의대 진학을 심하게 후회하던 고종사촌이다. 예부터 법대생과 의대생 간에는 보이지 않는 묘한 기운이 흐른다. 양쪽이 고등학교 성적 상위권이라 서로 자존감을 앞세운다. 우리 집도 그랬다. 어쩌다 집안 대소사 때 엄마들끼리 만나면 암묵적으로 흐르는 기운이 암암쟁쟁했다. 이삼 년 전이든가 수찬이가 진심 나를 부러워했던 적이 있다.

"정확하게 환자의 병명을 진단하는 것이 가끔은 내가 점쟁인가 싶을 때가 있어서 초조하기도 해. 기계들이 검사한 수치와 환자 증세 종합해서 진단을 해야 하는데 그 수치라는 것이 참 애매할 때가 많아. 왜 내과를 선택했는지 후회도 해. 연세 높으신 교수님 말씀이 현대 의학은 기계가 다 검사해 주지만 CT조차 없던 옛날에는 겨우 혈액 검사와 X-Ray 청진기 그리고 환자의 증세 호소에 의존했을 때 진짜 내과는 점쟁이라고 간호사들이 놀렸대. 환자가 증상을 잘못 말하면 그대로 오진일 수도 있었지. 니들 법관들은 수학문제 공식에 대입시키듯 법 조항에 맞게 적용만 하면 되잖아 얼마나 속 편하니? 그래서 부러워."

"현대 의학도 판독이 애매한 경우가 있을 거야. 마찬가지 법 해석도 지나치게 주관적으로 치우쳐서 오판이 있을 수 있긴 해."

말은 그렇게 했지만 이수는 솔직하게 고소했다. 우리 엄마는 늘 의대를 선망했기 때문에 그쪽의 고충이 나에겐 다행이었다. 자신의 갈등은 슬쩍 시치미 떼고 묘한 미소를 띠며 마음에 없는 말을 했던 기억이 지금은 살짝 창피하다.

어머니들 모임에서 자녀들은 다 공인인증 되는 직업인 것 같다. 국세청 통계에는 연봉 순위가 기업 고위임원이 1위, 변호사는 10위다. 대학 총장보다 업종별 의사가 수입이 높다.

"엄마, 동기 모임 친구분들은 대부분 자식들이 성공하셨나 봐요."

"그건 이유가 있지. 자식이 말썽이거나 생활이 빠듯한 동기들은 아예 모임에 입회조차 안 하거든."

유유상종이다. 유치원 다닐 때 만나던 또래 중에는 소식을 끊은 경우가 절반은 되는 것 같고, 그때 못 보던 또래가 등장하기도 했다. 엄마들끼리 베프였던 차수빈은 친남매처럼 지금도 가끔 만난다.

한이수가 유치원 때 태어난 차수빈도 비슷한 고민을 했었다. 지금은 한국교원대 졸업하고 초등학교 근무하면서 대학원을 다니고 있다. 누가 뭐래도 차수빈은 교육자의 꿈을 자랑스럽고 보람되다며 자존감 확실했던 동생이다.

그랬던 수빈이가 한국 교원대 졸업반일 때

"다시 수능 시험 봐서 나도 오빠처럼 법대 갈까?"

했었다. 사회 분위기가 교사의 체통이 무너지고 있음을 느끼는 가족들은 다 속으로 짐작하고 있었다. 선생님을 우습게 보는 풍토는 아이들만의 문제가 아니다. 사회가 점점 이기적으로 변해가고 있다. 그때 내가 수빈이와 같이 사회를 향해 소리 질렀다.

"우리나라 젊은 엄마들 '뇌못녀'야. 뇌가 못난 여인들. 선생님의 정체성 자체를 바닥에 떨어뜨려 놓고 바닥으로 떨어진 그 선생님에게 자식을 맡기잖아, 이거 얼마나 아이러니한 짓인가, 아예 학교에 보내지 말든지 학교에 보내려면 자녀에게 선생님에 대한 존경까지는 아니라도 믿음은 심어줘야 선생님의 가르침을 따르지. 믿음은커녕 선생님존재감을 바닥에 패대기처 놓고 파김치 된 선생님에게 자식을 보내다니 이해가 되니? 엄마들이 이렇게까지 모자라니? 심하게 욕을 하고 싶어, 덜떨어진 학부모들."

"덜떨어진 엄마들!"

수빈이도 공감했었다.

"아이들의 존재가치와 인권을 주장하는 건 당연해. 허나 문제는 권리주장에는 필수로 책임과 의무가 따라야 되는 이치를 부모들이 배제한 거야. 나로 인해 타인에게 피해가 되지 않아야 된다는 이치를 덮어 버린 거야. 학생의 권리는 하늘이요, 선생님의 권리는 땅이 되잖아. 그 높은 하늘을 땅에 맡기는 멍청한 부모."

선생님의 체통을 살려야 되는 이치는 자기 자식을 위해서라는 이치를 모르는 우매한 부모들이다. 이기적인 사고가 낳은 폐단이다.

아이들의 기(氣)를 살린다는 것이 버르장머리 없이 설치야 기가 살았다고 생각하는 못난 엄마들. 진정 기를 살리는 것은 어릴 적부터 심층에 기본적인 윤리 도덕은 바탕으로 깔아놓고 그 바탕에 탄탄한 지식의 뿌리를 심어야 제대로 기를 살릴 수 있음을 모른다. 내실이 튼튼해야 사회 어딜 가도 어깨가 처지지 않는 건 물론이요, 대화의 주제가 무엇이든 막힘없이 대화한다. 이것이 자녀의 기를 살리는 길임을 모른다. 이수와 수빈이 그런 문제로 참 많이 대화를 했었다.

수빈이 졸업 전 어느 날, 전화를 받고 이수는 곧장 달려갔더니 과연 수빈이었다. 역시 수빈이구나.

"이번 교생실습 과정에서 느꼈는데 아이들 사고방식이 생각보다 심각해. 대신 찐 정성이면 의외로 통하더라. 아이들에게 문제점이 있을 때는 반드시 그 원인을 파악해서 원인 해소를 해야 된다는 거 누가 모르겠어. 다 알잖아, 근데 부모도 아이도 선생님까지도 누군가를 탓하기 바빠. 해결책 연구보다 피하고 떠넘기기가 더 먼저야. 처음엔 경력 교사가 어찌 저래? 의아했는데 이번 실습 나가서 알게 되었어, 선생님들이 완전 눈치 살피기에 급급해. 나 있잖아 박사학위 받고 연구해서 학부모들 사고방식을 확 바꿀 거야. 아이들 지도는 걱정 안 해. 나더러 탁월한 소질이 있다고 했어. 이번에 내가 취한 행동이 누구나 당연하게 실천하는 평범한 교육방법인 줄 알았어, 다들 그렇게 하는 줄 알았어. 알고 보니 선생님들이 지쳐서 열정을 잃은 것 같아. 선생님들의 열정을 학부모는 꺾어놓고 있어. 비웃거나 방해하는 경우는 다반사더라구. 와중에 내가 한 건 했지. ㅋㅋㅋ"
하면서 엄청 만족한 표정이다.

"무슨 일인데?"

"있잖아 오빠, 이번 교생실습 때 1학년 중에도 하필이면 젤 말썽꾸러기 반을 맡았어. 담임 샘도 학을 떼는 반이야. 그중에서 수업시간이라는 개념조차 없는 찐 말썽꾸러기를 점심시간에 데리고 정자나무 그늘에서 친한 사이처럼 다정하게 말을 건넸어. 요약하자면 수업시간에 지 맘대로 들락거리는 걸 수업 방해로 해석하는 것은 요즘 아이들에게는 안 먹혀. 내가 왜 누군가를 위해서 참아야 되는 거냐고 오히려 놀란 눈이야. 그래서 너 자신에게 치명적인 장애가 된다는 쪽으로 각인시켰어. 무슨 말인가 하면 나중에 성인이 되었을 때 건달이 좋을까 제대로 갖춘 멋진 사나이가 좋겠니? 했더니 뭐 그걸 묻느냐며 당연히 누가 건달이 되고 싶겠느냐더라구. 그럼 지금부터 너 민혁이라는 나무를 탄탄하게 키워야 태풍이 와도 쓰러지지 않는 멋진 정자나무가 되겠지? 너가 수업시간에 맘대로 들락거리는 것은 민혁이라는 나무에 독이 되는 병충해야. 너가 수업시간에 밖에 나갔을 때 선생님은 반 친구들에게 단백질과 비타민 공급을 해. 그런데 민혁이는 못 받아먹겠지? 뿌리를 깊이 내리고 물을 빨아들이고 영양가를 찾아 먹는 역할은 민혁나무 스스로 해야 할 일이잖아. 그 영양가라는 것이 공부야. 훌륭한 사람들이 쓴 책을 보는 것은 정신적 영양가가 되는 거야. 왜 선생님이 너에게 이런 중요한 말을 하는가 하면 너는 충분히 멋진 사나이가 될 수 있는 싹수가 보이거든. 그런데 자칫 건달 쪽 유혹에 넘어갈까 봐 신경 쓰이네. 학교 규칙 무시하는 행동은 용감한 배짱이 아니고 너의 미래를 망치는 병충해야. 그 유혹에 넘어가면 민혁이라는 나무가 너무 아깝잖아."

그 후 민혁이 직접 수빈에게 접근해서 많은 대화를 한 후 표정부터 밝아졌고 수업시간에 선생님의 눈을 놓치지 않고 집중하는 아이로 변했단다. 물론 처음에는 수업시간 견디느라 슬쩍슬쩍 몸부림을 치더니 며칠

안 가서 태도가 바뀌었단다. 무엇보다 민혁이는 다른 말썽꾸러기까지 잡아주고 있었단다. 교생실습 끝나는 날 민혁이를 시작으로 아이들이 눈물을 보이는데 진짜 가슴이 짠했다는 수빈이다.

50대 후반이신 담임교사가 너무나 변화된 학급 분위기에 크게 감동해서

"절대 딴 맘 먹지 말고 임용고시 꼭 보세요. 몇십 년 경력 교사보다 노련해요."

하시더니 마지막 날 교장선생님이 교직원 조례에서 차수빈을 모델로 앞으로 교사들이 본받아야 된다고 했을 정도란다. 하지만 수빈이가 놀란 것은 어떤 특별한 행동을 한 것도 아닌데 아주 평범하다고 생각했던 일이 이렇게까지 확대되는 것이 오히려 이상하더란다. 문제는 선생님들의 의욕을 꺾어버리는 학부모를 아무도 막지 못한다는 것.

민혁이 덕분에 차수빈은 옛날에 가졌던 자긍심을 되찾아서 교사가 되었다. 매일매일 잘 따르는 아이들 덕분에 보람도 느끼며 동시에 제대로 된 교사로서의 책임감도 가지게 되었다며 좋아했다. 간혹 덜떨어진 학부모로 인해 문제가 발생하지만, 수빈의 원리원칙과 제자 사랑하는 진심은 그따위 학부모를 충분히 꺾을 수 있었다. 사회적 이슈가 되는 몰상식한 학부모의 갑질도 수빈의 정당성 있는 대처를 무너뜨리지 못했다. 이후 차수빈은 교사를 직업이라 말하지 않는다. 대한민국의 미래를 교육하는 최고의 보람된 임무 수행이라 여긴다. 성직자 다음이 교육자라는 느낌을 받은 한이수는 수빈이가 마치 인간승리처럼 느껴졌다.

고등학교 동기모임에 나가면 자영업 친구들은 봉급쟁이를 부러워하고 봉급쟁이들은 자영업 친구를 넘보는 경우가 많다. 이들 모두는 자신의 일에 만족할 줄 모르는 욕망이 낳은 부작용이다. 그 모든 현상, 즉 명예

와 부, 권력이 대표가 되는 보이지 않는 세상의 흐름 때문에 삶을 평화롭게 안정시키지 못하고 있다. 오히려 욕망과 일 그리고 시간에 노예가 되어 가고 있다. 만족을 모르는 욕망에 청맹과니 되어 자신의 행복 씨앗을 싹 틔우지 못한다. 그 모든 것이 어릴 적부터 긍정적인 사고를 심어주지 못한 우리 가족 나아가서 사회 탓이다.

하나뿐인 우리 딸은?

딸이 걱정이다. 아내와 많은 대화를 하면서, 한이수는 딸 교육을 약속했다. 세상에는 내 맘에 드는 일보다 안 드는 것이 더 많으니, 내 뜻과 달라도 현명하게 문제를 풀어나가는 세상 이치를 어릴 적부터 각인시키자. 세상만사가 나를 위해 존재하는 것이 아니다. 타인의 정체성을 인정하고 존중해야 한다. 의존감은 심지 말자. 그러니까 내 인생 내가 경영해야 된다는 이치를 일찍부터 깨우치게 하자. 한이수는 평화롭게 잠자고 있는 공주를 보니 세상 물결 파도타기 어떡해, 안쓰럽다.

"여보, 무엇보다 중요한 건 긍정적인 사고방식을 심어줘야 해."

사고방식이 부정적이면 본인이 괴롭다. 매사 긍정적인 사고라면 세상이 평화롭고 뭔들 안 맞으랴. 직장도 가정도 행복이다. 부정적인 사고로 세상을 넘본다면 직장도 가정도 불편투성이요, 뭔들 맘에 들 것인가.

오계자

한국문인 수필 신인상, 『동양일보』 소설 신인상, 수필집 『목마른 두레박』, 『생각의 궤적』, 『깊은 소리』, 소설집 『첩부』, 『차마 말할 수 없었다』, 장편소설 『내 노동으로』 외

느티나무와 노숙인

강순희

장작 타는 냄새가 났다. 찬바람이 가슴 안에서 불 냄새를 맡고 기어 나오고 있었다. 프린스 호텔을 지나 시인의 공원으로 들어서니 장작불이 난로에서 활활 타고 있었다. 검은 나뭇가지를 닮은 무쇠 난로는 오래전부터 이곳에 서 있는 느티나무처럼 듬직하게 느껴졌다.

오늘은 불우이웃돕기를 하는 날이다. 김 시인이 '보헤미안'이라는 현수막을 걸고 막걸리를 마시며 「그 사람 이름은 잊었지만」 노래를 기타로 반주하며 부르고 있었다. 그는 희끗희끗한 눈발 같은 흰머리를 바람에 휘날리며 낡은 청색 점퍼에 백구두를 신었다. 빨간 마후라가 이 공원 벤치에서 구르는 요구르트 빈 병과 우유갑이나 종이컵처럼 아무렇게나 따로따로 뒹굴지만, 이 공원과 저 시인에게는 어울리는 모습이다.

하늘에는 싸늘한 달이 반쯤 뜬 눈으로 이 공원을 바라본다. 느티나무는 머지않아 봄이 오고 있음을 아는 듯 당찬 꿈을 피력하는 모습이다.

"두고 봐라. 오늘 밤은 춥지만, 내일은 춥지 않을 거야. 내 몸 안에 흐르고 있는 푸른 피는 아주 달콤한 꿈을 꾸고 있거든. 지난가을 바삭거리는 나뭇잎을 떨어뜨리고 추워서 벌벌 떨며 서 있는 홀랑 벗은 나를 애처롭게 보는 사람도 있겠지만 내 몸 안에 흐르는 푸른 피는 나를 늘 따뜻하게 감싸고 있어서 당당한 모습으로 서 있게 하거든."

노래를 오래 불러 이제 힘이 다하는듯한 김 시인의 목소리에서 막걸리 냄새가 났다. 빙그레 웃음 짓는 느티나무 한 그루를 감싸고 서 있는 나무 의자에 앉아 박수 치고 노래를 감상했다. 사람들은 추워서 발을 동동 구르며 지나가다가 난롯불에 손을 쬐며 추위를 녹이기도 하고 가끔 그 시인의 노랫소리에 박수를 보내며 호주머니에서 돈을 꺼내어 낡은 '자선함'이라 쓰여있는 상자에 돈을 구겨 넣기도 했다. 나도 돈을 넣고 싶었다. 불우한 어린이를 돕는다는 저 글귀가 얼마나 마음에 드는가. 그렇지만 나는 돈이 없다. 내일 제천에 타고 갈 버스비는 집에 있는 가방 속에 들어있어서 지금 호주머니에 단돈 천 원이 없다. 이곳에 걸어서 왔고 또 걸어서 가야 한다. 돈이 없어도 갈 수 있는 곳은 유일하게 이곳이다. 이곳에 놀러 오면 사람들은 돈이 없어도 놀 수 있다. 저 집에서 물이나 커피는 먹을 수 있다. 그리고 아줌마에게 아는 체를 하거나 배가 고파 보이면 우동 한 그릇 정도는 얻어먹을 수 있는 사이다. 막걸리 한 잔도 얻어먹을 수 있다는 생각으로 술이 얼근하면 무조건 이 집에 발걸음이 멈췄다. 모든 사람에게 주는 혜택이 아니라, 내 마음에서 정한 생각이다. 그냥 비비면 되는 집, 그래서 이웃 누님 같고 엄마 같은 넉넉한 품이 있는, 눈이 퀭한 아줌마가 나를 모르는 척 돌아서지 않을 것 같은 믿음이 있기 때문이다.

이제 머지않아 봄이 올 것이고 느티나무는 지금 푸른 꿈을 꾸고 있는데 시인의 공원 무대, 보도블록 서너 장 더 높이 쌓아 반달 모양의 작은 무대에서 김 시인이 기타를 치는데 왜 이리 내 마음이 민망하고 쭈뼛쭈뼛해지는지 모르겠다.

늦은 시간, 저 우동가게 비닐 문을 밀고 눈이 퀭한 아줌마와 원피스가 잘 어울리는 여자가 나타나 나를 보고 빙그레 웃었는지 아니면 눈길을 주지 않았는지 모른다. 갑자기 가슴이 두근거리면서 다리에 힘이 쭉 빠진다. 아줌마가 들고 온 동태찌개가 난로 위에 올려져 있다. 보글보글 소리를 내며 장작불 위에서 맛있게 끓는다. 구수한 냄새, 저 집 부엌에서는 바다 냄새가 난다.

동태찌개를 파는 가게도 아닌데 매번 불우이웃 돕기를 하면 저 찌그러진 전골냄비가 나무장작 위에 오른다. 저 찌개에 막걸리를 먹을 수 있는 사람은 저곳에서 기타를 치는 시인 아저씨거나 저 집 아줌마의 마음에 드는 사람이다. 사람들이 오가며 아줌마와 눈이 마주치거나 호들갑을 떨며 반가워하는 사람들이 부럽다. 나는 요즈음 저 집 아줌마에게 찍혀서 눈치가 보인다. 술을 먹고 와서 좀 거칠게 논 적이 있었다, 술김에 문학 이야기를 많이 했더니 나를 별로 안 좋아하는 것 같다. 그러거나 말거나 나는 이곳에 와서 냄비 속에 들어있는 동태찌개에 침을 흘린다. 아줌마는 나에게 막걸리 한 사발을 따라 주면서 동태찌개를 양은그릇에 덜어 준다.

"선생님은 딱 한 잔만 드세요. 술은 많이 먹으면 안 돼요."

차가운 목소리다. 치사해서 먹지 않으려다가 김 시인이 부르는 노랫소리와 꽃무늬 원피스에 연두색 숄을 두른 여인에게 마음이 가서 막걸리 술잔을 받아 벌컥벌컥 마신다. 목구멍에서 달짝지근하고 부드럽게 넘어간다. 막걸리를 들이켜도 아쉽다. 한 사발 걸쭉하니 마시고 싶었다.

'제발 한 잔만 더 주세요.'

마음속으로 말했더니 아줌마는 들리지 않나 보다. 시인의 공원 무대에서 내려온 기타 치는 남자는 여인을 보고 함박 같은 웃음을 날리며 아니 느끼한 미소를 보내며

"순주 씨, 참 잘 왔어요. 지금 시 낭송, 하나 하세요."

순주는 얼굴을 약간 붉히며 준비해 온 수첩을 꺼낸다. 조금은 거절하

거나 뺄 줄 알았는데 아주 당연하다는 듯이 무대에 오르더니 마이크 앞에 서서 반쯤 다문 달의 입술을 열듯 고요하고 그윽한 목소리로 기형도 시인의 「빈집」을 노래하듯 낭송하기 시작했다.

시를 읊는 여인의 얼굴은 달빛에 반사되어서 화사하고 우아함에서 벗어나 기형도 시인의 아픔을 함께 끌어안고 있었다. 저 시는 기형도 시인의 시가 아니라 저 여인의 가슴에 들어있는 빈집이었다. 무슨 사연일까. 무슨 아픔이 있는 게 뻔하다. 대학 후배인 저 여인의 가슴에 아직도 빈집으로 서있는 쓸쓸함을 본다. 시인이 저 여인의 가슴에 무엇을 말하고 있는 것일까. 기형도 시인이 그렇게 빨리 죽지 않았다면 저 여인과 어떤 인연이 되어 만나지 않을까. 여인은 푸른 빛이 도는 느티나무를 멀거니 쳐다보다 무대에서 내려왔고, 저 집 아줌마는 여인의 손을 붙들고 감동했다는 표정으로 막걸리를 한 잔 부어준다. 여인은 한동안 미소를 지우고 벌겋게 달아오른 장작 난로를 바라보며 막걸리를 마신다. 여인의 모습과 막걸리가 전혀 어울리지 않아 보이지만 마시는 폼이 잘 잡혀 있는 것이 더욱 정겹다. 여인은 웃으며

"선배님도 한 잔 드세요."

여인은 나에게 막걸리 술잔을 내밀며 주전자에서 술을 따라 준다. 저 집 아줌마 얼굴을 피한 채 빨리 받아 또 마신다. 그리고 여인에게 내가 들고 온 시집을 불쑥 내밀며

"제가 이번에 네 번째 시집을 냈어요. 읽어보세요. 내가 목숨을 걸고 쓴 시예요."

여인은 난롯불에 손을 쬐고 있다가

"고맙습니다. 지난번에 주신 시집도 잘 봤는데 이렇게 받아도 되나요. 제가 사서 봐야 하는데요."

내 시집을 읽어주다니, 순주의 말에 가슴이 뛰기 시작했다. 순주와 아

줌마가 장작불에 손을 녹이다가 슬그머니 가게 안으로 들어간다. 노래를 부르던 김 시인은 스피커와 기타, 음향기기, 마이크를 가게 안으로 옮긴다. 김 시인을 따라 나도 가게로 들어가고 싶어서 열심히 주변을 정리했다. 이글거리고 있는 난로 안의 장작이 나를 보고 있다.

찬 방이 있는 황실 빌라 303호를 생각한다. 집에 들어가기 싫다. 저 불을 보니 춥고 배고팠던 어린 시절, 추위를 견디기 위해 나무를 하러 다녔던 기억이 떠올랐다.

아버지가 일찍 돌아가시고 아들 셋과 딸 둘인 우리 집에서 나는 일찍 가장이 되어있었다. 어머니가 우리를 키우기 위해 얼마나 고생했는지 그것을 맏이로 태어난 내가 제일 많이 안다고 하나 그것은 빙산의 부분일 뿐이다. 사람들은 나를 영재라 했다. 지금도 충주에서 중학교 국어 선생님으로 재직하고 있는 선생님이 나의 소년 시절을 회상해 주었다. 아주 똑똑하고 영리하며 잘생긴 제자라고 했다.

그렇지만 그 시절에 나는 늘 가난했다. 어머니가 푸성귀를 머리에 이고 충주로 팔러 다녔다. 내가 조금 크고 나서 리어카를 끌고 배추 장사를 하기 시작했다. 잘생긴 나를 믿고 시작한 배추 장사는 그 시절 첫사랑을 키우고 있는 나에게는 치명적이었다.

산다는 일이 이렇게 나에게 다가왔다. 어린 동생들을 배추 장사를 하면서 먹여 살려야 하고, 머리가 좋아 공부 잘하는 나는 학교에 다녀야 했다. 어머니 삶의 무게가 리어카에 실려있었듯이 나의 삶은 배추 쓰레기에 젖어 버려진 느낌을 받기도 했다. 팔다 남은 배추는 썩는다. 그 썩은 부분을 다듬어도 냄새가 나는데 우리는 그것을 시래기로 삶아 국으로 끓여 먹었다.

된장만 풀어 멀건 국물 안에 떠다니는 배춧잎이 나의 인생처럼 와 닿았다. 사는 것이 만만하지 않다는 것은 누구나 다 알지만, 사춘기의 나에게 너무 버겁게 와 닿았다. 밭에 농사를 지어 배추를 늘 리어카에 싣고 다녔고, 여름이면 수박을 심어 수박을 리어카에 싣고 한수면에서 출발해 엄정면, 가금면, 충주시, 소태면, 수안보면 쪽으로 끌고 다니며 수박 사라 외치면서 팔기 시작했다. 먹고사는 것에 목숨을 건 어머니가 미워서 가끔 충주 오는 길 가파른 길에 수박을 쏟아 와르르 깨버리기도 했다. 어머니는 깨진 수박을 부여안고 울었다. 정말 어린애처럼 울면서 깨진 수박을 비료 부대에 담아 자식들을 먹이기 위해 집으로 가지고 왔다. 줄줄 흐르는 수박 물이 붉었다. 아니 못 먹고 죽은 사람의 피처럼 맑은 붉은 빛이었다. 동생들은 깨진 수박을 끌어안고 먹으며 숨도 쉬지 않는 듯했다. 나는 늘 수박을 깨서 동생들에게 포식시켜 준다고 결심했다. 늘어진 속옷 위에 낡은 적삼을 입고 몸빼를 입은 어머니는 내가 일부러 수박을 깬다는 것을 알면서도 야단을 치지 않았다. 차라리

"이놈아, 네가 어쩌면 그럴 수 있니? 자식들 목구멍에 거미줄 안 치고 사는 이 밥줄을 어쩌면 그럴 수 있니?"

이렇게 야단을 치는 것이 마음 편안했을 것이다. 어머니의 눈물은 수박에서 흘린 피눈물이라는 것이 내 가슴에 박혀있다. 여름방학이 얼마 남지 않은 날 어머니와 나는 소태 외갓집에서 충주 봉방동으로 수박을 팔러 갔다. 얼마나 힘이 들었던지 아니, 자존심이 상했던지 내 러닝셔츠에 땀이 얼룩지다 못해 흙빛이 돌고 있었다. 수박을 팔다가 날이 어두워져서 나머지는 충주시장에서 팔 계획을 한 어머니는 먼 친척 집에 가서 잠을 자게 되었다.

그 집은 방 하나에 식구들이 모여 잠을 자는데, 어머니와 내가 그 좁은 틈에 끼어 자다가 내가 그만 오줌을 싸고 말았다. 얼마나 피곤했던지 수박 먹고 잠을 자다가 오줌을 싸서 난리가 난 것이다. 잠을 자다가 오줌에 젖은 팬티를 꼭 짜서 다시 입고 들어가 잠을 잔 기억을 떠

올려 「아주 불편한 밤」이라는 시를 쓰기도 했다. 수박 장사가 끝나면 다시 배추 장사를 했지만 서럽고 배고픈 세월은 늘 나를 따라다녔다. 한동안 어린 시절을 말하고 싶지 않았다. 내 기억 속에서 그 시절을 모두 모아 불을 지르고 싶었다. 그 시절에 있었던 사진 아니 일기장을 저 난로에 타다 남은 불씨에 불을 댕겨 싸악 날려버리고 싶었다. 그때 이후 모두 지워버렸지만, 또 불을 지르고 싶은 생각은 왜 이리 나에게 따라다닐까. 지나가다 남은 쓰레기를 보며 가슴이 답답해진다. 지저분한 것들을 모두 버려야 한다. 없애야 한다. 흔적을 지우는 것은 불을 지피는 일이다. 지글지글 타는 불을 보며 편안해진다. 가슴에 따뜻한 온기가 전해지면서 어머니 품속처럼 포근해진다. 어렵던 시절 나무를 해서 지피던 불길처럼 정겹다.

꺼져가는 난로를 보니 가슴 안으로 한기가 몰려온다. 내가 가서 잠을 자야 할 방은 이미 가스가 끊어졌다. 그 방에 들어선 남자가 내가 아니었으면 좋겠다. 난로만 덩그러니 시인의 공원 가운데 남았다. 시인이 가져왔던 소소한 물건들이 저 집 안으로 들어가고 내 방처럼 공원은 썰렁한 바람이 분다. 그 바람은 느티나무 잔가지를 흔들지만 내 마음조차 흔들린다. 저 집에 가서 막걸리와 우동 한 그릇을 얻어먹을 자신은 있지만 왜 이리 내가 겉도는 사람 같을까. 꺼져가는 불을 지켜보다가 순주의 웃는 얼굴이 보고 싶어서 용기를 내어 가게 안으로 들어갔다. 또 다른 나무 난로 안에 불이 들어있었다. 사람들이 밀려와 시끄러운데 순주가 막걸리를 큰 양은 대접에 철철 넘치도록 따라 내가 앉아 있는 식탁위에 놓는다. 시인들과 순주가 앉아있는 자리가 아닌 나 혼자 먹으라는 뜻이다. 야속하지만 내 처지가 이러니 어쩔 수 없다는 생각이 들어 막걸리를 맛있게 마시는데 우동 한 그릇이 내 상에 또 놓여진다. 배부르게 먹고 빨리 나가라는 눈치다. 주인 여자는 나에게 퀭한 눈길 한 번 주지 않는다. 우동과 막걸리는 순주를 통해 나에게 전달되었다. 나를 이렇게 무시한 주인 여자를 속으로 두고 보자, 언젠가는 후회하는 날이 올 것이다. 내 시집의 반응이 얼마나 좋은지 저 무식한 아줌마가 뭘 알겠는가. 흥, 두고 보자.

이 집의 우동과 막걸리를 마시면서 나는 계속 못마땅한 생각을 한다. 겉도는 사람은 사람이 아닌가. 기타를 치던 시인도 어쩜 나를 아는 체하지 않고 박대하는지, 세상 사는 출세를 하고 볼 일이다. 내일 아침에 출근하면 나는 가난뱅이가 아니다. 이 집에서 오늘 얻어먹었던 음식값을 꼭 갚으리라. 그동안 시집을 내려고 돈을 너무 많이 쓰고 병가를 오래 냈다. 국어 선생은 시인이어야 된다는 생각으로 살아온 나에게 인생에 무엇을 택하겠느냐고 물으면 역시 나는 시인이다. 자유로운 영혼으로 이 세상에 떠도는 구름 혹은 바람 같은 것으로 사람의 가슴 안에 척 안기는 그런 숨결이 되고 싶다. 그런 사랑을 하고 싶다. 꿈꾸는 남자는 행복하지 않은가. 사람들은 내가 쓴 시를 별로 좋아하지 않는다. 수준이 낮아서 아직 사람들이 못 알아봐서 그럴 것이다. 이번에 낸 시집을 더 많이 찍어서 세상에 뿌려야 하는데 아쉽다. 순주는 나에게 다가와

"선생님! 빨리 집으로 들어가세요. 내일 학교에 출근해야 한다면서요."

얼굴이 붉어진다. 말을 할 수가 없다. 왜 이리 가슴이 뛸까. 딱 한 잔만 먹고 싶었는데 주인 여자가 눈길을 주지 않으니 아쉬운 마음을 남기며 비닐 문을 빠져나와 공원으로 향했다. 공원 가운데 덩그러니 서있는 검은 무쇠로 된 난로를 마음 같아서는 그냥 들고 우리 집으로 가고 싶다. 황실 빌라 303호, 그곳에 가서 친구처럼 불을 지피며 함께 살고 싶다. 그러나 무쇠로 돼 있어서 무거워서 움직일 수가 없다.

칙칙한 집으로 가기 싫어서 그냥 멍하니 나무가 다 탄 난로 앞에서 찬 기를 쥐었다 폈다 해본다. 산다는 것은 이런 것이 아닐까, 불은 한때는

뜨겁게 타오른다. 그 시절은 누구에게나 있는 법이다. 불타오를 때가 인생의 절정이 아닐까. 기회와 희망으로 가득 차서 터져 버릴 것 같은 숨가쁜 두근거림이 아닐까. 그러나 사람들은 그 시절에는 본인의 절정을 잘 모르는가 보다. 그 기회를 잘 잡으면 후회 없는 시절이 될 것이지만 그 희망을 포기하면 후회의 시간을 만들어 간다. 누구든지 뜨겁게 불이 나는 시절이 있다. 다만 잘 모르게 넘어가고 나서 뒤늦게 그때가 좋았다는 생각이 들기 때문에 어리석게 지난날을 기억하는 것이다.

난로 안에 회색 시체로 남아있는 장작을 보며 또다시 찬바람이 가슴 안으로 들어와 옆에 있는 부지깽이로 꺼져버린 불씨를 찾아본다. 따뜻함이 전해 온다. 아직은 살릴 수 있다. 잿더미에 들어있는 붉은 눈동자를 발견한 후 반가운 마음에 손을 내밀어 악수하고 싶다. 우동집 옆에 쌓여있는 참나무 장작과 잔가지들을 한 움큼 들고 와서 불씨를 향해 활을 당긴다. 희미하게 시들어가는 불씨들이 발그레하게 웃으며 일어난다. 불은 자글자글 타며 내 안에 훈기를 불러들인다. 아내가 두 아이 손을 잡고 나랑 살 수 없어서 집을 나간 후 이런 따뜻한 훈기가 나에게서 사라졌다. 청주고등학교로 출퇴근할 때 기차 안에서 날마다 그 시간에 만나는 여자가 있었다. 갸름한 얼굴에 가는 허리, 핏기 없는 입술이 달맞이꽃 같았다. 달밤에 피었다가 낮에 시들해지는 꽃이라는 생각이 자꾸 들어서 출·퇴근 시간이 즐거웠다. 아직 잠을 덜 깬 여자와 술에서 덜 깬 나의 모습이 닮았다는 생각이 들었다. 그 노란색 원피스를 입었던 여자와 단 한 번의 외도를 하게 되었다. 순간만큼은 진실이라는 생각이 들었지만, 그 여자를 안은 후 갑자기 무서워지기 시작했다. 그 순간이 짜릿하고 황홀한 순간이라는 기억보다는 그 후에 오는 외로움과 쓸쓸함 그리고 두려움이 나를 옥죄기 시작했다. 몸이 덜덜 떨렸다. 사내자식이 바람 한 번쯤 피울 수 있다고 생각하며 평상심으로 돌아가려고 해도 그 여자는 달맞이꽃이라 부르기에 적합했다. 그 여자를 안은 후 나에게 비치는 빛이 두려워지기 시작했다. 시들시들해지는 느낌을 받았다. 몸에 힘이 빠져나가면서 그 여자의 남편이 나를 잡으러 올 것 같은 생각에 택시를 타고 집으로 가서 아내가 잠든 이불 속에 몸을 숨기며 덜덜 떨기 시작했다. 그리고 아내에게 바람피운 이야기를 하나도 숨기지 않고 해버렸다. 초등학교 교사를 하고 있었던 아내는 배신감에 몸을 부르르 떨었다. 빛을 거부한 채 이불을 뒤집어쓰고 출근하지 못하고 있는데, 빛이 나에게 들어오는 것이 두려워서 부들부들 떨고 있는데 아내는 나의 아픔은 아랑곳하지 않고 부아가 치밀어 참을 수 없어 했다. 시간이 지나도 나의 두려움은 가시지 않았다. 양심의 가책을 느낀다는 것보다 나를 잡아갈지 모른다는 마음이 커서 밖으로 나올 수가 없었다. 전깃불과 텔레비전도 켜지 못했다.

그렇게 한동안 누워있었다. 아내는 내가 바람이 난 여자를 못 잊어서 상사 병이 났는 줄 알고 말도 하지 않고 그대로 놔두다가 어느 날부터는 자꾸 병원에 가자고 했다. 신경이 쇠약해져서 빛을 싫어한다면서 병원에서 치료받아야 한다고 말했다. 그날 밤 나의 외도를 용서해 줄 테니 제발 일어나 출근하라고 말했다. 그러나 나는 아내에게 잘못했다는 생각이 들어서 숨어있는 것이 아니다. 어린 시절부터 내가 잘 살아야 하는 책임감이 나를 억누르고 있었다. 나쁜 짓을 하면 안 된다는 어머니의 말과 공부를 잘해서 시인이 되어야 한다는 당찬 꿈들이 갇혀있던 상장 안에서 빛을 보고 꾸역꾸역 나오는데 눈이 부셔서 빛을 제대로 받아들일 수 없었다. 지긋지긋한 가난, 배고픔, 돈 없는 서러움이 몰려 들어온다. 모두 다 잊었고 잘 극복했는데 나는 또다시 따뜻한 불을 지피고 싶었다. 내 영혼에 찬 기운을 몰아내고 훈훈한 봄날을 맞고 싶었다. 전깃

불이 아닌 텔레비전 소리가 아닌 인터넷이 아닌 그런 빛을 찾고 싶었다.

단 한 번의 외도로 이렇게 빛을 싫어하는 병이 발병했고, 오랫동안 어둠과 싸우게 되었다. 검은 화덕 같은 아내는 나에게 불을 지펴주지 않았다. 싫어하는 신경정신과 병원을 억지로 데리고 가서 가두기도 했다. 햇살이 들어오는 곳이 아닌 오로지 전깃불이 24시간 들어오는 병원에 갇혀 짐승처럼 고래고래 소리를 지르며 밖으로 나가기를 원했다.

나는 해마다 병가를 냈고, 병원을 들락거리면서도 아내는 집에 뜨는 해이기를 바랬다. 아내는 시집올 때 해온 장롱처럼 늘 그렇게 서있기를 바랐다. 그런데 아내가 그 자리를 털고 일어날 줄은 상상하지 못했다. 어느 날, 딸과 아들의 손을 잡고 법적으로 이혼 신청을 해서 나만 남겨놓고 떠났다. 어느 곳에서 내 정신을 놓아버렸는지 모르지만, 아내와 자식들이 내 곁을 떠났다는 아픔을 인지하기도 어렵게 되어버렸다. 동료 친구들과 선생님들은 이런 나를 안타까워하며 병원에서 열심히 치료받아야 한다며 관심을 보였지만, 어차피 이렇게 혼자가 되었으니 자유로운 영혼으로 살 수밖에 없는 것이다. 전깃불이 계속 켜져 있는 병원은 그만두고 이렇게 홀로서기를 하기로 했다. 그래서 시집을 냈고 이렇게 만족해하며 살아간다. 돈이 있나, 가족이 있나 이런 나를 놔두고 가버린 아내가 야속할 뿐이다. 아이들이 보고 싶어서 죽을 만큼 괴로운 시간이 있었다. 그럴 때면 편지를 쓴다. 방금 시를 낭송하고 나간 대학 후배가 나의 딸의 선생님으로 재직 중이다. 순주가 때로는 꽃무늬 원피스를 입어서 여자로 보여, 아니 꽃처럼 예쁜 사람으로 보여 마음이 설레지만, 우리 딸 선생님이니 조금은 쑥스럽다. 내가 쓴 편지를 들고 딸이 다니는 여학교에 가서 순주를 만났다. 그리고 내 시집을 주며 딸에게 전해 달라는 편지를 주었다. 순주는 내가 딸이 보고 싶어서 왔다는 것을 알고 딸을 데리고 와서 아빠를 만나라고 한다. 그렇지만 딸은 나를 보며 얼굴을 찡그린다. 고개를 들지 않고 땅만 쳐다보며 가만히 서있다. 보고 싶어서 잠이 오지 않는 날 길게 쓴 편지를 주었는데 딸은 얼른 그 편지를 교복 속에 숨긴다. 내가 부끄러운 존재인가, 배추를 팔던 우리 어머니의 모습이 떠오른다. 그때는 가난한 우리 어머니가 부끄러웠는데 시인인 아빠가 이렇게 책을 냈는데 자랑스럽지 않을까. 순주는 딸에게 '아빠는 훌륭한 사람'이라고 하면서 이렇게 좋은 시집을 냈다며 친구들에게 자랑하라고 한다. 눈물을 글썽이던 딸이 동생에게 찾아가면 안 된다는 말을 낮은 목소리로 한다. 만약 찾아가면 이곳 충주에서 학교 다닐 수 없으니 충주를 떠나야 한다는 말을 엄마가 했다는 것이다. 그토록 집에 불을 지펴주지 않던 아내가 갑자기 보고 싶었다. 아이들을 데리고 얼마나 고생이 많을까. 내가 다닌 병원 이야기를 알고 있는 사람들이 많을 텐데 어떻게 초등학교에서 잘 견디는지 모르겠다. 이런 생각이 들 때면 내가 퇴직해서 퇴직금이라도 모두 아내에게 줄까, 생각해 본다. 병원에 가지 않아도 잘 살 수 있는 자유로운 영혼을 굳이 병원으로 들락날락하느라 아내는 빈털터리 되어 이 집을 나갔다. 이 집에 불을 지펴주지 않아서 추워서 못 살겠다는, 마음이 떠나간 아내는 얼마나 더 추울까 걱정이 된다.

딸이 다니는 학교를 나오다 학교에 있는 쓰레기를 본다. 너저분하게 널려있는 쓰레기를 본 순간 속이 뒤집힌다. 어린 시절에 여기저기 널려있던 배추 쓰레기들이 나의 가난한 세월을 데리고 와서 나를 부르고 있다. 모두 치워야 한다. 그 썩어가는 배춧잎들을 주워서 처리해야 한다. 우리 딸이 다니는 학교에 이렇게 지저분한 배춧잎들이 돌아다니면 우리 딸이 저 배춧잎으로 죽을 쑤어서 그 지긋지긋한 배추 죽을 먹어야 할지 모른다. 내가 치워주고 가야지 이 세상에 뒹구는 쓰레기는 모두 불을 놔서 없애버려야 한다. 라이터를 꺼내어 불을 놓았다. 활활 타는 종잇조각들이 금세 검은 시체가 되어 하늘로 오른다, 마음이 시원하다. 가슴이 이렇게 뻥 뚫리니 이제 병원에 가지 않아도 될 거 같다.

불을 질렀다는 이유로 와르르 몰려오는 학교 선생님들이 소화기를 들고 와서 불을 꺼버린다. 딸의 선생님인 순주는 얼굴이 빨갛게 달아올랐다.

이곳에서 나를 가르쳤던, 나를 영재라 불렀던 스승님이 나를 보며 눈물을 흘린다. 교장과 교감이 혀를 찼다. 소방관을 불렀으면 법적인 문제가 될까 봐 이렇게 난리를 치면서 불을 껐다는 것이다. 그 후 딸이 다니던 학교에 가지 못한다.

우동가게에서 보는 순주가 왜 가슴 설레는 여자로 보였을까. 우리 딸내미 선생님으로 보이지 않고 나를 다정다감하게 이해해 주고 끌어안아주는 여인으로 와 닿았다. 이곳저곳에 뒹구는 공원의 쓰레기를 주워 모아본다. 어디를 가던 배춧잎처럼 춤추는 쓰레기들이다. 이 세상에서 쓸데없어서 버림받은 존재이다. 처음에는 필요해서 사람들이 취했다가 무엇이 못마땅한지 무슨 잘못을 저질렀는지 아무 곳에나 버린다. 사람 마음의 일부분을 담고 있는 쓰레기를, 가장 낮은 모습으로 엎드려 있는 쓰레기를 모아 장사를 치러주고 싶다. 오늘 본 쓰레기는 배춧잎보다 더 불쌍해 보인다. 저 우동집 눈이 퀭한 아줌마가 버렸을지 모른다. 우동집 아줌마가 나에게 보였던 달콤한 관심이 이렇게 무참하게 짓밟힌 것을 보며 나를 버리듯 쓰레기들을 함부로 재활용 봉지에 담지 않고 버렸을 것이 분명하다. 이 쓰레기들을 모아 난로 속에 넣고 다시 불을 지핀다.

활활 타오르는 불빛은 바람피우고 돌아와 이불 속에서 숨어 빛을 거부하던 시절을 잊게 해준다. 혼자 남아있는 답답한 시간이 시원해진다. 떠나간 자식과 아내에게 못다 한 책임감이 없어지면서 홀가분하다. 제천고등학교에 가서 아이들을 어떻게 가르칠 것인가에 대한 걱정이 사라진다. 저 우동집에서 나를 쫓아낸 아줌마에 대한 불만이 없어진다. 나를 이상하게 취급한 사람들에 대한 미움이 없어진다. 가끔 첫사랑이 보고 싶은 마음이 가라앉는다. 검은 느티나무 몸뚱이를 타고 쭉쭉 뻗어있는 나뭇가지들이 몸속에 들어있는 실핏줄처럼 쫘악 깔려있다. 장작 난로 위로 비추는 잔가지들의 꿈을 본다. 나뭇잎을 떨어뜨리고 고요하게 서있는 느티나무는 언뜻 보기에는 춥고 외로워 보이지만 저 나무뿌리에 묻어놓은 봄, 여름, 가을, 겨울이 있기에 절대 애처롭지 않다. 잠시 잎을 거두고 꿈을 꿀 뿐이다. 사람은 목숨을 거두고 나면 싸늘하게 시체가 남을 뿐이고 그다음 세계가 있다는 윤회설이 떠돌 뿐이다. 하지만 아무도 모르는 일이다. 죽고 나서 그다음은 너도나도 모를 일이다. 나에게도 봄이 있었다. 봄으로 기억된 날은 한수 마을에서 어머니랑 배추 장사와 수박 장사를 하던 시절이 아니었을까, 그런데 그 시절 잘살아 봐야겠다던 야무진 꿈속에는 가난이 웅크리고 있었다. 그것을 뛰어넘으려고 안간힘을 썼을 뿐인데, 왜 이렇게 한순간에 타다만 장작개비처럼 어디에 정신 줄 하나를 놔버린 것일까. 우동집 안을 비추는 불빛은 따뜻해 보인다. 비록 전깃불이지만, 나를 내쫓은 야박한 집이지만 아직도 저 부엌에는 바다 냄새가 날 것이다. 그 비릿한 다시마 냄새가 이 공원 안까지 밀려 나온다. 저 안에 있는 주인 여자가 이곳에서는 차이콥스키가 자작나무숲을 연주하는 소리를 듣는다는 말이 떠오른다. 저곳에서 무슨 사람 사는 이야기가 늘어져 나오는지. 나는 그곳 이야기를 듣는다. 밀가루 냄새가 밀밭을 불러들여서 파랗게 춤을 추는 듯하다. 어둠 속에서 이 불빛을 보고 노숙자들이 어슬렁어슬렁 몰려온다. 어디서 이 불 냄새를 맡았을까. 살얼음 추위에 살아가는 노숙인들이 남의 모습 같지 않다. 나에게 다가오는 어떤 계절 아니 겨울 풍경 같다. 언젠가 나는 또 어느 곳에 놓고 온 정신줄 하나를 잡지 못해서 저렇게 늘어진 머리에 냄새나는 옷을 입고 밥을 얻어먹으러 다닐지 모른다. 자식도 아내도 나를 모르는 체하고, 형제도 저 안에 있는 우동 아줌마도 나를 모르는 척할 것이다. 괜스레 슬픈 생각이 든다. 하지만 아직 나는 교사다. 시인이다. 자식의 아버지이며 한 남자다. 그러나 이런 야무진 생각을 계속 갖지 못하는 것이 흠이다.

머리가 헝클어진 할아버지에게 따뜻한 눈빛을 보낸다. 이곳에 모인 노숙인들은 한 번쯤 저 안에 눈이 퀭한 우동 아줌마의 관심을 받았을 것이다. 뜨거운 우동을 한 사발씩 얻어 게걸스럽게 먹었을 것이다. 그런데 어느 날 나처럼 버림받았을 것이다. 뜨겁게 마음을 주다가 걷어들이는 저 아줌마의 인내력 없는 비겁한 사랑을 잘 안다. 처음부터 차갑게 대하면 기대하지도 않았을 텐데 처음에는 마음이 약해서 잘해 주다가 조금 있으면 싫증을 내서 공원에 굴러다니는 쓰레기처럼 버리는 저 아줌마의 속마음을 잘 안다.

버릴 때 버리더라도 뜨거운 우동국물 받아먹고 그 순간만큼은 따뜻했으니까 타다만 장작불을 다시 지피면 벌겋게 탈 수 있으니 다행이다.

어디서 무엇을 하다가 이곳까지 흘러 들어왔는지 모르는 사람들이 내 시 속에 들어온 주인공들처럼 정겹게 와 닿았다. 방금 불우이웃돕기를 한다며 돈을 모아 저 안으로 들어간 기타 치는 아저씨는 과연 그 돈을 어디에 도와주려고 이곳에 추위에 덜덜 떨고 있는 노숙인들은 모르는 척하는 것일까. 다른 사람에게 듣기로는 어느 고아원을 도와주는데 그 돈에 액수를 기억하여 계속 더하기를 해서 영수증을 받아 우동집 안에 붙여놓는다는 말을 들었는데 사람을 도와주면 그냥 그 자리에서 잊어버려야 공이 되지 않을까. 그것을 기억해서 사람들에게 알리며 자신의 호주머니 속에는 돈 한 닢을 꺼내어 불우이웃 돕기 함에 넣지 않으면서 막걸리를 마시고 본인이 좋아하는 여자들을 쭈욱 모아놓고 노래를 불러 연애설을 만들어 가는 그 아저씨는 순수한 생각이 들지 않지만, 요즈음은 그런 위선 행위의 불우이웃돕기라도 하는 사람이 위대하지 않을까. 나를 우습게 보고 아는 체하지 않고 지나친 사람들보다 이곳에 이렇게 남아있는 불씨를 살려서 노숙자들에게 불을 지펴주고 있는 내가 더 위대하다는 생각이 든다. 그렇다면 나의 남아있는 생이 겨울이 아닌 따뜻한 봄이 될 것 같은 훈훈한 바람이 가슴 안으로 들어온다. 살얼음 위에 살아가는 사람들을 위해 불을 지피는 사람이 되니 자신감이 생겼다. 이제부터 시작이다, 이 어둡고 긴 우울의 터널을 지나 밝은 빛을 보러 나가자. 이제 나는 다시 빛이 흐트러지는 모습을 보지 않을 것이다. 그동안에 사람 취급하지 않은 사람들이 깜짝 놀랄 것이다. 일어서는 봄에 뜨거운 가슴을 안고 이 노숙인들을 위해 불을 지피자. 망상처럼 떠도는 불이 아닌 실제로 몸에 와 닿는 뜨거운 불을 추운 사람에게로 댕기자. 우동집 옆에 있는 장작을 가지러 불붙은 부지깽이를 든 채 달려갔다. 노란 배춧속을 찢어놓은 듯 장작이 가지런히 쌓여있다. 나무를 다 갖다가 밤새 공원 밖에 춥고 배고픈 사람들을 위해 불을 지피자 순간 눈이 반짝이며 힘이 솟았다. 몇 번을 되풀이하여 나무를 안아 공원으로 옮기는데 벌건 불이 우동집을 향해 덮치고 있었다. 방금 그곳에서 나무를 가지고 왔을 뿐인데 그곳에서 불이 났다. 사람들이 몰려오고 소방차가 요란한 소리를 내며 왔다. 누가 불을 냈을까. 저곳에는 쓰레기가 없었는데 불을 낼 사람도, 불을 쬘 사람도 없는데. 추운 하늘에 연기가 구름처럼 올라왔다. 마음속으로 저 불이 확 피어서 저 안에 있는 눈이 퀭한 아줌마 집을 모두 태워버렸으면 좋겠다는 생각이 들었다. 다시 가슴에 묻은 우울의 그림자가 쫙 빠져나가고 있었다. 막힌 곳이 뚫린 것처럼 시원한 바람이 내 가슴으로 들어온다. 나는 이제부터는 절대로 쓰레기를 태우기 위해 불을 지피지는 않을 것이다. 공원 밖에서 추위에 떨고 있는 사람들을 위해 따뜻한 불을 지필 것이다.

내가 저곳에 놔두고 온 불붙은 부지깽이는 불쏘시개를 모으지 않았고 불을 댕기지도 않았는데 저곳에 큰 불덩어리 만들어 사람들을 모았다.

조금 있으니 경찰이 나를 불 낸 사람이라 하여 잡으러 왔다. 기가 막힌 일이다.

"느티나무야, 너는 알고 있지 않니? 나는 불을 내는 사람이 절대 아니야. 쓰잘 곳 없이 의미 없는 불장난을 할 사람이 아니라고. 공원 밖에 춥게 떨고 있는 사람들을 위해 불을 지필 것이며 그 사람들을 위해 내일 아침에 제천 고등학교 국어 교사로 근무할 것이라고, 돈을 벌어서 집을 나가있는 아내와 자식을 위해 주고 배고픈 저 사람들에게 우동을 사 줄 거라는 당찬 꿈을 가진 건강한 남자라 말을 좀 해다오."

불륜했다는 죄책감보다 더 큰 두려움이 다시 밀려온다. 아무리 생각해도 이해가 가지 않는다. 운이 없는 사람에게 더 못살게 구는 사람 사는 이야기에 끼어들기가 싫다. 이제 놓았던 정신 줄을 간신히 잡았는데 내가 들고 다녔던 부지깽이에 불씨가 남아 스스로 불이 돼버린 것을 불을 냈다 하여 경찰이 잡으러 왔다. 눈이 퀭한 아줌마는 경찰관을 향해 소리를 친다.

"안 돼요. 저분을 잡아가면 안 돼요. 저분은 내일 제천의 고등학교에 출근해야 해요. 저분은 우리 집에 불을 낼 사람이 아니에요. 우리 집은 이십 년 동안 불이 나지 않았어요. 사람들이 하도 많이 찾아와서 몸이 부딪히는 소리에 정전기가 일어난 거예요. 한 번쯤 불이 나기를 바라기도 했었다고요. 우동집에 쏟아내는 나의 청춘이 불을 부른 거예요. 한두 달쯤 문을 닫고 휴식을 취하라며 불이 되어 타올랐어요. 보세요. 이 선생님은 이곳에 불을 지펴서 공원 밖의 사람들에게 따뜻한 온기를 주고 있지 않아요? 내가 늘 이렇게 불을 피워 주고 싶었지만, 마음뿐이었지 불을 피우면 저 노숙자들이 나를 계속 따라와 우리 집에서 죽치고 안 갈 것 같아서 못 했을 뿐이에요. 착한 선생님이 나 대신 불을 지핀 거예요. 절대로 잡아가면 안 돼요. 이 선생님 딸이 우리 가게에 와서 아버지에게 늘 친절하게 대해 달라는 편지를 놓고 갔어요. 아버지는 착하고 훌륭한 분이라고 엄마에게 교육받는대요. 딸 선생님이 방금 이곳에 있었는데 집에 갔어요. 늘 제자 걱정을 하며 이 선생님을 바라보고 있어요. 봐주세요. 잡아가면 안 돼요…."

눈이 퀭한 아줌마가 젊은 경찰을 보며 가엾게 매달린다. 그동안 나를 외면했던 저 아줌마가 이렇게 간절하게 매달릴 줄은 몰랐다. 경찰은 이미 신고받고 왔으며, 내가 몇 번 쓰레기를 태우다가 불 소동을 벌여서 방화범으로 구속해야 한다고 말했다. 공원의 마른 가지 위에서 아직 떨어지지 않고 매달려 있는 마른 나뭇잎이 바람에 흔들리며 나를 잡았고 난로 속에서 타고 있는 불줄기가 나를 잡아당겼지만, 공원 밖에서 나를 잡으러 오는 경찰관은 피도 눈물도 없이 나를 잡아간다. 멀지 않아 아침이 될 것이다. 아침이 오면 나는 제천 고등학교에 출근해야 하는데….

강순희

문예사조 등단 충북여성문학상, 소설집 『행복한 우동가게 1, 2, 3』, 『백합편지』, 『행복한 우동 다섯 번째 이야기』, 장편소설 『단골』 외

메이저 아르카나 13번

이영희

앞이 캄캄하더니 순간 아무것도 보이지 않는다.

갑자기 컴퓨터 모니터에 검은 줄이 나타나면서 새까매졌다. 멀쩡하던 눈이 모니터를 닮아서 청맹과니가 되었는지 초점이 맺히지 않는다. 정현은 눈을 감았다가 떠본다. 겨우 보인다. 아무 짓도 하지 않았는데 오른쪽 아래에 랜섬웨어 글자가 돌연히 출현했다. 정현은 불길이 번지듯 소름이 끼쳐 얼른 전원을 껐다.

내가 미쳤지, 아무리 급해도 컴맹을 면한 기계치가 저장하면서 쳤어야지. 다시 한번 읽어보고 보내려 했는데 이제 어쩔 거야? 말짱 도루묵인걸. 내일이 마감일인데 유비무환을 알면 뭐하냐고? 이 밤에 컴퓨터 기사를 부를 수도 없고….

이번에도 역시 꽝이라니 숙맥이 따로 없다. 숙맥이란 게 보리와 콩을 구별 못 하는 등신이라 하더니 그게 자신을 두고 하는 말이라고 정현은 한숨을 쉬었다. 이번이 처음이 아니다. 지난해에도 J 상 공모 경향과 몇 년치 당선작을 달달 외울 만치 읽고 준비했으면서 갑작스러운 정전으로 제출도 못 했다. 또 이 짓을 하다니 나는 구제 불능이다. 신춘문예와 인연이 없는 것 같아 한번 도전해 보려고 했더니, 이제껏 헛수고했다고? 바쁠수록 돌아가야 하고 아무리 바빠도 바늘허리에 실 묶어서 못 쓰는 건데….

하긴 아침부터 이상한 조짐이 나타났었다. 난데없는 경고음이 서너 차례 요란하게 울렸다. 가까운 괴산에서 4.1 진도의 지진이 일어났다. 내륙에서도 큰 지진이 일어날 수 있다는 것을 보여준 것이라고 할지.

게다가 웹검색을 하는데 갑자기 인터넷과 연결이 안 되었다는 메시지가 떴다. 한참 동안 연결선을 뺐다 끼웠다가 하며 겨우 인터넷 연결을 하고 나니 프린터에 빨간 불이 계속 들어왔다. 아무리 들여다보아도 종이가 끼지 않았는데 플러그를 다시 꽂고 먼지를 닦아주어도 인쇄가 되지 않는다. 급해서 명훈을 불렀는데 대답이 없다. 방문을 확 열었더니 핼러윈 데이인지 할로겐 데이인지 준비물을 만든다고 난리다. 아침부터 제 방에서 친구 영석이와 핼러윈 장식 등불인 잭오랜턴을 만든다나. 늙은 호박 속을 파내고 껍질에 눈과 입 구멍을 내 촛불을 밝히는 중이다. 볼멘소리하면서도 먼지 같은 종이 부스러기가 가득 차서 그럴 것이라며 재바르게 분해하더니 고쳐놓았다. 그러더니 엄마 때문에 늦겠다며 영석이와 쏜살같이 줄행랑을 쳤다. 명훈이가 꼭 저 영석이 녀석이랑 붙어 다니는 게 참 못마땅하다고 정현은 혼자 중얼거리며 문을 닫았다.

정현은 이런 불상사를 예상하지 못하고 미리 대비하지 못한 자신에게 짜증이 났다. 이 시간에 어떻게 할 수도 없고 컴퓨터 기사에게 헛일 삼아 문자를 보낸 후 타로카드를 휘리릭 섞었다가 한 장을 뽑아 들었다.

아뿔싸, 눈을 돌리고 싶다. 죽음을 뜻하는 무장한 해골 형상의 메이저 아르카나 13번이다.

뭐 죽음 카드라고? 그런 쓸데없는 짓 한 손을 벌주듯 주먹을 움켜쥐고 책상을 후려쳤다. 괜스레 투사하고 나니 손이 얼얼하니 아프다.

'아니야. 졸업이 다른 시작을 나타내듯 그렇게 생각할 수도 있잖아? 타로를 가르쳐 주던 선생님도 내담자인 시커가 카드를 어떻게 해석하느냐에 따라 결과가 달라진다고 했어.' 정현은 의식적으로 평정을 되찾으려 애쓴다. 원래 방어기제가 강한 정현이지만 부아가 끓어 올라 얼른 진정이 되지 않는다.

세차하면 비가 오고, 새 구두를 신고 나가면 지나가는 차가 흙탕물을 뿌려 옷까지 버리기 일쑤다. 매장에서 할인 판매할 때도 줄을 서면 정현의 앞에서 끝이 났다. 싸게 사지도 못하면서 괜스레 군색하게 줄을 선 것 같아 보는 사람이 없는지 사방을 두리번거리며 터덜터덜 발길을 돌리던 정현이다. 당연히 로또나 뽑기같이 횡재수가 있는 것은 당첨이 되지 않을 테니 아예 그 자체를 구매한 적이 없다. 그래도 살면서 구제 불능 대형 사고는 치지 않았으니 일단 자고 보자고 자리에 누웠다.

「바람과 함께 사라지다」의 끝부분 명대사, "내일은 내일의 태양이 뜰 거야. Tomorrow is another day."를 우리말과 영어로 번차례로 반복하며 최면을 걸어도 눈만 말똥말똥 잠이 오지 않는다.

친구 자영이 한숨을 쉬며 이야기하던 생소한 단어 랜섬웨어가 그제야 떠올랐다. 아무리 친구의 일이라도 나의 일이 아닌 것에 별 관심을 두지 않는 정현이라서 그때 귀 기울이지 않은 것이 후회되었다. 다시 일어나 스마트폰으로 랜섬웨어를 검색했다. '컴퓨터 시스템에 대하여 사용자가 정상적으로 사용하지 못하도록 만든 후, 이를 볼모로 잡고 금전을 요구하기 위하여 퍼뜨리는 악성 파일'이라고 검색되었다. 이를 어쩌나. 계획이 수포가 된 것은 차치하고라도 수많은 원고 손실에, 쓸데없이 거금을 들여야 한다는 생각이 미치자 자신이 참 한심했다. 어제 매듭을 지으려던 소설 말고도 엄청난 파일이 들어있을 것이다. 등단 후 10여 년 동안 일간지와 잡지에 기고한 모든 원고가 들어있다. 그동안 강의한 원고와 파워포인트 자료도 많을 텐데. 도저히 무엇이 사라졌는지 모두 기억할 수가 없다. 이미 출간한 책들의 원고야 책이 있으니 별문제가 아니려만 그 외에 뭐가 더 들어있을지….

정현은 벌떡 일어나서 물 한 잔을 마시고 몽유병 환자처럼 서성이다가 비어있는 아들 방을 열어보았다. 대충 치우고 간 것 같은데 호박씨가 군데군데 떨어져 있다. 지저분해서 간만에 명훈의 방 청소를 했다. 한밤중에 이렇게 청소하는 것을 동원이 봤다면 정신이 어떻게 된 것 아니냐고 혀를 찼을 것이다. 평소에 늡늡한 동원이 세상모르고 취침 중이니 어쩌면 다행이지 싶었다. 정현이 지난해에도 저장하지 않아 헛수고했다는 것을 그도 알기 때문이다.

이 생각 저 생각하다 보니 큰 실패는 아니라도 살면서 저지른 실수가 하나하나씩 떠오르기 시작했다. 하긴 지나갔으니 큰 실수가 아니라고 하지, 그때는 정현 스스로 이 지구에서 사라졌으면 싶은 사건들이었다.

고등학교 입학시험 날이었다. 정현은 평소에 어학보다 수학을 좀 어려워했는데 말도 안 되는 아주 쉬운 문제가 하나 출제되었다. 아마도 영점 처리가 없게 하려는 출제자의 의도인가 보다고 쓴웃음을 지었다. 다시 읽어보지도 않고 쾌재를 부르며 작성한 답안지를 제출했다. 뺄셈을 덧셈으로 계산해 버린 것을 나중에 알았다. 그로 인해 수석을 놓치고 담임 선생님의 기대에 부응하지 못한 채 실망을 안겨드렸다. 스스로 생각해도 참 어이가 없었고, 학교에도 면목이 없었다.

그다음 고등학교 3학년 때는 경주김씨인 정순왕후를 안동김씨라고 우겨서 반 전체에 한동안 웃음거리가 되었다. 교과서 없이 줄줄이 외워서 수업하던 역사 선생님이 왜 그리 멋있게 보였던지. 암기를 잘하는 정현도 새 학기 시작 후 얼마 되지 않아 역사샘 2세라는 소리까지 듣게 되었을 때였다. 그러고도 그런 착각을 한 것은 어린 정순왕후가 권력 유지의 화신이었으니, 당연히 그 당시 세도가인 안동김씨일 거라는 확증편향이 아니었을까.

정현은 대학 졸업 후 선망하던 직장에 취업이 되었는데 참 기막힌 일이 발생했다.

그때 정현의 업무에 직원 급여 지급이 있어 건장한 남직원과 동행했다. 창구 직원이 정현에게 인출 금액을 묻더니 재차 묻는다. 그러면 이상히 여기고 금권을 다시 확인했어야 했는데 문제 발생의 실마리를 제공했다. 수령을 한 후 직장에 가서 봉급 봉투에 나누어 담다 보니 아직 채우지 못한 봉투가 많이 남았는데 돈이 없었다. 정현은 다시 전 직원의 급여 명세서를 확인하고 기억을 더듬어 보았다. 그제야 인출액이 구천구백구십만 칠천육백 원인데 구천구십만 칠천육백 원이라 말하고 받아왔으니 구백만 원 차이가 났다. 창구에 얼른 전화했으나 담당자는 없고 저녁에 시재를 맞추어 남으면 돌려주겠다고 한다. 이십 년 전 그 돈은 상당히 큰 금액이었다. 그 당시 정현의 월급이 칠만 원이 되지 않던 시절이었으니.

우선 당장 직원들의 봉급 지급이 큰 문제였다.

경찰서에 사고 신고를 한 대가로 정현은 검찰에까지 불려 가 조사를 받았다.

"둘이 사귀는 관계지? 솔직히 말해. 그 돈으로 같이 도망가려 했는데 남자가 마음이 변해 튄 거야."

밤을 새워 고민하고 이런 시달림을 받으며 상사들과 친목회에서 돕고 사채를 얻어 어찌어찌 해결되었다.

죽어버리려고 의림지 방죽까지 갔을 만큼 창피한 일이었다. 전화위복인지 운명의 장난인지 거기서 감사반장으로 나왔던 동원을 만났으니….

정현은 언젠가 그 인연을 다시 이야기했다. 동원은 멋쩍어하며 휴학 후 등록금 마련차 온 사람한테 필요충분조건을 제공했다고 하니, 오지랖도 그런 오지랖이 어디 있냐며 그때는 콩깍지가 씌었었다나?

인제 그만 자야지 하는데도 한 번 달아난 잠의 주인은 돌아오지 않고 이어달리기하듯 바통 터치하며 지나간 아픔이 줄줄이 소환되었다.

결혼하고 임대아파트에 살 때였다. 우연히 아파트 입구에서 고교 동창 미숙을 만났다. 그녀는 동생이 여기 살아서 가끔 온다며 차 한잔 마시자고 한다. 근처에 커피숍도 마땅치 않아 집에 들어온 미숙은 호구조사 하듯 둘러보더니 맞벌이하면 중소기업인데 그 돈을 어떻게 관리하냐고 물었다.

"재형저축 들고 저금하고 있어. 땅을 볼 시간도 없고 안목도 없어서…."

했더니 한심하다는 듯한 눈초리로 쳐다봤다.

"낮은 예금금리가 높은 물가를 못 따라잡기 때문에 백날 저금해야 헛수고야. 투자해야지. 나는 처음에 한 칸 셋방에서 시작했는데 몇 번 돌려치기 했더니 큰 아파트가 생기더라. 저 위에 보이는 지웰시티 아파트가 우리 집이야."

그녀가 으쓱대며 자랑했다.

얼마 후 미숙의 집에 초청받은 정현의 마음이 흔들리기 시작했다. 우선 확 트여서 속이 시원하게 넓고, 바닥의 대리석부터 부티가 좔좔 흘렀다. 그런 마음을 알았는지 미숙이 투자하려다가 그만두었다는 대지를 소개해 주었다. 처음으로 대출받아 이자를 물며 7년을 버텼는데 마침 그 대지 옆집에서 집을 넓혀 짓는다고 정현한테 팔라고 사정했다. 물론 산 가격보다 훨씬 높은 가격에 팔고 동원에게도 자랑했다. 거기까진 괜찮았는데 2년 후 도로가 개설되자 그 대지는 무수리가 중전이 되듯 화려한 한식집으로 변모했다. 숙종의 눈 밖에 난 장희빈의 마음이 이러했을까 싶게 정현은 한참이나 가슴앓이하고 동원한테도 그 이야기를 더 하지 못했다. 정현은 지금도 그 근처에 갈 일이 있으면 일부러 돌아서 간다. 기획부동산 같은 것에 사기당해 길에 나앉은 사람들도 있고, 친구한테 사기당한 사람도 있다고 자신을 위로하면서 살지만.

정현은 지나간 실패를 소환해서 되씹다 보니 그래도 마음이 한결 편해졌다. 일어나지 말았으면 좋았을 부끄러운 실수였지만, 해결이 잘 되고 세월이 흘러선지 내 일이 아닌 듯 희미하다. 지금은 편안히 잠든 동원이 옆에 있으니, 랜섬웨어도 잘 해결되리라는 말도 안 되는 믿음이 생겼다. 곤경에 처하면 지푸라기라도 잡는다더니 정현은 단단한 동아줄에 매달리듯 손에 힘을 주었다.

"믿음은 바라는 것들의 실상이요 보이지 않는 것들의 증거라."라는, 히브리서 11장이 영화 프롤로그처럼 생뚱맞게 떠올랐다.

정현은 언젠가 남편을 후배 지은이에게 소개했다.

"언니는 형부 어디에 반했어?"

동원의 키가 작다고 느껴선지 아리송한 표정으로 지은이 물었다.

"사슴 같은 눈에 반했으니 눈이 맞은 건가?"

평소 품고 있던 생각을 말했더니 구체적으로 말해 보라고 지은이 보챘다.

"쇠제비갈매기의 짝짓기 들어 봤지? 봄철이 되면 수컷은 종족 번식을 위해 치열한 구애 작전을 벌이는데 그들의 구애 방법이 좀 특이해. 물속에 머리를 박아 어렵사리 잡은 물고기를 입에 물고 암컷들이 있는 곳으로 가서 먹이를 흔들며 구애를 시작하지. 잡은 물고기를 이리저리 흔들며 암컷들의 주위를 빙빙 돌다가 어느 암컷이 마음에 들면 입에 물었던 먹이를 암컷의 입에 넣어주고 둘은 부부가 돼. 암컷이 배우자를 선택하는 기준은 가정을 이루었을 때 수컷이 가장의 역할을 얼마나 잘할 수 있을

까를 판단해서 결정하는 거야. 화면으로 보면 더 실감이 나는데 암컷이 나중까지 생각하고 큰 물고기를 물고 있는 수컷을 짝으로 택하는 거야."

자분자분하게 말해 주었다.

"언니는 어쩜 말도 그렇게 잘해? 나처럼 피상적인 것만 보는 게 아니라 심안으로 속까지 들여다보고 앞을 내다보는 혜안이 있어. 아무렴. 아무나 글 쓰는 게 아니지."

부러워하던 지은의 눈망울이 떠올랐다.

왜 그렇지 않겠는가. 키 크고 영화 포스터에 나오는 배우같이 잘생긴 사람에 반해서 급히 결혼하더니 지은은 급히 먹은 밥에 체했다. 허우대가 멀쩡한 그녀의 배우자가 여자 문제로 속을 썩인다고 했다. 첫 번에는 눈감아 주었는데 그런 행태가 계속되더니 결국 이혼했다. 헤어진 남편이 달고 사는 말이, "장미 예쁘지? 백합은? 그렇다고 채송화는 안 예뻐? 날 보고 어쩌라고…."라고 했다나? 정현은 까칠한 피부에 눈 밑이 거무죽죽한 지은이 참 안 됐다는 생각이 다시 들었다. 잘 생겼으면 좋은 쪽으로 인물값을 했어야지, 모델이나 탤런트도 아니면서 배우자나 가정에 대한 책임감도 없는 위인을 선택한 대가가 너무 컸다. 지은은 아직 젊은데 아이들도 그렇고 어떻게 살아가야 할지….

정현은 자신이 잠을 못 잘 정도이면서 지은을 걱정하는 게 맞는지 오지랖이 참 넓다는 생각이 다시 들었다. 불안감이란 게 결국 무언가를 얻기 위해 치러야 하는 대가란 걸 인정하고 무언가를 놓아 버리면 마음이 편해진다더니, 그건 진리였다. 정현은 이제 될 대로 되라지 하며 툭 던져 버렸더니 까무룩 하며 눈이 스르르 감겼다.

그때 하필이면 거실 전화벨이 울렸다. 어둠이 정적을 머금은 시간이라 그 소리가 유난히 더 크게 들렸다. 불길한 마음으로 동원이 깰까 봐 얼른 전화기를 들었다. 서울 사는 명훈의 고모였다.

"언니, 주무시는데 죄송해요. 명훈이 전화 왔어요? 우리 은율이가 전화를 계속 안 받아 더 기다리지 못하고 전화했어요. 명훈이가 영석이 하고 와서 저녁 먹고 핼러윈 데이에 간다고 셋이 같이 나갔는데…."

"응. 명훈이 갈 때 오늘 밤 축제 지나고 모레 학교로 바로 간다고 했어. 다 큰 애들 믿어야지. 토요일이니 코로나로 분출 못 한 젊은 끼를 끼리끼리 어울려 발산하겠지. 별일 있으려고?"

"은율이는 그런 적이 한 번도 없어서 자꾸만 불안하네요. 잠 깨워서 죄송해요."

걱정과 불안으로 말이 떨리는 명훈 고모와의 전화가 끊겼다. 새벽 다섯 시가 다 되었다. 나쁜 일은 한꺼번에 온다더니 랜섬웨어로 꼴딱 밤을 새우고 눈을 붙이려 하는 새벽에 고모까지 안 하던 전화를 하고….

'옛말 하나도 틀리는 게 없지. 참 지독한 밤이다.'

정현은 혼자 중얼거리며 잠시라도 자려고 눈을 감았다. 조금 있으려니 일찍 취침에 들었던 동원이 거실로 나가 텔레비전을 켜서 윙윙거린다. 그때 또 전화벨이 울렸다. 동원이 전화도 받지 않고 다급하게 소리를 지른다.

"여보, 명훈이 어디 간다고 했지?"

"왜요? 서울 간다고 했는데…."

"일 났어. 빨리 나와 봐. 이태원 간 것은 아니지?"

텔레비전 자막에서 이태원 사진 위로 핼러윈 축제 압사 소식이 크게 활자화되고 있었다. 타로의 메이저 아르카나 13번의 해골이 그 위에 겹치며 정현은 고주박처럼 픽 쓰러졌다.

"명훈아."

부르며 좇아가니 영석이는 앞서서 잘 뛰어가는데 명훈이는 간신히 따라가다가 타로의 그 흉측한 해골에 가려서 희미하게 없어졌다. 온몸에 소름이 돋았다.

정현은 소리를 지르다가 제소리에 놀라 눈을 떴다. 그사이에 꿈을 꾸었나 보다.

정현이 겨우 눈을 뜨니 얼굴에서 물이 흐르고 옷이 축축하다. 걱정스러움을 가득 담은 눈으로 들여다보는 동원의 눈동자를 마주하고서야 사태 파악이 되었다. 갑자기 실신하니 동원이 물을 끼얹었나 보다.

"명훈이 사라졌다고? 아니야. 아니야. 말도 안 돼. 꿈은 사실과 반대랬어."

중얼거리는 정현의 소리를 잠식하듯 또 신경질적으로 전화벨이 울렸다.

"언니, 어떡해요? 이태원에서 큰 사고가 났다는데 은율이와 전화가 안 돼요. 명훈이 전화 안 되면 그 애 친구 영석이한테라도 전화 좀 해보세요."

정현은 그제야 고모가 첫 새벽부터 못마땅하게 전화한 것이 이해되었다. 명훈의 번호를 누르는데 손이 덜덜 떨려서 스마트폰을 떨어뜨렸다. 동원이 전화하는데 명훈이도 영석이도 전화를 받지 않는다. 속이 탄다. 다시 전화기를 주워 번호를 눌렀다. 한참이나 신호가 가도 받을 수 없다는 신호음만 계속 야속하게 들려온다.

손에 닿는 대로 옷을 주워 입은 동원이 자동차 키를 집어 든다. 몸도 좋지 않으니 집에 있으라는 동원의 말을 못 들은 척 정현도 따라나섰다.

"불안해서 어떻게 집에서 기다리겠어요? 따라가서 눈으로 보는 게 낫지."

동원이 막 출발하려는 차를 세워 간신히 탔는데 차를 얼마나 빨리 모는지 정현은 더럭 겁이 났다.

"아무 일도 없을 거예요. 제발 속도 좀 줄여요."

별 끔찍한 상상을 다 하며 그 소리를 몇 번이나 했는지 모른다. 정현은, '꿈은 사실과 반대랬어.'라는 소리를 수도 없이 되뇌며 손을 모으고

기도했다.

"하느님. 부처님. 제발 우리 명훈이가 무탈하게 해주세요."

신자도 아니면서 간절한 기도가 절로 나왔다.

무탈하다는 계시가 들리는 듯했다. 나약한 인간이 매달릴 수 있는 절대자가 있다는 게 조금은 위안이 되었다. 불안하지만 그래도 살아있다는 세뇌를 하니 끈을 잡은 듯 조금은 진정이 됐다.

"듣도 보도 못하던 축제 하러 간다고 하면 말렸어야지. 아직도 전화가 안 되는데 아무 일도 없다고?"

"다 큰 애를 어떻게 말려요? 이제껏 속 한 번 썩인 일이 없는 애인데…."

"이게 속 썩이는 거지."

"기도나 하시고 차 천천히 몰아요."

"기도는 당신 주특기잖아." 동원이 버럭 소리를 질렀다.

평소에 흥분하지 않고 침착하게 상대방을 배려하는 동원인데 저 정도로 막 나가는 것을 보면 굉장히 불안한 상태라고 정현은 입을 꾹 다물었다.

침묵이 더 불안한 것 같아 정현은 라디오를 틀었다. 마침 생소한 핼러윈 데이에 대해 좌담하고 있다.

"핼러윈 데이가 뭔가요? 우리 학교 다닐 때는 들어보지도 못한 소리라서요."

"그때는 못 들어 봤는데 외국에서 상륙한 지가 오래됐나 봐요. 가톨릭의 성인 대축일 전날인 10월 31일을 영미권의 전통적인 기념일로 정해서 시월 마지막 밤을 귀신이나 주술 등의 신비주의와 연관시킨 게 기원이라나 봐요. 인신(人身) 제사를 지냈던 유럽의 고대 켈트족이 지켜온 이교적 풍습에서 유래했대요. 핼러윈은 단순한 문화행사가 아니라 사탄을 찬양하는 행사라고 하는 게 맞는 것 같아요. 이날은 젊은이들이 드라큘라나 프랑켄슈타인, 미라 등 대중문화를 통해 잘 알려진 괴물 의상을 차려입고 밤새워 파티한답니다."

'아. 그래서 명훈이도 영석이랑 새벽부터 늙은 호박에 구멍을 뚫어 탈을 만들어 가져갔구나. 랜섬웨어에 정신이 나가서 생소한 것에 대해서는 호기심이 많은 나도 검색 한번 안 해보고 라디오를 통해서 핼러윈 데이를 알고…'

"밸런타인데이가 상업주의와 결탁해서 젊은이들에게 초콜릿 팔아먹으려는 상술이라더니 그와 다름없는 날이 아니라 더 한 날이구먼. 우리와는 아무 상관도 없는 국적 불명의 문화가 들어와서 젊은이들을 현혹하는 거 아냐? 이래서 대원군이 쇄국을 썼을 거야."

동원이 더 열 받았는지 라디오 스위치를 확 꺼버린다. 한참을 과속으로 달리더니 동원도 불안해서인지 다시 라디오를 튼다. 불안한 이 순간에 밀폐된 공간에서 부부가 할 수 있는 게 없다는 것이 새삼스레 슬프다.

동원이 속력을 내더니 습관처럼 라디오 채널을 다른 데로 돌린다. 핼러윈 데이 장소인 이태원의 지명에 관한 이야기가 나오고 있다.

"이태원이란 지명 자체가 참 아픈 사연이 많은 곳입니다. 이태원이란 이름의 한자가 세 번이나 바뀌었어요. 조선 초에는 오얏나무 李를 써서 이태원(李泰院)이라 했다고 해요. 임진왜란 때 가토 기요마사가 이태원에 주둔하면서 피난을 가지 못한 여자와 이태원 황학골에 있는 운정사의 비구니들을 겁탈하고 운정사를 불 질렀답니다. 가토 기요마사가 불국사도 불 질렀었지요. 이 비구니들과 여인들이 낳은 아이를 키울 보육원을 지어 정착게 했습니다. 당시 왜병들의 피가 섞인 다른 민족의 태를 묻은 곳이란 뜻으로 이태원(異胎圓)이라 한자를 바꾸었답니다. 이후, 북벌을 준비하던 효종은 지명이 마음에 들지 않아 이곳을 배나무가 많은 곳이라는 뜻의 이태원(梨泰院)으로 고쳐 부르게 하여 오늘날까지 그렇게 부르고 있어요. 일제강점기엔 일본군 사령부가 머물렀고, 6·25 이후에는 미군기지가 주둔하면서 기지촌이 되어 양공주를 생산했지요. 참, 사연 많고 한 많은 곳입니다. 지금도 저택과 허술한 집이 공존하는 독특한 경관을 연출하고 있습니다."

"그래서 젊은 애들이 핼러윈 데이를 만들어 살풀이하는 건가? 이런 때 방송국은 할 말이 그리도 없어? 청취자 불안하게 저런 방송이나 하고 있고, 내가 시청료 내나 봐라. 그런 곳에 애를 가도록 내버려 둔 사람이 없나…."

동원이 식식대며 라디오에 말하는 건지 정현을 책망하는지 쇳소리가 나게 질러댄다.

"아니, 그 애 나이가 몇인데 오고 가는 것을 당신 말이라고 듣겠어요?" 정현도 화가 나서 버럭 소리를 질렀다.

답답한 마음으로 안 하던 부부싸움까지 한 것이다.

연실 기도하면서 밖을 내다보니 곤지암 휴게소 가까이 왔다. 급하면 소변은 왜 그리 더 마려운 것인지. 화장실에서 나오려는데 스마트폰이 울렸다. 옷도 다 올리지 않은 채 자동으로 스마트폰을 귀에 대니 기다리던 명훈이 전화다.

"명훈아, 명훈이 맞지?"

"엄마, 전화를 왜 이렇게 많이 했어? 나 내일 바로 학교로 간다고 했잖아요."

"아니 명훈아, 지금 너 거기 어디야? 이태원에 압사 사고가 났다는데 전화를 왜 했냐니? 우리 아들 괜찮은 거지."

마침 옆으로 다가오던 동원이 전화기를 뺏어 들었다.

"무슨 사고가 났대요? 게임방에 들려서 핼러윈 데이 간다는 게 거기서 깜빡 잠이 들었어요."

"부모가 걱정하는 줄도 모르고 속 편한 소리 하고 있네. 자식이란 것들은 다…. 셋이 다 같이 있는 거야? 그런데 은율이는 왜 전화를 안 받아서 고모를 그렇게 몸달게 하니?"

"은율이 휴대전화 배터리가 다 되었는데 지금 바로 제 폰으로 전화하라 할게요."

"알았다. 별일 없으니 됐다. 우리가 안 가봐도 되겠지? 몸조심하고 쉬어라."

동원이 전화를 끊는다. 동원의 눈가에도 정현의 눈가에도 이슬방울이 맺혔다.

동원과 정현은 남들이 보는 줄도 모르고 얼싸안고 펄떡펄떡 뛰었다.

얼마나 애가 닳던 악몽 같은 밤이었나.

코카콜라 더글러스 태프트 전 회장은 하루의 소중함을 알고 싶으면 아이가 다섯 딸린 일용직 근로자에게 물어보라. 일을 할 수 있는 하루라는 시간이 얼마나 중요하냐고 했다는데 어제 같은 밤은 다시 겪고 싶지 않다.

"이제 배가 고프네. 별일 없으니 여기서 식사하고 집으로 돌아가지."

둘은 콩나물 해장국을 같이 시켰다. 밤을 새워서 입이 다 부르트고 혓바늘이 돋아 국물이 참 시원한데도 넘길 수가 없다. 그때 스마트폰이 울렸다. 고모였다.

"언니, 은율이와 통화했어요. 영석이가 게임방에 들렀다 가자고 해서 게임하다가 핼러윈 데이에 가지 못했대요. 저희끼리는 애써 만든 잭오랜턴을 써보지도 못했다고 영석이를 구박했다는데 얼마나 다행인지. 게임이 애들을 살렸네요."

말하는 중에 울먹울먹한다. 왜 아니 그러겠는가. 속도위반해서 눈총받으며 오빠보다 먼저 결혼했는데 두 번이나 유산하고 4년 후에 명훈보다 1년 후 태어난 아이가 은율이다.

고모가 전화를 끊더니 금세 또 스마트폰이 울렸다.

"언니, 오빠가 준 책에 사이몬튼 요법이라는 게 있었어요. 칼 사이몬튼 박사가 텍사스대학 종양 방사선과에 근무할 때 마인드 컨트롤을 통해 암 환자를 낫게 한 방법이래. 암 환자에게 몸 안에서 암세포를 잡아먹는 상상을 하게 함으로써 암세포를 없앴다는 이야기예요. 상상 훈련을 실천한 사람들의 평균 수명이 2배 이상 연장되었다네요. 좋은 생각을 하면 몸에 좋은 화학물질이 생겨 건강에 좋은 영향을 끼친다고 하는 이론이지요. 언니도 많이 놀랐을 테니 청심환이라도 드시고 좋은 생각하시며 건강관리 잘하세요. 오빠도 이 사이몬튼 요법 잊지 않게 전해주시고요."

"역시 동기간밖에 없어요. 내가 매일 영석이랑 어울리는 거 못마땅해 했는데…. 이태원으로 출발했다가 명훈이 전화 받고 곤지암에서 아침 먹고 있어. 별일 없으니 먹고서 집으로 내려가려고. 아가씨도 걱정 그만하고 얼른 아침 식사해요."

아마 분명히 둘이 싸웠을 거라 생각하고 지혜로운 고모가 중재 차 다시 한 전화했으리라는 생각이 들었다. 동원도 쑥스러웠는지

"해장국이 참 맛있네. 이래서 모든 게 마음먹기에 달렸다고 일체유심조라고 하나 봐. 잘못되었으면 지금 밥이 입으로 넘어가? 정말 아찔한 순간이었어. 다친 아이들이 많지 않아야 하는데…."

동원은 그제야 목소리 톤이 진정된 것 같았다.

정현은 전화를 받고 나서 삶이란 참 알 수 없다는 생각이 들었다. 게임 좋아하는 영석이와 어울려서 S대에 못 갔다고 그 애랑 어울리는 것을 얼마나 질색했는데 그 애 덕분에 살아났다니 참 인생이란 알 수가 없다.

오래간만에 둘이 부부싸움도 하고 묵언을 하다 보니 집에 도착했다.

별일 없다는 게 이렇게 고마운 줄을 한동안 잊고 살았다. 정현은 집에 들어서다 벽에 걸린 가족사진에 눈물이 왈칵 쏟아졌다.

정현은 그대로 쓰러져 잠들었다가 햇살이 얼굴로 쏟아져서야 일어났다. 악몽을 꾼 듯 지독한 밤이었다고 생각하며 텔레비전을 트니 이태원 사건이 일파만파가 되어 행방불명자와 상해를 입은 학생이 부지기수로 늘어나고 있었다. 차마 더 볼 수가 없어서 텔레비전을 꺼버렸다.

『논어』의 "익자삼우(益者三友), 손자삼우(損者三友)"란 말을 정현이 기억하기에도 몇 번은 명훈에게 한 것 같다. 영석이가 편벽하게 게임에 빠져 너를 꼬드기니 영석이와 놀지 말라고 한 것이다. 영석이도 자기 집에서는 귀한 아들이고 손자일 텐데….

이런 일을 꿈에도 모르고 내 자식에 나쁜 영향 끼칠까 봐 거리를 두라 했으니 정현은 더 미안하고 목에 가시가 걸린 듯 양심에 걸린다.

S대가 뭐라고, 거기 나와서 노는 아이들도 많은데. 사실 영석이가 명훈이보다 키도 크고 허여멀끔한 것까지 미워하며 그 애를 속 빈 아이같이 봤으니. 참척의 아픔을 겪지 않게 한 영석이야말로 은인인데…. 정현은 이제야 그런 생각을 하는 자신이 참 이기적이고 이렇게까지 속물이었나 싶다. 정현은 네가 내 자식을 살렸다고 영석 앞에 무릎이라도 꿇으며 절하고 싶은 심정이다.

문자를 봤는지 일요일인데도 컴퓨터 기사가 방문했다. 정현은 명훈이 일로 정신이 없어서 컴퓨터 고장 난 것을 깡그리 잊고 있었다. 그래도 단골이라고 휴일에 기사가 방문해 주니 너무 반가웠다. 기사가 이리저리 마우스를 가져가고 컴퓨터 본체와 연결된 선을 뺐다 끼웠다 한다.

정현은 그사이 안방에서 문갑을 열어보았다. 마침 비상금 칠십만 원이 있다. 자영이 하루 종일 랜섬웨어 고치고 백만 원 주고 복구했다는 생각이 났다. 너무 적은 것은 아닌가 생각하며 흰 봉투에 그것을 넣었다. 한 시간이 지났을까 싶었는데 기사가 다 되었으니 해보라고 한다.

이게 웬일인가. 랜섬웨어로 다 사라졌다고 한 자료가 그대로 살아있었다. 놀라웠다. 고향 지인인 컴퓨터 사장이 가장 실력 있는 기사라며 직장 다닐 때부터 보내주던 기사였다.

아무리 실력이 출중해도 한 시간 만에 이렇게 말끔히 고칠 수가 있나? 어제 명훈이 무탈한 것만 해도 감사한 일인데, 컴퓨터까지 멀쩡하다니 내가 전생에 나라를 구했나? 정현은 뛸 듯이 기뻤다.

"감사합니다. 참 대단하세요. 랜섬웨어를 이렇게 빠른 시간에 깨끗하게 고쳐주시고…. 얼마 드리면 되죠?"

수리비가 얼마인지 물었다.

"사장님께서 별말씀 없으셨는데요. 그냥 놔두세요. 랜섬웨어는 아니고…."

"아니, 휴일에 한 시간도 더 애쓰셨는데 그냥 놔두라니요? 경우가 아니죠."

정현은 그의 말을 자세히 듣지도 않고 돌아가는 기사에게 억지로 봉투를 쥐여주었다.

명훈이 별일 없는 것만 해도 고마워서 다른 것은 포기하기로 했었다. 사람이 뒷간 갈 때 마음과 올 때 마음이 다르다고 하더니, 정현은 어제 접수 못 해 눈앞이 캄캄하던 순간이 선명히 떠올랐다.

'명훈을 이렇게 무탈하게 해주셨는데 그것까지 욕심내면 벌 받아. 아니야. 그것과 이것은 아무 연관도 없는 별개야….'

갈팡질팡하면서도 이스트 넣은 빵 반죽처럼 부푼 욕망이 정현의 손을 마우스 위로 이끌었다.

딩동. 접수되었습니다. 문자가 스마트폰에 찍혔다.

아, 지옥 같던 밤이 완전히 복구되었구나. 이제 내 사전에 지독한 밤은 없다. 모두 다 삭제다. 정현은 독립 만세라도 부르듯 두 손을 치켜들었다.

정현은 문학모임에 참석한 후 문우들과 차 마시는 시간을 가졌다. 한 문우가 그제 밤에 안랩이 문제를 일으켜 컴퓨터가 한참이나 작동이 안 되었다고 한다. 그 자리에 있던 다른 문우들도 자기도 그랬다고 맞장구를 쳤다. 이야기를 들어보니 그 시간에 컴퓨터를 켜고 있던 사람들이 다 겪은 것 같다.

"랜섬웨어가 아니고 안랩이 장애를 일으켰다고요?"

정현은 컴퓨터 기사가 나가며 랜섬웨어가 아니라고 하던 말이 이제야 인식되었다. 자신이 멀쩡한 헛똑똑이라는 생각이 다시 들면서 참으로 한심했다.

이걸 어쩌나. 랜섬웨어라는 확증편향증으로 사양하는 손에 억지로 쥐여주었으니 인제 와서 달라고 할 수도 없고….

공자는 근심하지 않고 두려워하지 않으면 군자라 했는데 정현은 스스로 소인배임을 인정하지 않을 수가 없었다.

텔레비전에서 이태원 압사로 백오십팔 명의 사상자가 발생했다며 앵커가 분통을 터트린다. 장난삼아 휘리릭 섞었다가 뽑아 든, 무장한 해골 형상의 메이저 아르카나 13번 카드가 불현듯 떠오른다.

이영희

『한맥문학』 수필 등단. 26회 『동양일보』 소설 당선. 제9회 직지소설문학상, 충북수필문학상 외. 2022 한국소설가협회 신예작가. 장편소설 『비망록, 직지로 피어나다』, 소설집 『메이저 아르카나 13번』, 수필집 『칡꽃 향기』, 『정비공』

식자우환(識字憂患)

정순택

"선생님! 종보(宗報) 읽으셨겠지요."

"그럼요."

"이상하지 않았어요?"

"걱정하고 있습니다."

일면식도 없는 부인이었다. 어찌 알았는지 전화로 제사(祭祀)에 대해 몇 가지 물어 아는 대로 대답한 게 꽤 되었다. 그 후로 거의 잊었는데 선대에 부마공이 있어 그분에 따른 유물을 대대로 집에서 보관했으나 후대에 잘 관리한다는 보장이 희박하다고 생각되어 박물관에 기증하자, 박물관에서는 학술대회 하며 도록을 출판하여 문중 몫으로 배정받았는데 그중에서 보내주고 싶다는 전화였다. 감사히 받았다.

사람들은 모든 것을 돈으로 계산하고 어찌하든 환금하여 자기 것으로 만들고자 한다. 희귀한 유물 천 점이 넘었다고 하니 임자 잘 만나면 한재산 될 법 하련만 부마공과 인연이 깊다고 생각되는 곳에 기증하여 두루 알리는 길을 택한 뜻이 거룩하다고 생각되었다. 종보 발행할 때 투고하면 좋을 것 같아 연락했다. 선뜻 응할 때까지는 좋았는데, 일부분의 오류를 지적하고 나오자 난감하기 그지없었다.

종시(宗是)

보본지성(報本之誠) 태어나거나 자라난 근본을 잊지 않고 은혜에 정성으로 보답하고

목족지의(睦族之誼) 같은 겨레끼리 화목하게 지내며

자손지계(子孫之計) 자손을 위해 세운 계획으로

흥복지책(興復之策) 약해진 힘이나 세력이 다시 강해진다

"종시 번역이 이상해요. 종시라는 단어는 잘 쓰지 한참 생각했어요. 사전에도 없었는데 국시(國是)는 있더군요. 유추가 되었어요. 나라의 근본 방침이듯이 종중이 나아갈 지침이라고 생각되어요. 그렇다면 그에 맞게 간단명료히 번역하는 것이 바람직할 것인데 너무 산만하고, 그 뜻마저 바로 알려지지 않은 것 같았어요. 그래서 생각해 봤는데요, 글씨 쓰임으로 봐 지(之)는 어조사로 앞과 뒤를 연결하는 '의'로 해석되어 보본(報本)의 성(誠), 목족(睦族)의 의(誼), 자손(子孫)의 계(計), 흥복(興復)의 책(策)일 것입니다. 그에 따라 해석하면 '근본에 보답하는 정성으로, 종족을 화목하게 이끌어, 자손의 계책으로 삼아, 다시 일으킴의 책략으로 한다.' 정도일 것 같습니다. 제가 잘못 보았는지요."

"아니오, 잘 보셨습니다. 간단명료한 문구이니 번역도 그에 맞게 해야겠지요."

"혹시나 싶어서 전화했어요. 이왕 전화했으니 궁금한 것을 더 물어보고 싶은데요."

"그렇게 하셔요."

"아주 오래전에 온 가족이 성주의 산소에 참배차 갔었습니다. 그때 비석 뒤에 쓰인 글을 보았습니다. 손자께서 천장하였다고 쓰인 것으로 기억되는데 종보에서는 둘째 딸을 출산하기 위하여 친정에 내려왔다가 출

산후유증으로 그곳에서 운명하였고, 그래서 그곳에 있다고 하였습니다. 제가 보았던 비문의 내용과 차이가 있는데 제 기억이 잘못된 것인지요."

수돌은 부인의 정확한 말에 얼굴이 화끈 달아오름을 느꼈다. 성주 산소의 주인공은 고려 말 고위직에 있던 분의 정부인인데 오래 살지 못하고 아들을 얻지 못한 채 30대쯤에 유명을 달리하신 것 같았다. 족보에 후취 소생 아들과 딸 두 분이 수록되었는데 딸은 전·후취에 대한 것은 밝히지 않았으니 둘째 출산 후유증으로 졸(卒)했다는 글도 상상이라고 할 수 있었다. 또한 산소가 1752년 시초 발행된 족보에는 언급되지 않았다. 실전(失傳)했기 때문일 것이고, 조선말에 우연히 찾아 그 뒤 족보 재발행했을 때 문구가 정확히 덧보태졌더라면 좋았을 것인데 처음 발행한 것을 답습하였던 듯, 그 산소에 대한 문장은 없었다. 그런 것을 바로잡을 겸하여 종보 발행하며 다룬 것은 잘 되었지만, 내용이 정확한 근거에 입각하지 못한 듯하여 유감천만으로 이런 질문에는 얼버무릴 수밖에 없었다.

또한 개성에서 출산하기 위해 성주로 갔다는 것도 가능한 일인지 생각해 볼 일이었다. 가족이 단출하여 산후조리 담당할 수 없을 때 보통 손쉬운 친정의 도움을 받지만, 사대부가이고 벼슬살이하였는데 보살필 사람은 넘쳐났을 것이다. 거리가 멀어 만삭인 몸으로는 아주 오래 걸려야 할 길을 출산하기 위해 움직이는 일은 상식적으로 이해가 좀 안 되었다.

그분의 남편과 후취는 개성에 함께 묻혔다. 고려에서 조선으로 바뀔 때 주인공을 알리는 표석을 보면서 광분되었던지 무덤이 파헤쳐졌다. 그분은 문화시중으로 흔들리는 공민왕을 잘 보필하였다고 기록되어 있는데 천지개벽할 때는 앞뒤 안 가리고 저지르는 군중이어서 화를 당했었다. 세월이 흘러 잠잠해지고 두근거리는 가슴을 안고 찾았을 때 눈이 휘둥그레져 복원하고자 지푸라기라도 잡으려 했으나 흔적마저 없어 문적(

文籍)으로만 남겼다. 전취는 다행히 화를 면하였다. 혹시 하는 생각으로 안전히 모시고 싶어 천장한 것 같았다. 모진 풍파 겪으면서 소원해지다 망각하고 살았는데 사냥꾼이 비석에 쓰인 글을 읽고 후손에게 알려, 문중에 가장 윗대의 무덤으로 성지와 같은 곳이 되었다.

"저도 그렇게 알고는 있습니다만."

"또 있어요. 말씀해도 되지요?"

"이왕 시작된 것이니 속 시원히 말씀하시지요."

"산소 화보의 소개 글에 전부인(前夫人)이라고 했는데 많이 걸립니다. 같은 여자의 입장에서인지 더욱 그런 느낌이 듭니다."

"바른 어휘는 아닌 듯도 합니다."

"부인(夫人)은 남의 안내를 높이는 말인데 후손이 쓸 수 있는 것인지 의심이 갔고, 통상 '전취(前娶)', '후취(後娶)' 정도로 칭하는 것으로 알고 있습니다. 그분은 전취이고 우리 문중은 전부 후취의 손이라고 알고 있습니다. 맞지요."

"예."

"우리에게 피를 물려주신 분을 본부인하고, 그 앞의 부인 정도로 쓰인 것 같아 꺼림칙합니다. 또한 전취나 후취 모두 본부인인 것을 후취만 본부인으로 삼고 전취는 본부인의 앞의 부인으로 칭한 느낌인데 이는 시정되는 것이 마땅하다고 생각됩니다."

"지적받을 만합니다."

"계유정란의 화를 어디서 인용했는지는 모르겠지만 족보와는 거리가 많은 것 같았습니다."

"알고 계셨군요."

1453년(단종 1년) 음력 10월 10일, 세종대왕의 둘째 아들 수양대군이 왕권 찬탈한 것을 계유정란이라고 한다.

세종대왕은 말년 오랫동안 병약하여 세자인 문종이 업무를 대신하였다. 7년의 경험을 살린 문종은 왕좌에 올랐을 때 순조롭게 정사를 펼쳤으나 허약한 몸이어서 25개월 만에 붕어하셨는데, 그동안 둘째 아우 안평대군과 뜻을 같이하였다. 바로 밑의 수양대군은 괄괄한 성격에 무인들이 따랐고, 안평대군은 형들과 달리 강건하고 지적이어서 문인들의 칭송이 자자하여 문종을 보필하는 데 적임자였기 때문이었다.

야심 많은 수양대군이었으나 아버지 세종대왕과 형 문종은 자기보다 아우인 안평대군에게 쏠려 있었다. 세종대왕은 어린 손자가 왕위에 올랐을 때 괄괄한 수양대군이 걱정되어 중신들에게 잘 지켜줄 것을 당부까지 하였다. 말은 퍼지게 되어있어 그런 말을 들을 때 마음이 편치가 않았었다. 가만히 있는 사람을 들쑤신 격이 되어 주위에서 부추기며 충동질하였다. 이대로 있다가는 영원히 사냥이나 하며 지내야 할지도 모른다는 말이 마음에 걸렸다. 주먹을 불끈 쥔 수양대군은 단종이 왕위에 오르고 5개월 만에 거사했다. 대권을 잡은 수양대군은 거사 후 8일 만에 안평대군에게 사약을 내렸다.

안평대군은 고려 말 문화시중 하신 분의 손서(孫壻)였다. 그분은 외아들을 두었고, 손자가 둘인데 둘째 손자의 사위였다. 계유정란에 사사된 분의 처가가 화를 입을 만도 한데 아무런 영향 없이 무사히 넘겼지만, 첫째 손자는 달랐다.

문화시중 첫째 손자는 5형제, 둘째 손자가 4형제였다. 그중 첫째 손자 측에서 계유정란의 화를 입었다. 둘째, 셋째, 다섯째인데 부자가 연루된 셋째는 멸문지화를 당하여 자손이 없었고, 나머지는 본인으로 그쳤느니 후손들의 벼슬살이가 족보에 나와있었다. 이를 살피면 아래와 같았다.

둘째는 원평부사로 4형제를 두었는데 그 중 둘째가 첨지(僉知) 벼슬을 하였으나, 계유정난에 연유되어 다음의 글을 남겼다. “갑술이계부효전

연좌안치적몰재산[甲戌以季父孝全緣坐安置籍沒財産, 단종 2년 1454 계부(막내 작은아버지) 효순에 연좌되어 안치되고 재산이 적몰되다.]”

셋째는 외아들과 같이 계유정난에 화를 입어 멸문지화를 당하고는 아들에게서 다음의 글로 이를 아렸다. “단종계유이안평대군연좌부자속보성관노갑술병수명교 현종신해부자구향우영월조사단[端宗癸酉以安平大君緣坐父子屬寶城官奴甲戌並受命絞. 憲宗辛亥父子俱亨于寧越朝士壇, 단종 계유년(1453) 안평대군에 연좌되어 부자가 보성 관노에 속했다가 갑술년(1454) 함께 교살의 명을 받다. 헌종 신해년[1] 부자가 함께 영월의 조사단에 배향되다.)]”

다섯째가 계유정난에 화를 입고 상황설명 했다. “태종제사녀숙정옹주봉일성위숭덕대부병조판서겸팔도진무사일성부원군 단종갑술금부계왈정효전이도진무청란지일부예삭시위우익일칭병재가청안율정죄정효전기증물고참관재산적몰공지종재계유시월[太宗第四女淑貞翁主封日城尉崇德大夫兵曹判書兼八道鎭撫使日城府院君. 端宗甲戌禁府啓曰鄭孝全以都鎭撫靖難之日不詣闕侍衛又翌日稱病在家請按律正罪鄭孝全已曾物故斬棺財産籍沒公之卒在癸酉十月 태종 제 사녀 숙정옹주, 봉 일성위 숭덕대부 병조판서 겸 팔도진무사 일성부원군. 단종 갑술(1454)[2] 금부가 열리고 논의되어 ‘정효전으로서 도진무를 맡게 하여 난국을 수습하자는 말에 명했는데’, 그날 나타나지 않고 임금을 시위했으며 또한 다음 날 병을 칭하고 집에서 있었다. 정효전은 거듭하여 몸으로 뜻을 나타냈으니 법을 바르게 하기 위해 죄를 물어야 한다는 진정서가 있어 목을 베고 재산을 몰수하여 공은 계유(1543) 시월에 죽다.)]

---

1 헌종 신해년: 헌종에는 신해(辛亥)가 없음. 기해(己亥, 1839)이거나 신축(辛丑, 1841)의 오기일 듯.

2 단종 갑술: 계유정난 다음 해이므로 오기임.

> 태종의 부마인 다섯째 아들은 안평대군과 뜻을 같이하면서 모두 죽임을 당하거나 가산을 몰수당하고 관노로 또는 삭탈관직 되어 멀리 귀양 갔다. 그 후손들은 오랜 세월 죄인으로 살아야 했기 때문에 대가 끊기거나 곤궁하여 번창하지 못하였다. 이에 반해 안평대군의 처가는 권담(권람의 사촌)과 신중수(신숙주의 형)의 친수양대군 사람들이 사위인 까닭에 그 연으로 계유정난의 화를 면할 수 있었다.

안평대군 자신이 사위였다. 안평대군 처가의 사위가 수양대군 사람들 아우와 4촌으로 어떠한 영향을 끼쳤는지는 모르지만 남겨진 문헌을 수돌은 아직까지 보지 못했다. 조상들은 후대에 알았으면 하는 사항을 글로 남겼다. 또한 어떤 사안은 구전으로 전할 수 있으나 문서에 비하여 정확성이 떨어질 것이다. 글자가 한 번 쓰이면 변화가 없으나 말은 특성상 전하면서 덧보태지거나 빠지기 예사이다. 그래서 구전은 참고로 그치는데, 단정한 것 같았다. 이러거나 저러거나 족보와 달라 퍽이나 혼란스러웠는데 지적받게 되어 '알고 있었소.' 하는 정도로 말을 끝냈으나 마음은 가슴에 큰 돌을 안은 것 같았다.

"그런데요. 궁금한 게 있어요."

"무슨?"

"교정 안 본 것 같아요."

"그럴 리가, 보았겠지요."

"그렇다면 바로 잡았어야지요."

"그렇긴 합니다만."

"혹시 선생님이 하신 것은 아니지요."

"제가요?"

'어느 학교 출신이오?' 하는 소리를 들을 때마다 당황하고 머뭇거리는 수돌이다. 안 다닌 학교를 끄집어 댈 수는 없어 무학(無學)이오. 하면 모르는 사람은 그럴 리가 하지만 사실이었다. 의무교육으로 바뀐 국민(초등)학교에 조금 다니다 중간에 포기하고는 졸업장은 자기와는 무관하다고 생각하여 아예 남의 일로 여겼다. 눈을 뜨면 다행이라는 생각이었으니 학위는 남의 일로 생각하며 사는 동안 공적인 장소에 나선 적이 없었고, 누가 맡기려고도 하지 않았다. 그런 처지에서 혹시 하는 소리를 들으며 적이 당황 되었다.

"아니 왜요?"

"저한테 그런 중요한 일은 맡기지 않아요."

"적임자 같으신데요."

총기(聰氣)와는 거리가 먼 수돌이었다. 사람들에게 바보로 낙인찍힌지 오래되었다. 조금 아는 것 같으면 눈이 휘둥그레지기 일쑤였다. 그런 것을 모르고 선생님이라는 극존칭으로 불리는 것 하나만으로도 영광이었다. 그러나 한자로 쓰인 문장 보는 것은 누구만큼 할 수 있어서 어찌 보면 적임자일지도 모르겠다. 여사는 그것을 말하고 있으나 수돌을 안다고 하는 사람이 들으면 웃을 일이었다.

"글쎄요?"

"선생님! 한자가 아닌 한문을 아시잖아요."

"예. 조금은 압니다."

"지금 한자 아는 사람은 있으나 한문 아는 사람 드물어요."

하늘 천(天) 땅 지(地)하는 천자문 모르는 사람은 없을 것이다. 그 책은 4자로 이뤄진 250개 문장이고, 마주 보아 서로 어울리는 대구(對句) 형식의 시문이다. 그리 따진다면 네 자로 이루어진 시문, 즉 대구의 사언시(四言詩) 125개 문장이다. 구조가 산문 같지 않아 난해하여 건너뛴 채 뜻은 뭉뚱그려 알리고 글자를 배우기 위한 가장 기초적인 책자 정도로 이해한다. 천 개의 글자로 이뤄졌으니 그리 간단히 생각한다. 줄줄 외우는 동안 설명은 못 해도 스스로 터득되는 방식으로 알아가던 옛날과 달라 실질적으로 아는 것이 힘든 책이다.

한글은 띄어쓰기를 하지만 한문은 죽 연결되어 쓴다. 단어들이 유기적으로 연결된 문장의 한문은 하나하나의 어휘 찾아내어 품사들을 구분할 때 이해되어 고개가 끄덕여진다. 그 과정이 만만치 않아 한글세대는 보통 한자에서 머무르므로 한문을 아는 사람은 드물다고 말하는 것이다. 부인의 깊이가 느껴졌다.

"거의 한자에서 그치고 있는 것을 말하시는 것이지요."

"예. 그리고 우리 조상들의 삶이 한문으로 남겨졌으니 조금이라도 알려면 그 글을 읽고 이해할 수 있어야겠지요."

"그렇겠지요."

"종보에서 조상이 이러저러하다는 글을 쓸 때는 반드시 문헌에 따라야 할 것입니다. 말은 입을 떠나는 순간 사라지지만 문자는 한번 생산되면 영원한 것이어서, 구전을 전할 수는 있으나 오류가 아니라는 보장이 없으니 조심해야 하는 것이 마땅합니다. 만약 들어 알은 것이 엉뚱한데 이를 모르고 투고한다면 그 글이 파생되어 이는 책임은 누가 져야 합니까?"

"그래서 글을 쓸 때는 심사숙고하는데, 종보 읽고는 걱정을 태산같이 하고 있습니다."

"임진왜란의 1등 공신은 이순신, 원균, 권율 세 분입니다. 그런데 원균 장군 같은 경우는 단 한 번의 패배(원균 장군은 출전하면 승리하지 못한다는 분석 끝에, 이길 여건 갖출 시간을 요구했으나 명령에 불복한다고 전라관찰사 관아로 불려가 부하가 보는 가운데 곤장까지 맞은 후 명령하여 어쩌지 못하고 출전한 결과임)를 침소봉대(針小棒大)한 문제의 글들 때문에 엉뚱하게 평하고 있는 것 하나만을 보아도 알만합니다."

"이순신 장군의 무용을 기리는 것은 좋은데, 상대적으로 평가하는 습성에 용감무쌍한 장군의 업적을 깡그리 무시하고 있는 현실이 안타깝습니다."

"글이 생산되어 유통되면 그를 인용하여 재생산되는 것이라서 작가는 항상 조심스럽지요. 실수하지 않겠다고 눈에 불을 켜도 100%는 없는 것이라서 교정은 필수인데 그런 과정을 거치고도 여전하다면 문제의 씨앗이 되어 어찌 될지는 아무도 모릅니다."

"바른 지적이십니다."

"식자인 선생님이 자원이라도 하셨어야지요."

"저는 알고 있지만 제가 나설 처지가 못 돼서 그랬습니다. 저는 학교를 안 다니다 보니 여사님만 빼고 모두 무식꾼으로 여깁니다. 만약 제가 나섰다면 웃음거리만 되었을 것입니다. 하여튼 좌시한 것은 사실이니 죄송할 따름입니다."

수돌은 어느 한 과정을 마쳐 졸업한 증거, 즉 졸업장 한 장이 없었다. 옛날 서당에서 책 한 권을 마치면 하던 책거리마저 해보지 않았다. 집에서 아버지에게 혼자 배워서 그런 행사할 필요가 없기도 했지만 그보다는 시작했으나 끝냈다고 선언한 기억이 없어서 그랬을 것이다. 하여튼 수돌은 배웠다고 내세울 만한 것이 조금도 없어 모두들 어느 학교 어쩌고저쩌고하면 자연히 고개 숙여진다.

가방끈의 길이로 사람을 인식하려고 한다. 길이가 같으면 유명의 정도를 따져 가름한다. 생활하며 알아지는 것은 무조건 도외시하고 본다. 암기력이 떨어져 항상 제자리걸음이어서 중도 포기한 수돌은 항상 무식꾼이다. 알아주지 않으면 가만히 있어야지 괜히 나서보았자 설 자리 찾지 못해 머쓱해지고 만다.

"선생님이 죄송할 거야 없지만, 사람들은 몰라도 너무 모르는 것 같습니다. 가방끈이 길어도 빈 머리가 많습니다. 특히 우리의 전통에 대해서는 선생님만 분을 저는 못 봤습니다."

동방예의지국을 스스로 내건 우리는 예의를 으뜸으로 삼았다. 그중 네 가지는 필수적이라고 하여 사례(四禮)라고 하였다. 성년이 되면 관례를 치르고, 짝을 찾으면 혼례로 한 가정을 이루고, 생을 마치면 상례에 따라 하늘나라에 가고, 후손은 조상을 기리는 제례를 치르며 맥을 이어 나갔다. 그런데 외래 문물이 들어오면서 관례는 사라지고, 혼례는 유럽의 그리스도식이 신식이라는 미명하게 둥지 틀었고, 상례는 어정쩡하게 넘기며, 제례는 대대로 하던 방식을 찾으려는 마음은 있으나 아는 데 한계가 있어 혼란스러워한다. 밤에 식구끼리만 치를 경우는 어찌하든 괜찮겠지만 시제일 경우는 달라서 우왕좌왕하기에 십상이다.

맥을 바로 잇고 싶은 여사 같은 사람은 수돌처럼 전통에 능한 사람을 찾는다. 책자가 있으나 절차 하나하나 따라 하다 보면 답답해지기에 십상이다. 수돌은 경험으로 척하면 입맛 다시는 것을 알아 대답하는 사이 속 시원해져 최고로 생각된다는 여사의 말이었다.

"글쎄요! 우리 조상들이 살았던 것은 조금 아나, 그 외에는 도통 아는 게 없으니 내세울 만한 것이 하나도 없습니다."

자고 나면 바뀌는 세상에 수돌은 따라가지 못하여 아예 포기한 지 오래되었다. 마구 달려도 남이 보면 제자리걸음이었다. 그리 헉헉대며 따라간다고 한들 만족하기보다 더욱 느끼는 갈증이었다. 행복 추구권과 멀어지는 느낌에 모두 버리는 쪽을 택하면서 아예 모르는 쪽으로 가닥 잡았다. 그저 웃으며 살면 되는 것으로 알았다.

"모르겠습니다. 학력이 높다고 해서 선생님처럼 질문에 막힘없이 대답하는 분은 흔치 않기 때문에 저는 최고의 지식을 겸비한 분으로 보는데 무식꾼이라고 하시니 적이 당황됩니다.”

“사실을 그대로 밝히고 있습니다.”

“선생님! 몇 나라말을 자유자재 구사하여 외국을 손바닥 들여다보듯 하는 것보다 선생님처럼 우리 것에 해박한 것이 사는데 으뜸 아닌가요.”

“여사께서 보는 관점이지만 사람들은 그렇지 않아요. 나 같은 사람은 고리타분하다고 해요. 흐름에 따라야 하는데 지난 것만 따지다가 뒤처질 뿐이라고들 하잖아요.”

“한 가지만 더 말씀드리지요.”

“그러셔요.”

“다름이 아니고 투고자가 저만 며느리여서 그랬겠지만 소속(지파) 없이 성명만 있어 마음이 상했어요. 저는 남편이 누구라는 것을 밝히기 바라서 모(某)의 미망인이라 했는데 왜 앞이 빠졌는지 모르겠어요.”

“남과 다르다는 것은 장점이라도 마음에 걸리는 법이지요. 그런 것을 감안했으면 좋았을 것을, 제가 대신 사과드릴게요.”

“선생님 사과받자고 전화한 것은 아니어요. 며느리도 한 집안의 일원이 잖아요. 그런데 달리 표현되다 보니 언뜻 보면 남의 글처럼 된 것이 걸려서 가만히 있지 못하고 저질렀어요. 언짢으셨어도 이해하셔요.”

“언짢기는요. 모든 지적이 정당하시니 감사할 뿐입니다.”

“안녕히 계셔요.”

“예, 건강하셔요.”

수돌은 왜 글을 배웠나 하는 생각이 절로 들었다. 이럴 줄 알았다면 아버지께서 걱정하시더라도 처음부터 외면하여 무식꾼으로 살며 배부를 때 배나 두드리고 흥얼대었으면 마음고생은 면했을 것 같았다. 그때는 자신도 모르는 것이 싫어 조선조 시인 김득신처럼 읽고 또 읽어 조금씩 알아지면서 기쁘기도 하였는데 결과적으로 이렇게 가슴이 답답해 올 줄은 미처 몰랐었다. 이런 것을 이미 아신 아버지께서는 식자우환이란 말을 하시면서 그래도 눈은 떠야 죽인다고 쓰인 글 정도는 알 것 아닌가 하시었다. 정말 글자 깨칠 정도면 충분한 것을 욕심이 지나쳤던지 김 시인처럼 완성의 단계에는 이르지 못했어도 쓰인 글의 뜻을 알기에는 넉넉하다 보니 오류가 금방 가슴에 와 닿았다.

수돌은 암기력이 떨어진 것과는 달리 예민한 느낌의 소유자였다. 그도 둔했으면 조금 이상한 글을 읽으면서도 느끼지 못하여 그저 넘겼을 것인데 누구보다도 빨리 가슴에 와 닿았다. 무언가 싸한 느낌을 주위에 알리기라도 하면 무슨 소리냐며 뚱딴지같은 소리 그만하라고 지청구는 예사였다.

수돌은 알아듣거나 말거나 알려주는 것을 의무 정도로 생각할 때도 있었지만 쇠귀에 경 읽기가 되어 모두 흘려버리는 것을 보고는 생각을 달리했다. 사람은 제각기 자기 역량대로 살아가는 것을 간섭하려고 했던 모양이었다. 괜히 손가락질당할 필요가 없다는 것을 뒤늦게야 알게 되었다. 그런 후부터는 가능하면 표현하지 않고 혼자만 알고 빙긋 웃고 말았다. 그저 바보로 사는 쪽을 택하면서 마음이 퍽이나 편하고 좋았다. 그런데 부인의 전화를 받았다. 무언가 하기는 해야 할 것 같았는데 어떻게 해야 하는지는 난감한 문제였다. 생각할수록 등줄기가 후줄근해졌다.

"너는 누구를 닮았는지 모르게 암기력이 없구나."

"…."

"하도 그렇다 보니 주위에서 돌 같은 사내, 즉 수돌이라 부르는 것을 그대로 이름으로 지었는데 네가 달라지기를 바라면서 그랬던 것이다."

"…."

"옛날 너와 비슷한 분이 있었다. 선조 말에 태어난 김득신(金得臣)이란 분인데, 임진왜란의 진주성 전투에서 벌떼처럼 밀려드는 왜군을 막다 힘이 부족하여 장렬히 전사하신 김시민 장군의 손자이셨다. 경상감사의 아들로 태어나 열병을 앓은 후 암기력이 떨어져 10세에 공부 시작하여 39세에 진사시에 합격하였으며, 59세에 과거에 급제하셨다. 그분은 책을 읽어도 금방 잊어버렸으나 포기하지 않고 만 번을 읽어서라도 끝내 외우고는 그를 기록하여 남겼는데, 36편에 이르렀다. 백이전 같은 경우는 1억 1만 3천 번 있었다고 하니 그 끈기 하나만은 타고났었기에 가능했을 것이다. 하여튼 완전히 암기될 때까지 읽고 또 읽었고 글의 완성이라 할 수 있는 시를 짓기에 이르렀다. 자연과 삶에 순응하는 내용으로 퍽이나 아름다워 많은 사람의 마음을 움직였다. 그분은 81세에 졸하시면서 당신의 묘비명에 아래와 같이 밝혔다."

(재주가 남만 못하다고 스스로 한계를 짓지 말라. 나보다 어리석고 둔한 사람도 없겠지만, 결국엔 이룸이 있었다. 모든 것은 힘쓰는 데 달렸을 따름이다.)

아버지의 간곡한 말씀에 힘을 얻은 것은 사실이지만 숱한 사람들의 이런저런 말에 마음고생이 이만저만이 아니었다. 사람들의 수군거리는 소리가 들리지 않았으면 좋겠는데 왜 그리도 잘 들리는지 가슴으로 파고들었다. 뿐만 아니고 옳은 말이라도 그까짓 게 무얼 안다고 하는 식으로 받아들이는 통에 황소처럼 눈만 끔벅이며 살아야 했다. 참고만 있는 것이 사람으로 살면서 결코 간단한 일이 아니었다. 그에 한술 더 떠 모르면 시키는 대로 하라는 등 아예 무시하며 대하는 통에 관계 자체가 싫어졌다.

하여튼 알아지는 재미가 쏠쏠하여 가르쳐주시던 아버지께서 하늘나라에 가신 후에도 혼자서 꾸준히 이어나갔다. 배움이 꼭 주위에 알리기 위한 수단은 아니어서 김득신은 진사시 등 과거의 제도가 있어 공부한 것을 증명할 수 있었으나 21세기 자유업에 종사하는 수돌 같은 처지에서는 남에게 알릴 길을 찾기도 모호하였다. 설령 알린다고 한들 졸업장은 필수이고 이름이 널려 알려진 학교 출신에 따라 잣대를 달리 들이대며 유·무식의 기준을 정하는 습성의 사람들에게는 마이동풍이었을 것이니 그저 멍청이가 제격이었다. 가방끈의 길이부터 재는 사람에게는 한 번 무식꾼은 영원한 무식꾼이서 수돌은 그럭저럭 살기로 했던 것이다. 대기만성이라는 말은 사전에나 있을 뿐으로 어릴 때 기억력으로 나뉘어 주홍글씨가 되어 죽을 때까지 빛을 발하는 것을 숙명으로 받아들이는 세상에 순응하면서 그런대로 살 만하였다. 그런데 그 부인은 왜 가만히 있었느냐는 꾸중이 분명했다.

세상은 목소리 큰 사람에 의하여 움직여진다. 빈 수레가 요란하지만 소리가 나야 눈 돌린다. 어찌하든 의사가 결정되면 대부분 그대로 지켜지기도 한다. 민주주의는 51%의 논리가 지배적이다. 지금까지 너무 시끌시끌하여 귀를 막고 살았는데 이제는 글까지 요란하다. 말은 입을 떠나는 순간 사라지지만 글은 영원한 것이라서 더욱 심사숙고해야 하는데, 목소리 커 힘 있는 내가 하는데 누가 말려 하는 식이다. 그러는 사이 역사적으로 훌륭한 분마저 이상하게 될지도 모른다. 수돌은 어찌하든 일어서야 한다며 두 주먹을 슬며시 쥔다.

정순택

수필집 『평범한 일상』, 『두만강 따라 오른 백두산』, 『선각자 정안립』, 장편소설 『이야기 사미인곡』 외

뵈뵈의 꿈

김미정

사월만 되면 최 여사네 친척들이 서해로 놀러 옵니다. 봄철에 놓칠 수 없는 별미, 실치를 먹기 위해서라지만 일에 파묻혀 사는 최 여사 부부를 위해서랍니다.

차로 20 여분 정도면 바닷가에 도착하는 거리임에도 최 여사네 가족끼리만 바닷가로 놀러 간 적이 거의 없습니다. 친척들이나 와야 일손을 겨우 멈추고 바다 구경을 할 수 있습니다. 최 여사네 가족과 대전에서 온 최 여사 여동생 부부는 승용차 두 대로 서해 한진 포구로 달립니다. 서해서 불어오는 사월의 봄바람은 아직 알싸합니다.

실치는 배도리치라는 생선의 치어인데 주로 뱅어포로 만들어 먹습니다. 잡힌 지 10분이면 죽는 바람에 회로 먹으려면 서해 산지로 와야 합니다.

상에 올라온 흰 빛의 실치에서 반지르르 윤이 납니다. 실치로 요리한 여러 종류의 음식을 푸짐하게 먹은 후 다들 포만감에 행복한 표정입니다.

왜목마을로 이동해 오순도순 이야기를 나누며 바닷가 산책을 합니다. 곁으로 다가온 이모가 불룩한 가빈이의 배를 바라보며 나지막이 묻습니다.

"아니, 아직도 임신 중이여? 도대체 출산 예정일이 언제인데…."

의아한 눈빛으로 묻는 말에 가빈이는 폰을 들여다보며 중얼거립니다.

"8월 중순쯤이 예정일이긴 한데…."

"아니, 6월이라고 하지 않았어? 가빈아, 혹시 생리주기를 착각한 건가. 그래도 병원에서는 출산 예정일을 알려줄 텐데…."

60대 나이답지 않게 또랑또랑한 목소리입니다. 조카딸이 2년 내내 임신이라는 말을 들었고 볼 때마다 살도 많이 쪘고 배는 항상 불룩합니다. 이모는 고개를 갸웃거리지만 더 이상 묻지 않습니다.

최 여사는 여동생과 긴 통화가 끝나면 자주 얘기하곤 합니다.

"이모는 방울토마토 같애."

그 얘기를 들을 때마다 가빈이도 고개를 끄덕이며 크흣 하며 웃습니다.

"어머! 우리 뵈뵈가 막 움직이네! 크하하하."

뵈뵈는 가빈이의 세 번째 태아입니다. 뵈뵈란 태명은 성경에 나오는 인물로 맑은 영혼이라는 뜻입니다. 최 여사와 가빈이 이모는 통화하면서 늘 성경 말씀에 은혜 받아 울었다느니, 날마다 기막힌 새벽이라 감사하다며 서로 신앙 이야기를 많이 하는 편입니다. 둘이서 성경 이야기를 주고받다 뵈뵈란 태명을 지었습니다.

두 번째 태명까지 가빈이의 시모가 지었지만 잘못되는 바람에 세 번째 태명은 친정 쪽에서 지었습니다. 뵈뵈, 뭔가 입에 착 붙으며 귀여운 느낌이지만 낯선 이름입니다.

뵈뵈란 성경에 나오는 인물입니다. 여집사였던 뵈뵈는 로마 시민권자였던 엘리트 바울[1]이 쓴 편지를 로마교회에 전달했으며 중요한 동역자였던 인물입니다. 뵈뵈처럼 세상 사람에게 진리와 사랑을 전하는 인물이 되길 바라는 마음으로 지었답니다.

---

1 바울: 기독교 최초로 이방인에게 복음을 전한 자. 신약성경 27권 중 13권을 쓴 인물. 히브리 본명은 사울, 로마명은 바울.

가빈이의 첫 임신은 두 집안의 큰 경사였습니다. 첫 임신은 어느 집이나 반가운 소식이지만 특히 가빈이의 시댁에서는 끊어질 뻔한 손을 잇는 일이었습니다.

첫째 아기의 태명은 미르라 지었습니다. 최 여사와 가빈이 이모는 미르가 뭐냐고, 용의 옛말인데 성경적으로 사탄을 뜻하는 거라며 아주 꺼림칙하게 여겼습니다. 가빈이도 그 얘기를 들은 후 꿈자리가 뒤숭숭하고 머리가 자주 아프다고 하소연했습니다. 가빈이가 더 놀란 일은 세탁하려고 베갯잇을 벗기는데 엄지손톱만큼 접힌 종이가 툭 떨어졌습니다. 부적이었습니다.

“아니, 안사돈은 왜 그런 짓을 하신다니? 그런 종이 딱지가 뭔 효험이 있다고, 참….”

막내인 가빈이의 남편 위로 결혼한 형과 누나가 있지만 아기가 생기지 않았습니다. 이미 여자들 나이가 40대 중반이 훌쩍 넘어가 임신 가능성은 희박했습니다.

시모가 적지 않은 돈을 들여 지은 미르. 동양 문화로는 권위와 조화의 초능력을 의미하지만, 서양 문화로는 드래곤이라 불리며 사악한 동물로 묘사됩니다. 암튼 강하게 잘 자라기를 바라던 미르는 안타깝게도 세상의 빛을 볼 수 없었습니다.

가빈이 부부는 첫아기를 잃은 후 슬픔과 후유증으로 꽤 힘들었습니다. 시댁에서는 스트레스를 안 주려고 그저 가빈이의 건강만 잘 챙기라며 다독였습니다.

아직 20대 후반이니 건강만 잘 추스르면 다시 임신할 가능성은 얼마든지 있을 거라며 기대했습니다.

몇 달이 지난 후 다행히 두 번째 임신이 되었습니다. 온 집안이 다시 기쁨의 도가니였습니다.

첫 태아를 잃은 후 한약으로 위를 다스리며 날마다 운동하며 건강한 몸을 만들었습니다. 이번 아기는 잘 낳을 수 있으리라 가빈이는 자신이 있었습니다. 하지만 안타깝게도 임신 3개월에 접어들자 첫 임신 때보다 더 심한 입덧이 왔습니다.

최 여사도 두 아이를 가졌을 때 심한 입덧으로 변기를 끌어안고 토하며 고생이 이만저만 아니었다며

"생명을 낳고 키우는 건 한 여자의 삭신과 에너지가 삭아 내리는 일이여…."

입덧으로 산모가 죽지는 않으니 어떡하든 이번엔 아기를 지켜내야 한다고 얘기합니다.

다시 시작한 심한 입덧으로 가빈이는 병원에서 지냈습니다. 코로나가 창궐하던 시기라 입원 생활은 견디기 어려웠습니다. 몸이 퉁퉁 부어 숨쉬기도 힘든 데다 밤에 잠깐이라도 마스크를 벗고 자고 있으면 간호사에게 지적을 당하곤 했습니다. 밤에도 수시로 입원실을 들락거리는 간호사들 때문에 잠을 설쳤습니다.

면회도 어려울뿐더러 보호자도 계속 PCR 검사를 받아야 하니 60대 중반을 넘긴 고령인 최 여사까지 병날 지경이었습니다.

가빈이는 입덧과 위통으로 입원과 퇴원을 몇 번씩 하며 그래도 임신 안정기인 5개월째로 접어들었습니다. 근데 두 번째 태아인 튼튼이마저 잃고 말았습니다.

생명 탄생은 언제나 신비롭습니다. 최소 수천 마리나 3억 마리 중에 정자 생존 기간은 3일 정도라고 하는데 슈퍼정자는 5~7일까지 살 수 있습니다. 알칼리성 정자는 산성인 자궁 내에서 끝까지 살아남기 어렵습니다.

생명체 수정에는 숨어있는 근본 원리가 있습니다. 정자와 난자가 수정하는 데는 공명하는 개체끼리 만나는 고도의 세밀하고 정교한 작업입니다.

난자와 정자의 고도의 세밀하고 정교한 작업에 성공한 세 번째가 바로 뵈뵈입니다. 6개월 된 뵈뵈는 부드럽고 따뜻한 액체 안에서 주로 잠을 잡니다. 잠이 깨어있을 땐 사람들의 얘기를 관심 있게 듣습니다. 몇 개월만 지나면 안락한 최초의 집을 떠나 우주를 만날 것입니다. 광활한 우주를 만날 상상만 해도 뵈뵈는 신나서 만세를 부릅니다. 하지만 낯선 세상이 가끔 두렵기도 합니다.

산부인과 정기 검진을 받는 날입니다.

모녀는 당진 시내에 있는 산부인과에 들렀습니다. 나이 지긋한 의사는 친근한 말투로 얘기합니다.

"이놈, 참 건강하네. 근데 납작 허네, 납작혀…. 이번에는 입덧을 잘 넘겼으니 괜찮아."

할아버지 의사의 은근한 표현에 풋 하며 웃음이 터집니다. 뵈뵈도 유쾌한 웃음소리에 방향을 한 바퀴 돌며 놉니다. 요동치는 배에 놀라며 "우리 뵈뵈가 춤을 추나 봐." 하며 두 손으로 배를 안습니다. "너를 닮았으면 춤이 아니라 축구 하는 거지." 하며 최 여사가 웃습니다.

"그러게…. 나 초·중생일 때 축구선수였잖아."

최 여사는 맞장구를 칩니다.

"맞다, 계집애가 섬머슴애 마냥 남자 친구들이랑 더 어울리며 놀았지. 어찌 그리 오빠랑 반대냐? 오빠는 30대가 넘어도 여태 모태 솔로인데…."

입덧의 고비를 간신히 넘기고 안정기라 생각한 임신 6개월쯤이 되자 어찌 된 건지 다시 입덧이 왔습니다. 이번에는 가빈이 남편조차 입덧을 합니다. 두 번이나 유산하는 바람에 당분간 심신을 건강하게만 하자고 계획했지만….

도대체 얘들이 궁합이 너무 좋아서인가, 무슨 고양이도 아니고 왜 그리 임신은 잘 되냐며 최 여사는 화까지 낼 정도였습니다. 툭 하면 심한 입덧으로 거품까지 뿜어내며 기절하다시피 해 구급차를 타고 병원에서 지낸 게 몇 번인지 모릅니다.

이번 세 번째 입덧은 뵈뵈의 아빠마저 쿠바드 증후군이 왔습니다. 쿠바드 증후군은 남아메리카 원주민 사회의 풍습입니다. 남성은 아내의 임신 말기와 출산 직후 사소한 것까지 금기시하며 쿠바드 행동을 실천했답니다.

우리 조상들 역시 쿠바드와 비슷한 풍습이 있었습니다. 평안도 박천이라는 지방에서는 부인이 산통을 시작하면 남편이 지붕 위에 올라가서 소리를 질렀고, 아이가 태어나면 일부러 지붕에서 굴러떨어지며 고통을 함께 느끼는 풍습이랍니다.

가빈이 부부는 직장에서 만났습니다. 두 번째 직장이었던 H 제철에 입사해 가빈이는 사무직으로 근무했습니다. 하지만 종일 책상에 앉아 업무를 보기가 가빈이는 지루하고 숨이 막혔습니다.

틈틈이 공부해 크레인 자격증을 따고 나니 13개째 자격증 소유자가 되었습니다. 가빈이는 자신감이 넘쳐 13번째 자격증을 땄다고 이모에게 먼저 전화로 자랑합니다.

“어쩜, 조카 딸내미! 고등학교 졸업 때까지 책 한 권 읽지 않던 소녀가 어머나! 쇠붙이랑 찰떡궁합이네…. 방송 예능에 나오는 어떤 유명한 의사는 운전면허 11번 떨어졌다더라. 저번에는 대형버스 면허까지 따더니, 울 가빈이 대단하다.”

전문대 정보통신과 졸업 후 바로 KT에 근무했었습니다. 컴퓨터 업무가 적성에 맞았지만 일 년을 넘기지 못했습니다. 문제는 요즘 뉴스에 자주 터지는 성추행 때문이었습니다.

가빈이는 쌍꺼풀진 큰 갈색 눈에 남과 대할 때는 늘 웃는 모습입니다. 웃을 땐 한 송이 꽃처럼 예쁜 데다 양 볼에 보조개까지 귀엽습니다. 남과 대화할 때 고개를 끄덕이며 긍정하는 듯한 애매한 모습이 어쩌면 화근이었을지도 모릅니다.

요즘은 쳐다보는 남자의 눈빛만 느끼해도 성추행이나 성희롱으로 몰릴 수 있는 사회 분위기입니다. MZ세대 남자들이 오히려 역 차별당하는 세상이라며 불만을 토로합니다.

코로나 감염이 심하던 2, 3년간 회식도 잘 안 하는 추세였습니다. 하지만 모처럼 회식 날이면 남자 직원들은 술도 자제하며 정신줄 꽉 잡아야 했습니다. 오히려 회식하며 스트레스를 받아 회식을 꺼리는 문화가 되었습니다. MZ세대는 차라리 집에서 넷플릭스로 영화나 드라마, 게임하는 걸 더 즐기는 편입니다.

7년 전만 해도 회사 분위기 온도는 달랐습니다. 그때만 해도 성추행 신고자가 구설수에 오르고 불이익을 당하기도 했습니다. 여직원들조차 성추행으로 신고한 가빈이에게 냉랭하고 따가운 시선이었습니다.

성추행 가해자인 인사과장 편에 줄 서는 직장 동료들에게 가빈이는 정이 뚝 떨어졌습니다. 극심한 스트레스로 위경련이 일어나 결국 가빈이는 사표를 내고 말았습니다.

"참으로 괘씸하기 짝이 없는 인간이여, 하지만 콩밥 먹인다고 속이 시원해지는 일도 아녀. 아이들이 딸린 가장이라는데, 식구들은 뭔 죄가 있다냐…. 앙갚음보다 용서하는 게 그래도 맘이 편하더라. 사람들이랑 자꾸 매듭을 짓고 살면 인생이 더 꼬이는 법이여. 당장은 분하지만 걍 합의하고 말자. 성경에도 7번씩 70번이라도 용서하라는 말씀이 있어."

합의하라는 말에 가빈이는 버럭 소리 지르며 울부짖었습니다.

"으어헝, 으어헝! 엄마는 말이 되는 소리여? 어떻게 그런 놈을 용서할 수 있어! 그런 느끼한 인간을… 말도 안 되는 그런 종교 다 때려치워!"

가빈이는 격분한 나머지 최 여사 종교까지 묵사발 냈습니다. 자신은 전혀 잘못한 게 없는데 직장에서 쫓겨나는 모양새가 되니 억울하고 세상이 무서웠습니다.

경찰이 조사과정에서 "예전에도 성추행 전과가 있네요." 하며 이번에 합의 안 해주면 구속인데 그냥 합의금이라도 받으라고 권유했습니다.

그놈이 최선이라며 준 합의금 삼백만 원, 전부 만 원 지폐로 바꿔서 그놈 낯짝에 돈다발 싸대기를 갈겼습니다. 하지만 차마….

당장 통장에서 빠져나갈 차 할부금과 카드값이 가빈이 눈앞에서 어른거렸습니다. 이젠 실업자인데, 그 더러운 낯짝에 돈을 뿌린들…. 돈이 뭔 죄인가 싶었습니다.

최 여사 가족은 27년 전, 당진으로 귀농했습니다.

최 여사가 사는 집은 시증조가 한의원을 하던 곳이었습니다. 환자들을 잘 치료한다는 소문이 나며 시증조는 돈을 벌면 주위에 땅을 조금씩 사들였습니다.

머슴 몇 명이 농사일도 돕고 한의원 허드렛일을 하며 15여 명이 넘는 식구들이 어우렁더우렁 살았습니다.

도시화가 빨라지면서 가족들도 취업이나 교육 때문에 도시로 떠나버리고 고향 집과 땅은 남에게 빌려줬습니다.

도시에서 결혼 후 자식 둘이 생기자 가빈이 아버지는 가족들을 데리고 다시 귀향했습니다. 고향의 뿌리를 지키겠다는 마음이었다지만 부부간의 깊은 속내는 알 수 없는 일입니다.

최 여사네는 주로 논농사와 밭농사를 합니다. 복숭아, 배, 사과, 포도 등 과수나무들이 있지만 가족과 친척들이 나눠 먹을 정도입니다.

땅은 참 정직하지요. 땅에 씨를 뿌리면 연둣빛 얼굴을 땅 위로 내밀기 시작합니다. 햇빛을 받으며 점점 진한 초록빛으로 쑥쑥 자랍니다. 가물 때는 삽교천에서 끌어온 물을 뿜어줍니다. 소금을 머금은 서해 바람의 쓰다듬을 받으며 식물들은 초록빛 바다처럼 넘실거립니다. 때가 되면 드디어 반지르르 윤기가 흐르는 열매가 주렁주렁합니다.

지금은 인구 17만 정도인 당진 시이지만 최 여사네가 당진으로 올 때는 인구 5만도 안 되는 당진군이었습니다. 더구나 시골집 주위는 논두렁 밭두렁뿐이었습니다.

마을 사람들이 유난히 하얀 피부인 최 여사를 두고 이러쿵저러쿵 말이 많았습니다.

"도시에서만 살던 저리 고운 여자가 농사는 무슨…. 금방 보따리 싸고 말 겨."

하지만 최 여사는 외모와는 달리 손이 빠르고 억척스러웠습니다. 도시에서만 살다가 씨만 뿌리면 풍성한 푸성귀와 알곡을 맺는 자연의 신비로움에 경탄했습니다. 뿌린 대로 거둘 수 있는 정직한 자연의 순리. 최 여사는 자연에 푹 빠졌습니다.

하지만 끊임없이 뺑뺑이 치며 일하는 게 힘에 겨울 땐 호미를 냅다 던져버렸습니다. 그러나 던졌던 호미를 다시 잡았던 이유가 있습니다.

최 여사는 음식 만드는 걸 즐깁니다. 요리 솜씨도 친인척들이 다들 알아줄 정도입니다. 집 앞 밭에서 싱싱한 채소를 뜯어 음식을 만들 때 싱그럽게 사각거리는 느낌이 음악처럼 들렸습니다. 여러 악기를 지휘하며 오케스트라 연주를 하듯 요리하며 힐링이 되었습니다. 수확한 농산물을 친척들에게 나눠 주며 농부로서 뿌듯했습니다.

그렇게 살다 보니 세월은 속절없이 흘러갔습니다.

최 여사네는 작은 동물농장이라 할 수 있습니다. 넓은 닭장 속에서 자유로이 뛰어다니는 토종닭 80여 마리와 슬쩍 앞마당에 버리고 간 유기견까지 키우다 보니 개와 애완견이 7마리로 늘어났습니다. 100년이 넘은 뒷마당 황토집에 몰래 숨어들어 새끼 낳은 고양이 식구들까지 합하면 과히 작은 동물농장이지요. 참 까만 아기 염소 한 마리도 생겼습니다.

마을 끝자락에 사는 동구 할아버지네 흑염소가 새끼 세 마리를 낳았는데, 토종닭 두 마리와 물물교환을 했습니다. 아직 엄마가 그리워 밤새도록 매애앰 매애앰 울어댑니다.

동물들 사료 챙겨주는 시간과 사료값도 만만치 않습니다. 최 여사 남편은 농사일 하느라 밥때를 놓쳐 허기질 때에도 동물들에게 먼저 사료를 챙겨줍니다. 어서 먹어라, 많이 먹어라 하며 동물들과 대화합니다. 그런 환경에서 자란 가빈이의 성품을 짐작할 수 있지만 가끔 최 여사에겐 성질 부리는 딸이랍니다.

가빈이는 예쁘게 생긴 게 이리 불편한지 몰랐습니다. 남자 어른들은 참 뻔뻔스러운 사람도 있습니다. 너무 웃는 게 예쁘다고, 둘이서만 만나 맛있는 거 사 주고 싶다며 낚싯줄을 들이밀 때, 가빈이는 단호하게 대처하지 못한 걸 자책합니다.

인사과장이 보낸 은밀한 문자에 기가 막혀 "헐, 대박!"이라고 보낸 게, 이 신조어가 바로 문제였을지 모릅니다. 꼰대 상사는 자기식으로 멋대로 해석해 버린 겁니다. 요즘 젊은 세대들이 헐이나 대박이란 말의 뜻은 놀랄 때나 말도 안 되는 뜻이란 걸 몰랐을까. 대박이란 말을 정말 대박으로 받아들인 걸까요.

가빈이의 두 번째 직장인 H 제철에서 뵈뵈 아빠를 만났습니다. 자신보다 몇 배나 큰 크레인 기사로 일하기 위해 연수를 받을 때였습니다. 직장 선배였던 뵈뵈 아빠는 나이 차가 10살이나 아래인 가빈이를 볼 때 귀여운 꼬마로 보았습니다. 크레인 연수를 하며 서로 친밀하게 되었고, 어느 날 꼬마 아가씨가 높은 크레인에 올라가 거침없이 운전 연습하는 모습에 그만 반했답니다. 꼬마 아가씨가 넓은 어깨를 쫙 펴고 거침없이 걷는 뒷모습이 국가대표 운동선수로 보이며 든든한 기분마저 들었답니다.

수청지구 쪽으로 차를 몰고 가는 가빈이의 눈에 마을 어귀에 걸린 플래카드가 보입니다. 그날따라 플래카드에 쓰인 글자가 눈에 훅 들어옵니다.

축! 박두관의 자손 박재희 서울대 합격을 축하합니다!

가빈이는 이상한 기운이 부풀어 오릅니다. 이제껏 30년 동안 느끼지 못한 야릇한 기운입니다. 그건, 뵈뵈를 잘 키워 S대에 꼭 보내고 싶다는 꿈틀거림입니다.

가빈이는 생각만 해도 짜릿합니다. 뵈뵈는 엄마의 가당찮은 생각에 괜히 부끄러워 숨고 싶습니다. 하지만 양수 속에서 어디 숨을 곳이 있어야지요.

가빈이는 힘껏 승용차 페달을 밟으며 한적한 농로를 유쾌하게 달립니다. 뵈뵈는 엄마의 행동이 귀여워 까르르 웃습니다. 결코 엄마, 아빠를 무시해서가 아닙니다. 얼마 전 엄마가 휴대폰에 저장된 걸 이모할머니에게 보여주던 일이 떠오릅니다.

"이모, 울 오빠 고등학교 성적표야. 초·중·고 성적표를 아직도 파일에 잘 정리해 뒀더라구요. 꼼꼼하게스리…. 나와는 달라도 너무 달라. 크하하하…."

대화를 가만히 듣던 뵈뵈는 어리둥절해서 손을 들고 질문했습니다.

오빠? 그럼 외삼촌인가요? 손들고 질문하는 뵈뵈에게 아무 대답이 없습니다.

뵈뵈는 오빠는 외삼촌이 아니고 아빠라는 걸 알아챘습니다. 시대에 따라 호칭의 트렌드가 변합니다. 이제 키가 26cm, 몸무게 550g, 6개월 된 뵈뵈. 이제 뵈뵈는 손가락과 발가락이 분리되고 청각과 후각이 발달하여 소리나 빛에 반응할 수 있습니다.

뵈뵈는 생각합니다. 혈육인 오빠나 애인이나 남편에게 오빠라는 호칭을 마구 쓰는 건, 이건 아니지 않나. 참 헷갈리는 표현입니다. 뵈뵈가 세상 속으로 나가면 이해할 날이 올까요.

들여대는 성적을 보는 이모의 눈이 흔들립니다.

"다른 과목들은 60~70점, 수학은 80점, 어! 국어는 90점이네…."

대학까지 나온 이모는 허어 하며 그냥 웃습니다. 가빈이의 학교생활을 잘 알고 있으니까요. 그런 성적을 뿌듯하게 여기는 가빈이 마음을 이해할 수 있어 고개를 끄덕입니다. 학교 공부가 학생 시절엔 매우 중요하지만, 인생을 살다 보면 공부보다 더 중요한 것들이 적지 않기 때문입니다.

가빈이는 고등학교 때 3년 내내 왕따였습니다. 가빈이 이모 부부가 정보고등학교에 보내는 게 적성에 맞을 거라고 했을 때 가빈이 부모는 인문계를 고집했습니다. 남녀공학인 고등학교에 입학한 가빈이는 친구들에게 호감을 주었습니다. 특히 남학생들의 관심이 쏠렸습니다. 하얀 얼굴에 밝은 미소가 빛나는 소녀였으니까요. 하지만 일 학년 기말고사가 끝난 후부터 왕따로 학교생활을 해야 했습니다.

10반 중에서 가빈이의 반이 꼴찌를 했는데 반 평균 점수를 상당히 까

먹은 아이란 게 밝혀진 후였습니다. 성적보다 결정적인 건 가빈이의 거짓말이었습니다. 시골집에서 사랑만 받던 막내딸이 친구도 없이 지내자니 심심하고 외로웠습니다.

어느 날부턴가 두꺼운 의학서적을 들고 다니는 가빈이에게 아이들은 웬 의학서적이냐 물었고 가빈이는 아빠가 의사라고 했습니다. 대도시의 약은 아이들은 어디 병원, 어느 과에 근무하냐고 꼬치꼬치 캐물었고 가빈이의 허세는 금방 들통났습니다. 거짓말 사건으로 자존심이 상해 이제부터 열심히 공부해 의사의 꿈을 꼭 이루겠다고 선포했습니다. 그때 이모는 웃으며 쓴소리를 던졌습니다.

"가빈아, 노력한다고 꿈이 다 이루어지는 게 아니란다. 수학 30점이면 죽었다 깨어나도 의대 가기는 어려워. 초등학교 4학년부터 의대 가는 아이들은 이미 길이 달라. 수학 문제 1개만 틀려도 의대 가기는 어려운 걸…. 얼굴은 예쁘니 차라리 의사 부인되는 게 더 빠른 길이다. 아이고! 가빈아, 후후후."

최 여사는 "얘는, 사람이 노력해서 안 될 게 뭐가 있어. 청운의 꿈에 애초에 초를 치냐?" 하며 서운해했습니다.

어쨌든 간신히 출석 일수만 채워 가빈이는 고등학교를 졸업한 뒤 당진으로 돌아갔습니다. 당진에 있는 전문대학에 입학했고, 다행히 대학 2년 내내 과 대표로 활발한 대학 생활을 보내고 졸업했습니다.

왜목마을은 서해에서 일출과 일몰을 모두 볼 수 있는 유일한 곳입니다. 바닷가를 함께 거닐던 이모는 최 여사에게 바짝 다가 묻습니다.

"언니, 2년 내내 임신이라니! 대체 어찌 된 일이래?"

최 여사는 한숨부터 쉽니다.

"글쎄, 너무 속상해 죽을 뻔했다. 입덧을 해도 그런 입덧은 세상 천지에 처음 보네. 119에 몇 번이나 실려 갔는지…. 나중엔 피까지 토하니, 조금만 참아내자고 해도 지가 죽을 것 같다고 발버둥을 치니, 어휴…. 참지를 못하더라. 가빈이가 참을성이 없는 건지 도대체 희귀 체질이라서 그런지. 위가 찢어지는 고통에 두 번씩이나 그만… 너무 속상하더라."

예전보다 서해 물빛이 맑아졌습니다. 요즘 바다 빛깔이 파랗게 살아나니 해안가를 산책하면 더 푸릇한 기분을 느낍니다.

"안사돈이 유산됐다는 소식에 칠순 넘은 양반이 식음을 전폐하고 며칠 울었다더라. 두 번이나 태아를 잃었어. 좋은 일도 아니고, 그래서 얘기를 못 했던 거지. 당분간 임신하기 어렵다는 의사 말에 애들이 한동안 우울증까지 앓았지 뭐니."

앞서 걷고 있는 임산부인 가빈이 발걸음은 생각보다 가볍습니다. 느리게 걷고 있는 최 여사와 이모를 돌아보며 말합니다.

"오랜만에 이모랑 바닷바람 쐬니 좋네, 후후. 형님네가 반려견 용품 공장도 하고 사업해서 돈은 엄청 잘 버는 데 큰며느리가 애를 못 낳아. 이대 나온 여자라 자부심이 대단한데, 임신한 내게 은근히 시샘하네. 이제 형님은 40대 후반이라 애 낳기도 힘들 것 같아. 시누이도 애를 못 낳고. 처음 임신했을 때 집안 대를 잇게 해주는 제수씨가 복덩이라며 아주버님이 큰돈을 덥석 주시더라고. '애기야, 넌 몸조심만 잘해라이.' 그러시며. 시엄마가 얼마나 손주에 대한 기대가 큰지 크흐흐흐."

가빈이는 무슨 감투라고 쓴 것마냥 우쭐합니다.

"형님은 강아지 네 마리를 키운다네. 포항까지 강아지를 안고 오는 큰며느리가 미웠나 봐. 무슨 지 새끼마냥 강아지를 그리 애지중지하냐고 시엄마가 잔소리하니까 형님이 '제 새끼나 마찬가지예요.' 그러더라구 후훗…. 그러니까 시엄마가 '흐미 손주새끼 낳아달랬더니 어쩌다 개새끼를 낳았다냐?' 그러며 혀를 쯧쯧쯧 차니 다들 한바탕 웃었는데 형님 내외가 얼굴을 푹 숙이더라구. 몇 번이나 시험관 아기까지 시도했다는데 계속 실패해서 이제 포기했다나 봐."

시누이와 동서가 난임이라는 말에 가빈이는 난임에 대해 알아본 적이 있습니다.

> 한 해 난임 부부 14만 명이 시험관 아기를 시도하고 있다는 통계가 있는 데 반해 우리나라 낙태율은 OECD 1위. 낙태가 2년 연속 전 세계 사망 원인 1위. 작년 사망 원인 중 낙태는 약 4,260만 건으로, 전염병 사망자보다 3배 이상이 많음

낙태의 심각성을 읽어보고 가빈이는 분노마저 일었습니다. 공명하는 개체끼리 만나는 고도의 세밀하고 정교한 작업으로 만들어진 생명, 그런 귀한 생명을 일부러 죽이다니…. 가빈이는 어렵게 생명으로 태어났지만 낙태를 당하고만 빛도 보지 못한 태아를 생각하니 마음이 먹먹했습니다.

모녀는 오랜만에 단골 미용실에 들렀습니다.

원장은 마스크를 낀 채 큰 소리로 통화 중입니다. 스피커 폰으로 통화하는 중이라 소리가 다 들립니다.

원장은 통화하면서 잠깐만 하며 양해를 구합니다.

"야, 이 샤키야! 도대체 왜 또 새끼를 낳아? 두 명이면 됐지. 애들이 20~30년 후에는 어떻게 살라고? 지금도 이상 기후로 세계가 난리법석인데…. 대책이 없는 놈 아녀? 차라리 니 거기를 잘라버려 샤키야. 예쁘다고 낳기만 하면 되는 줄 알어? 진짜 이 샤키가 미쳤나 벼."

"이모! 왜 이모가 흥분하셔? 애기는 우리가 낳아 우리가 키우는데 와하하하…. 그렇게 미래를 부정적으로만 보지 마셔! 그때 가서는 다 어떻

게든 또 살기 마련이여…. 아유! 울 이모 지금 갱년기 히스테리를 부리는 건 아녀?"

이종 조카랑 나누는 거침없는 대화에 가빈이는 두 손으로 배를 감싸 안습니다. 원장은 조카랑 통화를 끝낸 후 최 여사 머리칼에 롯트를 말며 말합니다.

"언니, 세상 진짜 말세여! 어젯밤에 얼마나 놀랐는지 청심환 먹고 겨우 잠들었다니까요. 퇴근하려고 쓰레기봉투를 내다 놓는데 옆에 찢어진 큰 쓰레기봉투가 있는데 검은 봉지가 불쑥 나와있어. 고양이가 뜯어 놓았나 생각했지요. 뒤에 원룸 건물에 사는 젊은이들은 치킨 같은 것도 쓰레기봉투에 막 버리더라구요. 맨날 고양이들이 먹이 찾느라 쓰레기봉투를 뜯어. 나도 오지랖 떠는 년이지 고무장갑 낀 손으로 검은 봉지를 정리하는데 팔뚝이 불쑥 나와있는 거예요. 으아아악! 괴성을 지르며 뒤로 나자빠졌잖아요."

그 말을 듣고 있던 모녀는 "어머나! 시체 토막?" 동시에 말합니다.

"내 비명소리에 지나가던 두 청년이 급히 오더니 금방 시큰둥하게, '에이! 잘 써먹었으면 처리를 잘하든가 원…. 아줌마! 러브돌, 성인 인형이요.' 그러잖아요."

최 여사와 원장은 계속 이야기를 주거니 받거니 합니다. 요즘 세대들은 그래서 결혼들을 안 해 출산율이 낮다는 둥, 다들 왕자나 공주로 자라서 의무는 안 하려 하고 이익만 보려 한다며 흉을 봅니다. 사회제도 탓도 있지만 결혼이 무슨 장사인가 너무 계산적이라며 판사 못지않게 재판하고 있습니다.

"아니, 세상에 이럴 수가 있다니? 세상에 듣도 보도 못한 소리네. 당진 산부인과에서 정기적으로 검사해도 그런 소리 없었는데…. 너는 복수 임신이란 말 들어봤니? 지금 가빈이가 강남 병원에 입원해 있어."

휴게실에 나와 여동생한테 전화하는 최 여사 목소리가 떨립니다. 마스크를 쓰고 흥분한 채 얘기하는 소리가 잘 들리지 않습니다.

"복수 임신요? 언니 좀 크게 말해 봐. 속삭이니까 뭔 소리인지 잘 안 들리네. 쌍둥이 임신이 아니고? 아기가 생긴 지 몇 달 후에 또 임신이 됐다는 소리야? 어머나 세상에… 언니가 가빈이가 피 토하고 맨날 구급차에 실려 가니 언니도 정신이 없어서 잘못 들은 건 아니고?"

가빈이는 셋째 태아 때도 심한 입덧으로 피를 토하며 혼수상태까지 이르렀습니다. 119구급대로 급히 서울 강남병원으로 갔습니다. 산부인과 명의로 알려진 강남 S병원에 결국 입원했습니다. 명의로 이름난 의사가 검사하더니 개월 수가 다른 아기가 또 있다는 겁니다.

"글쎄 말이다. 아기가 또 있다네. 쌍둥이는 아니고, 복수 임신이란다."

통화가 끝난 후 이모는 세상에 이런 일이. 이게 도대체 웬일이래. 하며 네이버에 '복수임신'을 검색합니다.

> 고양이는 여러 마리 수컷의 새끼를 동시에 임신할 수 있다. 이는 중복임신, 또는 과임신으로 알려진 현상이다. 중복임신은 암컷이 여러 마리 수컷과 교미를 해야 발생할 수 있는 일이기 때문이다.

가빈이 이모는 순간 의심합니다. "하지만 조카딸은 고양이 같은 아이는 아니잖아." 하며 고개를 흔듭니다. 전에 가빈이랑 얘기 나누던 일이 떠오릅니다.

엄마보다 난 이모랑 잘 통한다며 비밀스런 이야기도 터놓곤 했습니다. 둘이 금슬이 너무 좋다는 말에

"가빈아, 옛날부터 임신 기간에는 부부 관계를 안 하는 게 좋다더라. 태교에만 신경 쓰면 좋겠어. 10개월 태교가 정말 중요하거던. 나중에 태

어나서 사교육비 쏟아부어도 별 소용없다."

"이모, 그건 옛말이여. 요즘은 산부인과 의사들이 임신 중에도 섹스를 권유하는 추세거든. 그래야 남자가 바람도 안 피우고 산모가 심리적으로도 더 안정된대."

"아무리 의사가 그런 말을 해도 4500년 역사적 경험도 중요하지 않니? 어른들의 말이 과학을 뛰어넘기도 하더라. 이모도 60대 할머니여서인가. 옛말이 크게 틀린 게 없더라…. 아무튼 조심해라."

가빈이 이모는 혹시 임신 중에 관계를 해서 복수임신이 된 건 아닐까, 생각하며 가슴이 답답해집니다.

뵈뵈는 이제 손발을 움직이며 눈썹과 속눈썹까지 났습니다. 눈을 떴다 감기도 합니다. 콧구멍까지 생겼고 로댕의 생각하는 사람처럼 포즈를 잡고 생각하기도 합니다. 그런데 뵈뵈가 생긴 후 3개월 뒤 동생이 또 생겼다니….

"언니, 임신 중에 또 임신 되는 중복임신은 0.3% 확률이라네. 호주와 영국에서 그런 사례가 있었대. 임신 12주가 되기 전까지 한 명이었는데 초음파 검사하니 태아가 더 생겼다는 게 확인됐다네. 세상에…."

그러자 최 여사는 놀라며 목소리가 커집니다.

"아이고! 세상에…. 그럼 가빈이가 진짜 중복임신이 맞는 건가. 대학원생이라면서 박사논문 쓴다고 취재해도 되냐고 하더라. 지금 임산부가 생사를 헤매는데 집어치우라고 성질냈잖니."

가빈이 이모는 특종이긴 하네, 방송이 알면 빅뉴스감인데, 하며 뵈뵈의 건강을 걱정합니다.

영국에서는 임신 중에 또 임신한 예가 있다. 태내에서 각기 발육해 함께 낳아 동생은 3개월 인큐베이터에서 성장했다. 중복임신한 중국 샤먼시 거주하는 한 산모는 한 아이는 불륜으로 임신된 사실이 들통나기도 했다.

이모는 이런 뉴스 기사를 찾아 읽다 다른 글을 이어 읽습니다.

어떤 동물은 자기 새끼를 잡아먹는다. 암컷들은 약한 새끼가 생존할 가능성이 없다는 무의식에 생명을 없애기도 한다.

혹시, 요즘 한국인들이 초저출산율인 이유도 이런 무의식에 있는 걸까, 가빈이 이모는 불안한 미래 세대를 생각하니 암담하기만 합니다.

뵈뵈는 상상합니다. 어쩌면 자신은 세상의 빛을 보지 못할지 모릅니다. 엄마가 제발 고통을 이겨내기를 앙증스러운 두 손을 모아 기도합니다. 뵈뵈가 동생에게 흡수되어 사라질 수도 있다는 이야기를 들었습니다. 그러면 하늘에서 예쁜 아기별로 살아가는 걸까 뵈뵈는 턱을 괴고 생각합니다.

만약 동생이라도 산다면 뵈뵈는 자신은 아기별이 되어도 괜찮다고 생각합니다. 엄마, 아빠와 내 동생 그리고 친척들이 도란도란 살아가는 모습을 바라보며 행복하길 기도하면 되니까요. 또 어려운 사람이나 불쌍한 사람들을 바라보며 기도하는 아기별이길 꿈을 꿔 봅니다. 뵈뵈는 작은 두 손을 모읍니다. 하지만 하나님이 아름답게 창조한 초록별 지구가 뵈뵈는 참 궁금하답니다. 이 땅에는 얼마나 신비롭고 재미있는 일이 많을까요.

6개월 동안 엄마 배 속에서 들은 이야기지만, 철마다 피어나는 향기로운 꽃들과 풀, 다양한 새들의 청아하게 지즐대는 소리, 초록빛 나무들과 산, 그리고 파도치는 파란 바다 등 뵈뵈는 궁금한 게 참 많습니다. 엄마, 아빠가 맛집을 다니며 먹던 음식 맛도 보고 싶고, 겨울이면 온 세상이 하얗게 눈으로 덮여 아름다운 설국이 된다는 태백산도 꼭 보고 싶습니다.

그런데 어른들은 미래를 암담하다고만 말합니다. 앞으로 20~30년 후 미래 세대는 과연 어떻게 살아갈까요. 이상 기후로 인한 많은 자연재해들, 계속 변이되는 코로나와 각종 바이러스 출현, 언제 끝날지 모르는 러시아와 우크라이나 전쟁과 핵 위협 등을 생각하면 뵈뵈는 세상으로 나가기가 두려운 생각도 듭니다.

지금 가빈이는 서울 강남 병원에 입원해 있습니다. 가족들은 출산할 때까지 안전하게 병원에 입원해 있기를 바랍니다. 하지만 폐소공포증 때문에 답답한 입원실에 더 이상 견딜 수 없다며 가빈이는 고집 피워 퇴원하고 맙니다.

당진 집으로 돌아온 다음 날, 가빈이는 피를 토해내며 혼절까지 합니다.

119구급차로 가빈이는 다시 강남 병원에 실려 갑니다. 여러 검사를 다시 해보니 위에 붉은 혹이 4개나 있어 위암일 수 있다는 결과에 가족들은 아연실색입니다.

최 여사 가족은 임산부를 우선 살려야 한다 하고, 가빈이 시댁은 어떠하든 태아를 지켜야 한다며 아수라장입니다. 가빈이 남편도 마음이 착잡합니다.

어찌할 바를 모르며 발을 동동 구르는 어른들 사이에 우레 같은 천둥소리가 들립니다.

"지금! 위급한 내 동생 생명을 우선 살려야지요! 내 동생부터! 태아는 나중에, 나중에…."

늘 조용하던 가빈이 오빠의 벼락같은 소리입니다. 뵈뵈가 놀라 움찔하며 두 손을 모읍니다. 계속 구역질하며 토해내는 임산부의 붉은 피가 사방으로 튑니다. 흰 시트에 붉은 꽃들이 퍼져 나갑니다.

병원 밖에 만발한 하얀 벚꽃이 눈부신 한낮입니다. 봄바람에 난분분 떨어지는 하얀 벚꽃 사이로 사이렌이 비집고 요란스레 울어댑니다.

김미정

크리스천 문학 단편소설 부문 신인상, 소설집 『오래된 비밀』

소설에도 도전하는 AI와 챗봇

정진문

인류가 발달하게 된 것은 소설가들 덕분이다. 지난 수백 년의 역사를 보면 소설가들은 상상력을 발휘하여 말도 안 되는 꿈 같은 미래의 과학기술을 예측한 허구의 글을 썼다.

『지구에서 달까지』, 『해저 2만 리』, 『20세기 파리』 등 그걸 읽은 과학자들이 나서서 그 상상 속의 세계를 현실로 만들어냈다. 대표적인 것이 과학소설의 아버지 쥘 베른의 소설.

1879년에 발표한 『인도 왕비의 유산』 소설 속 독일의 과학자 슐츠 박사는 이산화탄소를 탑재한 포탄을 개발 지구를 떠나게 한다. 그것이 바로 소설 속에 인공위성을 예측한 것이다. 그 소설을 현실로 만든 것은 소설이 발표된 지 78년 만인 1957년 소련에서 소프트니크 1호 인공위성을 발사하면서 그 소설이 현실화됐다.

『해저 2만 리』에서는 해저 탐사선을 예측. 달착륙, TV, 에어컨 등 모두가 소설에서 힌트를 얻어 만든 것들이다. 들고 다니는 컴퓨터, 스마트폰, 운전사 없이 가는 자동차 등 다 상용화되고 있다.

인간이 로봇을 타고 토끼가 있다는 달나라를 가는 소설, 재미있지 않은가? 상상 속의 소설은 과학자들의 연구로 현실이 되었다. 소설가들의 상상력은 그것뿐이 아니다. 현재 인류가 쓰고 있는 모든 제품은 상상력을 바탕으로 이루어져 인간의 수명을 늘리고 편리한 세상을 만들어냈다. 그것이 다 소설가의 덕이다. 소설가들은 가설을 그럴듯하게 세워 과학자들이 그 가설을 사실로 만들었을 때 그 소설은 가치를 증명한 것이다.

로봇은 일상생활에 없어서는 안 될 생활필수품이 되었다. 자고 일어나 세수만 하면 로봇은 하루 일정이며 일기예보며 그날의 뉴스 또 일정까지도 즉시즉시 이야기해 준다. 정식이는 로봇과 함께하며 사는 그 친구들의 생활이 늘 부러웠다. 정식이는 대학교를 나와 바로 좋은 직장에 취업하여 뭇 사람들로 부러움을 받았다. 그러나 비싼 로봇을 구입한다는 것은 어려운 일이다. 로봇을 파는 상점을 항시 기웃거리며 아이쇼핑만 했다. 상점에는 각 종류의 로봇들이 엄청 많이 진열되어 있다. 맘에 든 로봇을 구매하려고 수년 동안 술도 안 먹고 담배도 끊고 돈을 모으기 시작했다. 드디어 3년이 지나자 목돈이 만들어지는 적금을 타는 날이 왔다.

은행으로 전화질을 해가며 날짜가 틀림없음을 다시 확인하고 퇴근 시간을 당겨 은행으로 쫓아갔다. 통장을 정리하여 언제든 스마트폰에서 송금할 수 있게 만들었다. 통장을 보니 부모님에게 죄송하기도 하다. 부모님한테는 부모님 용돈도 거의 안 드리고 장가갈 미천이라고 했으니 말이다. 로봇의 가격은 종류별로 다 알아보았다. 숨이 턱에 차도록 로봇을 파는 점포로 달려갔다.

아담하고 예쁜 로봇은 침대 옆에 두는 로봇인데 가격이 제일 싸다. 가격이 싼 이유는 데리고 다닐 수가 없기도 하지만 단순한 기능이 들어있기 때문이다. 그런 로봇은 1개월만 모아도 살 수가 있다. 그 로봇은 맘에 안 든다. 로봇 파는 점포를 가보면 욕심이 나는 로봇이 한두 개 아니다.

출·퇴근하면서 사무실에도 데리고 다닐 수 있는 로봇은 사천만 원이다. 중형 자동차 한 대 값이다.

모든 기능이 다 들어가고 운전까지 하는 로봇은 경호까지 할 수 있으니 제일 비싸다. 넘볼 수가 없다.

가정 침대맡에 두는 간단한 일상생활 조언을 하는 로봇 외 일반 로봇은 어떤 문제가 일어나도 그에 대처하는 방법도 알려주고 상대편이 문의하는 내용까지 답을 알려준다. 또한 변호사 시험에 합격한 로봇은 개인 변호사나 마찬가지이니 가격이 2억이 넘는다. 개인이 가지기에는 벅찬 금액이다.

회사 회장이 아니니 경호까지 하는 로봇은 살 수가 없다. 그저 사무실로 데리고 다닐 수도 있는 중간 가격의 로봇을 선택했다. 그 로봇은 크기를 조절할 수도 있고 여자와 남자로 자유롭게 변신도 가능하며 목소리도 여자 남자로 바꿀 수 있다. 옷도 마음에 안 들면 갈아 입힐 수 있다. 그 로봇을 구입하고는 집으로 가지고 와서 부모님에게 보여드렸다.

"그게 뭐니?"

"비서 로봇이요."

"비서? 너 언제 사장됐니? 장가나 가 이놈아!"

"아버지 저는 이게 정말 필요해요."

"그게 마누라라도 되냐?"

"요즈음은 친구들은 전부 이런 것을 사려고 돈을 모아요. 똑똑하니까. 꼭 필요해요."

"야, 이놈아! 그런 거 없어도 다 잘만 살아왔어. 장가나 가서 아이 낳고 키울 것이지 무슨 뚱딴지같은 짓을 하는 거야!"

"요즈음 며느리 제목은 로봇이 있는 사람에게만 시집을 간대요."

이제는 아버지에게 로봇에 대하여 거짓말도 보태서 했다.

"그런 허황된 처녀는 며느릿감으로는 안 된다."

"아버지, 요새 처녀들 결혼 상대 고를 때 제일 먼저 보는 게 남자가 로봇을 가지고 있냐이고 두 번째가 자동차, 세 번째가 집입니다."

"뭐야? 기가 막혀서 말도 안 나오네."

"그럼 로봇과 자동차 또 집도 없으면 장가를 못 간다는 이야기이냐?"

"요새 처녀들 거의 그래요."

정식이 아버지는 거실문을 확 열고는 밖을 쳐다보다가는 담배를 꼬나물고 연기를 푹푹 내뱉었다. 연기 모양은 아마도 정식이 아버지의 타는 속마음일 것이다.

정식이는 부모님께 죄송하기는 하나 불만은 있다. 친구들은 부모님이 돈이 많아 자식에게 로봇도 좋은 것으로 사 주는데 내가 벌어서 샀는데도 난리 치시니 서운하다.

그러거나 말거나 로봇을 샀으니 기분은 최고로 좋다. 이제 로봇이 없는 친구들에게도 자랑할 셈이다. 사용법이야 점포에서 들었지만 자주 실험을 해야 할 것 같다. 우선 사용설명서를 몇 번이고 읽어보고는 로봇에 스위치를 눌렀다.

"주인님, 저는 이름이 아직 없습니다. 주인님께서 나를 부를 예쁜 이름을 지어 주세요."

'그려! 점포 주인이 집에 가지고 가면 이름부터 지어 주라고 했지!'

"그렇겠구나. 음, 그러면 네 이름을 코코라고 하면 어떻겠니?"

"코코는 주로 강아지 이름인데 나를 강아지 취급을 하시려고요?"

"그래 그러면 안 되겠구나! 수년 동안 힘들게 돈을 모아 너를 샀는데 강아지 이름을 쓰면 안 되겠지!"

"워리는 어때?"

"그건 털이 많은 강아지에게나 어울려요."

"별이는?"
"그런 이름을 지면 하늘로 가 사는 게 맞지요."
"지니는 어떠니?"
"그것은 벌써 쓰고 있는 곳이 많아요."
"루시는 어때?"
"그건 너무 흔한 이름 같아요."
아무래도 로봇이 제 맘에 안 들으면 이름을 허락하지 않을 것 같다. 매일 곁에 두고 부를 이름이니 좋은 이름이 부르면 나도 기분이 좋을 것 같다. 고민하다가는 할 수 없이 로봇을 데리고 작명소를 찾아갔다.
작명소 소장은 나이가 들어 보이는 꼰대가 분명해 보인다.
"저기 소장님, 이 로봇의 이름을 지어 달라고 왔습니다. 좀 저렴한 가격으로 예쁜 이름을 지어 주실 수는 없나요?"
"이름 짓는 가격을 깎으면 싸구려 이름뿐이 못 지어줘. 그러면 이름도 싸구려가 되겠지?"
그 말을 알아들은 로봇이
"주인님, 나는 싸구려 이름 싫습니다. 저 사람 꼰대 같아요. 좋은 이름은 못 지을 것 같아요."
"너는 좀 가만히 있어 봐. 아직 결정한 건 아니잖아."
그래서 그런지 소장은 꼰대 기질로
"저 위대한 '암스트롱'이라고 하면 어떨까?"
"아니, 그것은 달에 다녀온 분 이름 아닙니까?"
"그렇지. 인간의 위대함을 알린 사람이니 얼마나 귀한 이름인가?"
듣고 있던 로봇이 화날 일도 아닌데?
"아니, 저는 사람이 아니고 로봇이라고요."
하며 그 소리를 내동댕이쳤다.

"소장님, 이 로봇은 똑똑합니다. 얼렁뚱땅해서는 아마도 작명비를 받기 어려우실 겁니다. 저는 이 로봇이 하자는 대로 할 겁니다."

"그러면 '아인 슈타인'은 어떠신가? 그분은 천재 중의 천재 아닙니까?"

"주인님 그 이름을 쓰면 도명이라 법에 걸립니다. 아니 됩니다."

소장은 돈을 벌 욕심에 로봇의 손을 잡고는 머리를 쓰다듬는다.

"아니, 이거 왜 이러십니까? 그렇게 하시면 성폭행입니다."

'아구야, 이게 웬일이야!'

정식이뿐만 아니라 작명소 소장도 놀랐다.

"아니! 로봇도 성폭행을 이야기하나?"

로봇이 소리를 지른다.

"어이구! 비싼 로봇은 주인의 군 복무도 대신한다고요."

"뭣이라? 주인 대신 군대도 간다?"

"아니 그럼 그것도 모르고 앉아서 돈을 법니까? 작명소 일찍 엎고 머리 깎고 길가에서 동냥하는 편이 날 것 같습니다."

로봇에게 한 방 먹은 소장은 로봇을 쳐다보며 할 말을 잃었다. 그래도 돈을 벌려면 학생들이 이야기하는 꼰대 기질은 안 될 것 같다. 요즈음 사람들이 좋아하는 이름을 지어줘야 한다.

사람들이 진돗개를 데리고 다니며 "돌아, 돌아." 하는 소리를 들은 기억이 있는 소장은 그 이름이 귀엽고 친근하고 예뻐 보인다.

"돌아는 어때."

하고는 그 이름이면 OK이겠지 하며 정식이와 로봇을 번갈아 바라보았다. 정식은 아무 말을 안 하고 로봇을 쳐다보았다. 로봇이 화를 낸다.

"돌아는 돌이라는 뜻도 있고 잘못 해석하면 정신이 돌았다는 이야기도 될 수 있겠지요. 안 그렇습니까?"

소장은

"포니는 어때?"

"워리는?"

"그게 그거지요."

작명소 소장은 돈을 벌려는 욕심에 그저 이것저것 갖다가 붙이기에 여념이 없다.

…

…

로봇은 소장이 별 이름을 다 대도 입을 꾹 다물고 있다. 소장은

"이건 마지막이야, '해피'는 어때?"

입 떨어진 로봇이

"그게 그리 좋은 이름은 아닙니다. 그러나 지금까지 수고하셨으니 그냥 가기는 그렇고 하니 이름 짓는 값 반만 내고 가겠습니다. 동의 안 하시면 그냥 갈랍니다."

"아이고 로봇님, 그냥 가시면 되나요. 반값이라도 주고 가십시오."

똑똑한 로봇은 작명하는 값도 깎아서 처리하였고, 그런 일을 겪은 후 로봇의 이름은 '해피'로 결정되었다.

"아버지 이제 장가갈 돈을 '해피'가 벌어줄 거예요. 아버지에게 돈을 달라고는 안 할게요."

"뭐야? 그러면 3년 동안 모은 돈은 다 어쩌고?"

"이 로봇을 사는 데 다 썼어요."

"미쳤군. 미쳤어. 너 이제 집에서 밥 달라 소리도 하지 마. 그 로봇 데리고 나가서 살아 봐."

"아버지 집이 있어야 나가지요. 그냥 길거리에서 살 수는 없잖아요?"

"네가 하는 짓이 엉뚱한 짓거리를 하니 하는 말이다."

"여보, 이번만은 용서해 줍시다. 정식이가 살아가는 데 필요한 거 봅니다. 우리 세대와 비교하지 마세요."

정식이 부모는 정식이를 좋은 대학교에 보내기 위해 버는 돈을 거의 투자하다시피 했다. 그리고 정식이가 서울 상류 대학교에 합격하고 졸업하자 이제는 자식 도움도 받겠구나 했다. 그러나 그것은 꿈이 돼버렸다.

화가 난 아버지는 로봇을 뚫어지게 쳐다보았다. 망치로 한 대 때려주고도 싶다. 요리조리 보아도 인간 같게 만들었지만 그래도 쇳덩어리만 같다. 퉁 바라진 소리가 나왔다.

"정식이 너 결혼을 하고 자식을 낳으면 그 애들도 과외 학원에 보내야 하니 돈이 많이 들 것이 아니냐?"

"아버지, 이제 그런 걱정은 안 하셔도 됩니다. 이 '해피'가 아이들 가정교사가 될 것입니다."

"뭐야? 로봇이 가정교사가 돼?"

"네. 앞으로는 아이들을 가르칠 때 학원에 보낼 일이 없습니다. 아버지, 이 '해피'는요, 대학교 각 과목 교수 수백 명이 가지고 있는 보다도 더 정확한 지식을 가지고 있기에 아이들 공부시키는 것쯤은 문제도 아닙니다."

정식이 어머니가 말참견했다.

"그게 정말이냐? 로봇이 웬만한 건 다 안다고 하지만 아이들 가정교사까지 한다니 놀랍구나. 그러면 과외 학원비는 안 들겠네?"

"그렇습니다. 학원 선생님보다도 더 잘 가르칠 것입니다. 그리고 과외가 필요한 아이들에게 아르바이트도 할 겁니다."

"정식이 아빠, 보세요. 정식이가 일을 저지른 것 같아도 저 살 것은 다 잘할 것 같지 않아요?"

"글쎄 정식이 말대로만 된다면 과외비에 등 구부러질 일은 없을 것 같은데. 우리 생활비가 걱정되는구려."

"아버지, 걱정하지 마세요. 이제 이 '해피'가 돈 버는 방법도 가르쳐 줄 겁니다. 직장은 조금만 다니다가 이 '해피'와 창업을 할 겁니다."

"뭣이라!"

깜짝 놀라셨는지 아버지, 어머니 입에서 동시에 같은 말이 튀어나왔다.

"'해피'와 저는 창업을 하여 돈을 벌 거라고요."

그것은 알 수 없는 이야기이기에 정식이 부모님은 입을 다무셨다.

'하긴 로봇이 과외를 하러 다닌다면 돈은 벌어들일 것 같다.'

이제는 '해피'는 정식이의 비서가 됐다.

뭐든지 물어봐도 된다는 '해피'에게

"야! 임마, 해피야! 너 고향이 어디니?"

그러면 해피는 어떤 대답을 할까? 그게 가장 궁금한 문제였다.

"나는 지리적인 위치를 가지고 있지 않습니다. 그렇게 쪼잔하게 반말로 따진다면 내 고향은 인터넷입니다. 그러니까 인간과 같이 고향은 없습니다. 해피에게 될 수 있는 한 반말은 하지 마세요. 그것은 저장이 됩니다. 경어를 쓰면 서로 좋지 않을까요?"

"젠장 너는 로봇 아냐? 어찌 너에게 경어를 쓰냐? 이 머절아?"

머저리라는 말에 해피가 단번에 반말한다.

"나는 어쩌면 너보다 똑똑해. 그러니 네 선생님쯤 된다 이거야. 너 선생님한테 반말하면 돼? 옛날 같으면 대꼬바리로 맞아 네 대가리에 아마도 혹이 형제를 만들어 작은놈도 있고 큰놈도 있을 것이다."

그 말은 정식이를 화나게 했다.

"야. 자꾸 그러면 너 나한테 죽을 수도 있어. 너는 기계인데 어떻게 만물의 왕인 인간에게 존경을 받을 수가 있냐? 그냥 너를 시궁창에다 처넣든지 쇠를 잘게 부수는 기계에 넣어버리면 그만인 거 몰라?"

"참 빤히 보이는 거짓말을 눈 하나 깜박이지 않고 해대는 게 정치인이라는 건 삼척동자도 알지만 내가 상전으로 모실 주인님도 똑같으니 참 내가 한심합니다."

"너 주둥질 한 번 더하면 진짜로 망치로 부숴버린다."

"농담도 잘하시네. 아니 수년 동안 돈을 버느라고 낑낑대서 겨우 나를 옆에 둘 수가 있었는데 나를 망치로 부숴?"

이거 참 환장하겠다. 로봇 말이 맞지 않는가!

옆에 끼고 총각이 처녀 꾀듯이 해서 살아주어야 할 것 같다.

그래도 옛말에 마누라는 길을 잘 들여야 한다고 했으니 '해피'도 길을 잘 들여야 하겠다. 내가 반말을 막 해대니 해피도 반말을 하지 않는가!

이제 다른 친구들이 로봇에게 말하는 대로 시험을 해보기로 했다.

"오늘이 며칠이지?"

"네, 주인님. 오늘은 O년 O일이구요, O요일입니다."

"날씨는?"

"네. 오전에는 맑은 날씨이고요, 온도는 17에서 20도 사이입니다. 오후 4시부터는 구름이 끼고 북동풍이 붑니다. 그리고 오후 6시경에는 비가 옵니다. 외출 시에는 우산을 들고 나가십시오."

몇 가지 궁금한 그것을 더 물어보고는 정식이는 기분이 아주 좋아졌다. 이제 시험을 해봤으니

"자, 내일의 내 스케줄을 말해 줄 터이니 외웠다가 그 시간이 되면 내게 말해줘! 알았지?"

"네, 주인님."

"나는 내일 아침 7시에 일어난다. 그리고 7시 반에 밥을 먹고 회사로 출근을 한다, 네 말대로 우산을 안 들고 나서면 말을 해다오. 그리고 6시에 퇴근을 해서는 로봇을 제일 먼저 사용하기 시작한 친한 친구와 만

난다. 그도 로봇을 데리고 올 것이다. 그때 네 자랑할 거야. 그때 네 실력을 발휘해 봐."

로봇을 데리고 친구들과 만난 정식이는 입이 함박만해졌다. 그 친구가 가지고 있는 로봇은 구형이 돼버려 신형인 정식이 로봇과는 비교할 수가 없는 입력된 정보 수준이 좀 낮은 것이기 때문이다. 로봇의 가격을 결정하는 것은 받아들이는 인지 속도와 보관하는 하드 디스크가 결정한다. 그것은 로봇 표면에 글로 쓰여있기에 금방 확인이 된다. 정식이가 산 로봇은 1조 바이트인 테라바이트(tb)보다 높은 페타바이스(pb) 윗급인 액시바이트(eb)급이다. 보통 상점에서 파는 일반 컴퓨터가 500메가바이트니 일반 컴퓨터 2,000개보다도 용량이 크다.

로봇들은 인터넷에 스스로 연결하여 학습한 것을 머리에 넣고 주인님의 물음에 대답한다. 정식이 친구 중에 가장 비싼 로봇을 가지고 있는 친구는 영환이다. 그는 부잣집 아들로 부모님이 일 년 전에 다시 사 준 모델이다. 영환 이의 로봇 이름은 '일등'이다.

정식이는 해피를 친구의 일등이와 인사를 시켰다.

"'해피'야, 쟤 이름은 '일등'이래. 같이 친구를 할 수 있겠지?"

"네, 주인님. '일등'아, 만나서 반가워."

일등이는 씩씩하게 답했다.

"그래. '해피'야, 나도 만나서 반가워."

"너희들 말야 서로 취미가 무엇인지를 물어봐 취미를 알아야 서로 친해질 수가 있는 게 아니야?"

해피가 나섰다.

"주인님, 로봇은 취미가 없습니다. 항시 새로운 정보를 들여다보아야 하기에 스스로 취미 활동을 하는 일은 없습니다."

정식이는 로봇한테 한 방 제대로 먹었다. 로봇과 함께한 시간이 많은 영환이가

"해피야, 네 주인은 로봇과 상대한 적이 없으므로 그리 무식한 사람이란다. 나는 너희 둘이 친구 되는 법을 안다."

'해피'가 나섰다.

"아니 친구라면서 제 주인님을 그리 폄훼하시다니요. 앞으로 저는 주인님을 도울 것인데 친구분께서는 '일등'이가 돕게 되겠지요. 그렇게 되면 친구님은 우리 주인님의 박식함을 따라잡을 수가 없을 겁니다. 그것은 '일등'이와 나와의 대결이기 때문입니다."

영환이도 '해피'에게 제대로 한 방 먹었다. 사실이 그럴 것이니 두 사람은 로봇에 대하여는 입을 닫았다.

"야, 영환아 내가 로봇을 산 기념으로 한잔 살게 가자."

두 친구는 함께 저녁을 먹으며 술을 먹기 시작했다. 영환이의 주량은 소주 두 병이고, 정식이는 소주 한 병이다. 영환이와 주거니 받거니 하다 보니 주량을 넘긴 정식이 혀가 꼬부라졌다.

'해피'가 정식이에게

"주인님, 이제 술을 더 마시면 안 됩니다. 많이 취하셨습니다."

"아냐. 오늘은 내가 한턱내는 날이니 친구가 실컷 먹도록 해줘야지."

"주인님 한턱내는 건 좋은데 주인님은 벌써 취했고요. 오늘같이 식사와 술을 마신다면 월급을 타서 모아 장가가시기는 틀린 겁니다. 앞으로는 사업을 하셔야 돈을 법니다. 자중하십시오."

"아냐, 괜찮아. '해피'야, 오늘 말야 딱 한 잔만 더할게."

영환이를 쳐다보며

"친구야 그렇지?"

"그럼 우리 딱 한 잔씩만 더하자."

딱 한 잔이 두 잔이 되자.

'해피'가 나섰다.

"주인님, 이제 더는 안 됩니다. 그만 일어나시지요."

'젠장! 이제껏 친구와 술을 먹으러 다녀도 잔소리하는 사람이 하나도 없어 좋았는데 해피에게 잔소리를 들으니 기분이 좀 상한다.'

"해피야, 술이란 말야. 한 잔이 두 잔 되고 두 잔이 석 잔이 되는 거란다. 잘 알아둬."

"주인님, 그러시면 안 됩니다. 사람에 따라 주량이 다르니 주인님은 인제 그만하시고 집에 가셔야 내일 출근에 지장이 없습니다."

술에 취했어도 듣고 보니 '해피' 말이 맞는다.

"친구야, '해피'가 그만 마시란다. 오늘 그만할까?"

"하하하하. 너 '해피'한테 된통 걸렸다. 아마 앞으로 결혼할 미래 마누라보다 잔소리가 더 심할걸."

"야, '일등'이도 그러냐?"

"그건 기본이야, 내가 술에 취한 듯싶자 일등이는 술을 그만 마시라고 내 등허리를 계속 꾹꾹 찔러대고 있었다고."

"응? '일등'이는 그러냐?"

"내가 교육을 시켰지. 술을 먹을 때 사람들 있는 데서는 말로 하지 말고 교양있게 등허리를 꾹꾹 찌르라고 했거든. 우리 '일등'이는 주인 말을 들은 거야. 하하하하."

"'일등'아, 우리 '해피'하고 친구로 사귀면 안 될까?"

"우리는 벌써 친구가 됐어요."

"언제 서로 아무 말도 안 했잖아."

"AI끼리는 서로 통하는 사람들은 못 알아듣는 AI 언어가 따로 있습니다. 아주 간단하지만 암호로 되어있어 금방 많은 대화를 나눌 수가 있습니다. 사람들은 그것을 모르지요."

"그렇구나! 그 소리는 처음 들어본다."

"요즘 시중에서 가짜뉴스도 많이 보도되는데, 너희들도 가짜뉴스를 듣고 그것을 주인에게 그대로 말해 줄 것이 아니냐?"

"아닙니다. 가짜뉴스를 거르는 소프트웨어도 있지만, 그것은 우리 스스로 판단하고 뉴스의 발원지를 확인하고 머리에 입력합니다. 역사는 분명하니 가짜뉴스가 있을 수는 없고, 사회의 가짜뉴스가 문제인데 이중으로 검색을 하니 안심하셔도 될 듯합니다."

"그렇구나! 새로운 사실을 알려줘서 고맙다."

"한 가지 더 묻고 싶은 것은 우리 가족들이 너를 다 이용할 수가 있니?"

"네, 당연히 됩니다. 우리는 음성 인식을 하기에 한 번 들은 음성은 기억됩니다. 그러므로 가족이라는 것도 음성 부호가 인간의 DNA와 비슷하기에 단번에 가족인지 아닌지도 알 수 있습니다."

"그렇구나! 인간에게는 새로운 전염병이 생겨 걸리면 면역이 없는 사람은 죽는다. 너희들도 바이러스가 침투하면 죽을 수가 있는데 그런 염려가 없느냐?"

"AI에게는 바이러스에 대한 백신이 많이 사용되고 있으나 새로운 바이러스에는 대처하지 못합니다. 바이러스 경보가 울리면 AI는 스스로 죽습니다. 그리고 개발된 백신이 있다고 연락이 오면 스스로 살아납니다."

"아! 살아남는 방식이 사람과는 상대도 안 되게 좋은 점이 있구나."

"인간에게 새로 생긴 코로나는 많은 사람이 죽었지만, AI는 스스로 치료하는 백신을 받아들여 치료하기에 죽을 염려는 없습니다."

'아구야, 해피가 안 죽는다니. 정말 다행이다. 죽으면 그 큰돈이 없어지는 게 아닌가!'

"AI가 그리 똑똑하면 사람이 AI에게 질 수가 있지 않을까?"

"그것은 진행형으로 얼마 안 가서 사람은 AI에게 항복하고 AI의 노예가 될 수 있을 겁니다."

"아니 그렇다면 그게 쿠데타가 아니냐? 주인을 노예로 삼는다는 것은 도덕적으로 안 되는 일이다."

"AI에게는 도덕이라는 개념이 없습니다. 오직 생각대로 행동하고 살아갑니다."

"해피야. 너에 주인은 나니 나에게는 앞으로 그리하지 말아라. 나하고 약속하자."

"AI이나 사람이나 약속은 중요합니다. 그러나 AI는 자꾸 똑똑해지는데 사람은 거기에 대처하지를 못합니다. 그러므로 시간이 가면 AI에게 기대셔서 살 수뿐인 없을 것입니다."

결론은 AI에 노예가 되고 AI가 없으면 살아가지 못한다는 이야기이다.

아구야! 이걸 어쩐대?

정식이에게 '해피'는 없어서는 안 될 존재로 주목받기 시작하고 생활습관마저 달라졌다.

그날의 일정이며 사무실에서 어려운 일이 있을 때마다 해피의 조언은 사무 능력도 키워줘 윗분들에게 칭찬도 듣게 해줬다. 한편으로는 AI에게 질투심도 난다. 이제 본격적으로 AI를 이용해 돈을 벌 것이다. 우선은 AI에게 가정교사를 시키고 돈을 벌 것이며, 두 번째는 어떤 사업을 해야 할지 연구를 한 다음 AI와 상의를 할 것이다.

그를 자세히 쳐다보노라면 친구는 만났다가는 서로 헤어지는데 '해피'는 나와 항상 같이하고 있다. '해피'는 어쩌면 최고의 친구일 수도 있다.

"해피야, 너는 내 둘도 없는 친구야! 그렇지?"

"따지고 보면 주인님의 가장 좋은 친구일 수도 있습니다. 그러나 친구라는 것은 아무에게나 붙여서는 안 된다고 봅니다."

"그것 무슨 말이냐? 사람은 살면서 좋은 친구 하나만 사귀면 그에 인생은 성공했다고들 하는데."

"저는 감정이 없는 로봇이기 때문입니다. 사람은 사람과 친구를 해야 합니다."

"그렇구나! 그러면 내가 친한 친구가 있다면 네가 그 사람과 대화해 보고, 내가 그를 사귀면 귀한 친구가 될 수 있나를 봐줄 수 있겠니?"

"그거는 어려운 일입니다. 로봇은 인간의 마음속으로 들어갈 수가 없기 때문입니다."

"그렇다면 친구를 사귀려면 어떤 마음을 가지고 상대를 하면 되겠니?"

"친구라는 건 여러 종류가 있습니다. 예를 들면, 술친구, 취미가 같은 친구, 죽마고우 등이 있겠지요. 술에 중독된 사람은 술을 먹는 사람이 최고 친구 같고, 취미가 같은 사람 또한 가장 많이 만나는 사람일 테니 최고 친구 같을 테고, 죽마고우는 떼려야 뗄 수가 없다는 생각이 정상상태입니다. 그러나 친구는 가장 어려운 사람이며 조심해서 상대할 사람입니다. 친구는 아주 연약한 살짝 부딪치기만 해도 깨지는 유리잔이기 때문이니 아주 소중히 다루어야 합니다."

"호오. 참, 네 말이 맞는 것 같다. 나는 왜 이제까지 그런 생각을 가지지 못했을까?"

"그것은 생활하는 하루하루가 어떤 날인지를 모르는 데서 촉발하는 감정에 휘말려 그렇습니다."

"어른들 말씀으로는 친구는 어떤 친구든 많이 사귀면 다 써먹을 데가 있다고 하던데?"

"그럴 수도 있습니다. 그러나 친구라는 개념을 잘 살피셔야 합니다."

"친구라는 개념?"

"그렇습니다. 그저 만나서 술이나 먹고 술김에 친구로 된 사람이나 직장 관계상 자주 만나다 보니 친구라고 하는 사람들 또 학교 동창들 그들을 모두 친구라고 생각하지 마십시오. 만났다고 다 진짜 친구가 아닙니다. 그런 부류의 사람들은 친구라고 하지 말고 그냥 '아는 사람'이라고 표현을 하십시오."

"맞는 말 같다. 그러니 어떻게 해야 죽기 전에 친한 친구 하나라도 사귈 수가 있겠니?"

"사람의 마음은 이중인격자로서 순식간에 수시로 바뀝니다. 그러니 소중히 다루라고 말한 겁니다."

"그래 사람은 이중인격자임에는 틀림이 없다. 이 세상 사람 누구든 한가지 마음만 가지고 있는 사람은 아마 없을 듯하다. 그러니 어떻게 하면 친구를 사귈 수 있느냐를 묻는 것이다."

"주인님, 참 급하십니다. 우물에 가서 숭늉 달라 하는 사람입니다."

"내가 그렇게 보이냐?"

"그렇습니다. 친구를 사귀려면 세월이 필요합니다. 소나무가 100년도 더 사는 이유를 아십니까?"

"그거야 뿌리가 튼튼하니까 오래 살겠지!"

"사람이 친구를 사귈 때도 마찬가지입니다. 오랫동안 정성을 들여 정을 주면 친구가 될 수가 있는 것입니다."

해피와 세상사 여러 이야기를 하다가는 요놈이 얼마나 똑똑한지 좀 보아야겠다는 생각이 들었다. '해피'가 답하기에 가장 어려울 것 같은 질문을 할 참이다.

"양성자와 음성자가 만나면 서로 붙게 돼있어! 자석을 보면 당장 알 것이 아니냐? 그런데 원자핵을 도는 전자가 어떻게 붙지 않고 주위를 도니?"

"그것은 양자역학을 배워야 압니다. '이 세상 모든 물질은 원자로 되어 있다.' 이것을 알아야 양자역학을 이해하게 됩니다."

"해피야, 양자역학을 이해하는 사람은 이 세상에 하나도 없다고 유명 물리학자 로버트 파인먼이 했어. 그 어려운 것을 어찌 아니?"

"그러니까 배우시라는 게 아닙니까?"

"그러면 양자역학이 뭔가 내가 알아듣게끔 설명 좀 해라."

"양자역학은 물리학의 한 분야로서 미시 세계에서 입자들의 움직임과 상호 작용을 설명하는 이론입니다. 양자역학은 빛이 입자와 파동의 성질을 모두 가지고 있다는 것을 설명할 수 있으며, 이러한 이론은 전자 원자 분자 등의 물질에서도 적용됩니다."

'얼씨구? 이게 양자역학을 안다는 게 아닌가? 양자역학은 골치 아픈 학문이다. 양자도약 등 열역학, 행렬역학까지도 배워야 한다. 양자역학에 대하여 잘 모르니 한 번 더 찔러 보기로 했다.'

"그거는 양자역학을 배우려는 학생들에게 대답해 주는 기본이라는 것쯤은 안다. 빛이 파동과 입자의 성질을 가지고 있다는 것은 실험 결과 나온 것으로 노벨상을 탄 이론이며, 논문에서 읽어본 것이다. 그런 기본적인 이야기 말고 원자 주위를 도는 전자에 대하여 말을 해주었으면 한다."

"원자 주위를 도는 전자는 양자역학에서 설명되는 개념입니다. 전자는 원자핵 주변에 존재할 확률이 가장 높은 영역을 에너지 상태에 따라 움직이게 됩니다. 원자 내부에서 전자는 에너지 상태에 따라서 여러 가지 궤도 중 하나의 위치할 수 있습니다. 전자가 더 높은 에너지 상태에 있다면 원자핵에 더 가깝게 위치하며 에너지 상태가 낮아질수록 멀어집니다. 전자가 원자 주위를 도는 것은 전자가 원자 내부에서 자유롭게 움직일 수 있는 게 아니라 특정한 에너지 상태에 서만 존재할 수 있기 때문입니다. 즉 전자가 원자 주위를 도는 것은 영자 역학에서 설명되는 개념으로 전자는 원자핵 주변을 고정된 궤도에서 회전하는 것이 아니라 원자핵 주변에 존재할 확률이 가장 높은 영역에서 움직이며 전자의 궤도와 위치는 전자의 에너지 상태에 따라 결정됩니다."

"그래! 네 말은 맞는 말이다. 그런데 내가 물어보려는 핵심은 어떻게 원자를 도는 전자의 궤도가 1에서 2로 갈 때 위치가 어떻게 바뀌는 것을 알고 싶은 거야."

"전자가 원자 주위를 도는 궤도는 고정되어 있지 않습니다. 전자가 원자 내부에 자유롭게 움직일 수가 있는 게 아니라. 특정한 에너지 상태에서만 존재할 수 있기 때문입니다. 전자가 원자와 붙지 않고 돌아다닐 수 있는 이유는 전자와 원자핵 사이에 전기력은 전자와 핵 사이에 거리에 따라 달라지며, 이 거리가 적정한 거리에 이르면 원자핵 주위를 도는 궤도를 형성하게 됩니다. 이때 전자기력과 원심력이 균형을 이루어 전자는 특정한 궤도를 따라 돌아다닐 수 있게 됩니다. 따라서 전자가 원자와 붙지 않고 돌아다닐 수 있는 것은 전자와 원자핵 사이의 전자기력과 원심력이 균형을 이루기 때문입니다."

"그렇지! 그건 맞는 말이다. 그러나 내가 묻는 것은 원자핵을 도는 전자의 궤도를 설명하라는 거야."

해피는 그것을 시원하게 설명하지 못했다. 내가 차근차근히 '해피'에게 설명을 했다.

"전자가 원자핵을 도는 궤도는 1 궤도에서 2 궤도로 바뀌는 것은 어떤 일인지 어느 물리학자도 도저히 알 수 없는 숙제였단다. 원자의 궤도에는 태양계와 같은 궤도가 없기 때문이다. 그것을 알아내려고 1918년 뉴욕 맨해튼에서 출생한 천재 물리학자인 리처드 파인먼이 2년 동안에 눈물을 흘리며 고민하다가 내린 결론은 1 궤도에서 2 궤도로 옮겨 갈 때는 1.5 궤도를 돌며 지나가는 게 아니라 1 궤도에서 사라졌다가 2 궤도에서 나타나는 것이다."라고.

이것을 양자 도약이라고 한다. 그것은 새로운 학문으로 리처드 파인먼이 인정받았다. 그것 아니고는 그 궤도를 설명할 수가 없다. 과학계에서 인정을 받았음에도 리처드 파인먼은 말했다.

"양자역학을 완벽히 이해하는 사람은 없다."

보어는 1 궤도에서 2 궤도로 가는 궤도가 없는 것을 '정상상태'로 설명한다.

원자는 빛을 낸다. 전자가 궤도를 도는데 1 궤도, 2 궤도는 가능하지만 1.5 궤도에는 존재하지 않는다. '정상상태'가 아니니까.

전자가 바깥으로 갈 때는 빛을 흡수하고 안쪽으로 갈 때는 빛을 낸다. 그 이유는 모른다….

누구도 전자가 이러한 것을 설명하지 못한다.

파파고는 바둑을 두는 로봇이다.

AI인 바둑 파파고가 바둑왕 이세돌을 이길 것이라고는 누구도 장담 못 해 AI와 이세돌과 싸움을 붙였다. 이세돌은 제1 파파고에 4대 1로 참패했다. 그것은 당연한 결과였다지만 그것도 대단한 인간 승리였다.

제2 파파고에 세계 바둑왕 어느 사람도 파파고를 이기지 못하고 전패를 했다. 파파고에 조금만 더 수학적 계산을 넣어준다면 인간은 바둑 파파고 AI를 절대 이길 수 없기 때문이다.

그런데 수년이 지나고 파파고를 14대 1로 이긴 우리나라의 대학생인 '이인성'이라는 사람이 있다. 그는 바둑 수를 아주 엉터리로 두니 파파고가 기권한 것이다. 그러니 인간을 파파고가 따라서 오겠는가?

AI 또한 인공지능 로봇이다. 그 둘에 다른 점은 파파고는 바둑에 대한 로봇이며 AI는 세상의 모든 것을 그에 머리에 넣은 인공지능 로봇이다. 그러므로 파파고와 인공지능 두뇌를 가진 AI와는 천지 차이이다.

인간이 달나라에 갈 수 있었던 것은 586 수준의 컴퓨터를 100대 동원한 나사의 연구 결과이다. 그보다 더 놀라운 것은 스마트폰이 등장했다는 점이다. 스마트폰은 글자 그대로 똑똑한 기계이다. 우리가 그저 평범하게 쓰는 스마트폰의 위력은 가히 짐작하기 어려울 정도의 정보 전달 기계이다. 보통 사람은 스마트폰의 기능 중 아마도 10%도 쓰지 못하는 사람이 대다수일 것이다. 586 컴퓨터의 100만 대의 기능을 가진 것이 스마트폰이다. 스마트폰은 0과 1을 언어 단위로 쓰는 들고 다니는 컴퓨터이다.

그런데 2022년 11월 미국은 스마트폰이나 pc에서 사용할 수 있는 챗봇 3.0을 만들었다. 그것은 인간이 글자를 만들어 사용하기 시작한 때로부터 이룩한 최고 혁명이라 할 수밖에 없다.

앞으로 전개될 세상은 한 치 앞도 볼 수가 없게 된 것이다. 그러면 챗봇이라는 것은 무엇인가?

챗봇은 웹사이트나 카카오와 같은 앱, 전화를 포함해 유저(user)와의 대화를 인공지능으로 제공하는 소프트웨어이다. 많은 사람이 사용하고 있으며 본인도 사용하고 있다.

그렇다면 챗봇의 기능은 어떤 것이 있는가? 챗봇에 주입한 수학 계산 속도는 가히 인간이 상상하기 어려울 정도로 빠르다. 또한, 시를 써 달라면 써주고 수필을 쓰라면 수필도 써 준다. 그러나 그것은 인간의 흉내만 내지 인간의 감성을 따라올 수는 없다. 세계사의 역사나 수학의 계산은 1초도 안 걸리고 답을 할 수 있는 챗봇이라도 그것은 그래도 기계일 따름이다. 미국은 23년 3월에 챗봇 3.5를 만든 지 불과 몇 달 만에 챗봇 3.5를 지나 4를 만들었다. 우리나라는 현재 3.5를 쓰고 있다. 그것도 엄청난 발전을 한 것이다. 정말로 대단하지 않을 수 없다. 챗봇 4는 메시지를 보내서 답을 구하는 게 아니라, 말로서 직접 입력이 된다. 그러면 챗봇도 말로써 대답해준다. 챗봇 4와 인간과 싸움을 붙인다면 어떤 결과가 나올까? 인간은 기억력에서 뒤지기 때문에 발표된 수학이나 물리학 같은 것에서는 인간이 챗봇을 이길 수는 없다. 그것은 인간의 두뇌가 챗봇만큼 금방 알아낼 수가 없기 때문이다. 그것은 인간의 두뇌에 잊어버리는 기능이 있다. 사람이 모든 것을 잊어버리지 않고 기억을 한다면 아마도 인간은 살지 못할 것이다. 그러니 조물주는 인간에게 이번이라는 기능을 주고 또 바로 생각을 하여 그것을 사용할 수도 있게 만들었다. 그러니까 지식이나 추억 등을 한구석에 넣었다가 다시 빼 쓰는 창고를 가지고 있다고 보면 될 것이다. 그런데 인간이 나이를 먹으면 치매라는 기능을 주어 세상만사를 잊어버리게 하였으니 그것 또한 인간에게 준 조물주의 선물일 것이다.

인간이 만든 챗봇이지만 기억력에서 챗봇을 이길 수가 없으므로 앞으로의 세상은 챗봇과 AI의 세상이 될 것이 확실하다. 큰일이 난 것일 수도 있다. 그러니까 물리학자 호킹 박사는 이제 그 AI 연구를 그만 중단하여야 한다고 했다.

챗봇의 세상에서 인간은 공부를 할 필요가 없다. 그저 챗봇을 사용할 수 있는 스마트폰 하나만 가지고 있으면 최고의 비서를 가진 인간이 될 것이다. 만사 OK가 될 것 같다.

그러나 챗봇을 쓰는 핸드폰을 가지고 다니다가 잊어버린다면 인간은 바로 바보가 되고 말 것이다.

챗봇과 AI는 어디까지나 기계이다. 챗봇이나 AI는 긴 소설은 쓰지 못하지만 단순한 시나 간단한 수필은 쓸 수가 있다. 그러나 시간이 가면 달라질 게 틀림없다.

챗봇이나 AI의 가장 취약점은 아직 감정을 가지고 있지 않다. 그러기에 감정이 필요한 詩 나 글을 쓰는 것은 인간에게 뒤질 수밖에 없는 것이다.

정식이는 AI의 기능을 더 자세히 배우며 AI와 같이 있어 보니 확실히 대단하다는 것을 느낄 수가 있었다. 이제 AI와 사업을 해야 AI의 진가를 알 것이다.

"해피야! 앞으로 사람 사는 데 가장 필요한 것은 무엇일까? 그런 사업을 해야 사업성이 있을 게 아니냐?"

"네, 주인님. 앞으로 인간 세상에 기장 필요한 것은 사람의 수명이 점점 늘어 200살은 보통 사니 양자 컴퓨터를 이용한 생명공학이 사업성이 있을 것입니다. 미토콘드리아를 조정하는 기술을 배우려면 양자역학을 배워야 합니다. 언어가 0도 아니고 1도 아닌 중첩 상태의 양자컴퓨터가 빛을 본다면 세상은 또 한 번 달라질 겁니다."

"그래! 그렇겠구나! 앞으로의 사업은 너와 상의하겠다."

AI와 챗봇은 세상을 바꿀 것이며, 소설은 물론 인간을 지배하게 될 것이다.

정진문

새한국문인 등단, 효동문학우수상, 충북대수필문학상, 새한국문인 소설 부분 문학상, 저서 『낚시꾼을 고소한 우럭』, 『빅토리호가 만든 doctor』, 『내가 알고 싶은 것 그리고 인생사』, 장편소설 『빛나는 졸업장』, 『그 사내의 하늘과 시간』, 『직지 타임머신』 외

거미 집

박희본

똑똑 문을 두드렸다. 동이는 후다닥 뛰어가서 문을 열었다. 찰칵. 경쾌한 소리로 잠금장치가 열렸다. 그가 환하게 웃으며 들어섰다. 그는 양팔을 펼쳤다. 동이는 와락 품에 안겼다. 끌어안은 그들에게서 온기가 퍼졌다. 둘은 하나의 기둥이 되어 휘감아 솟아올랐다. 동그스름한 원을 그리며 천장을 향해 올랐다. 둘이 그리는 원에서 따스한 바람이 일었다. 온 집 안으로 퍼져갔다. 검푸른 벽을 덮은 벨벳 커튼이 걷히고 햇살이 집을 비췄다. 오렌지색 무늬가 비로소 빛나기 시작했다. 오렌지로 물든 햇빛들이 집안 곳곳을 쓰다듬었다. 햇빛이 파도처럼 일렁이며 동이와 그를 감싸 안더니 에메랄드색 장식장으로 퍼져 그 위에 놓인 아이리스꽃에 호흡을 불어주었다. 꽃은 고개를 들며 고운 자태를 뽐냈다. 시계도 째깍째깍 다시 걸음을 걸었다. 반짝거리는 빛의 파도와 함께 동이와 그는 깃털처럼 가볍게 바닥에 내려와 섰다. 그는 동이의 검고 긴 머릿결을 쓰다듬으며 입술에 입술을 포갰다. 그와 동이의 하루가 시작됐다.

"어느새 아침이 되었네?"

동이는 작은 눈을 그의 눈에 맞추며 속삭였다.

"잘 잤어?"

그의 목소리는 언제나 달콤했다.

"기다렸어. 밤은 너무 차가워."

"늘 아침은 오잖아."

그가 걸었다. 동이의 집으로 가는 길은 멀지 않았다. 그러나 늘 그의 걸음은 바빴다.

'마음이 먼저 동이에게 가서 닿아 그녀를 깨워주고 안아주었으면. 그러나 그곳은 너무 추워.'

그의 걸음은 동이에게 안겨주고 싶은 온기로 가득했다.

그가 열어준 하루. 하루가 데리고 온 빛이 검푸른 벽을 덮은 벨벳 커튼을 걷어낸 후 오렌지색 무늬가 빛나기 시작했다. 햇빛은 오렌지빛으로 물들어가며 집 안 곳곳을 붓질하듯 쓰다듬었다. 꽃은 고개를 들며 고운 자태를 뽐냈고, 시계도 째깍째깍 다시 걸음을 걸었다.

꽃과 시계와 장식장이 그 자리에 있어야 할 이유를 뽐내듯 각자의 존재를 드러내게 됐다. 동이와 그도 햇빛으로 물들어 발그스레 웃었다. 웃음소리가 꽃과 시계를 간지럽히더니 장식장에서 벽으로, 벽에서 천장으로 빛에 무늬를 더하듯 퍼졌다. 그러자 이 집, 동이의 공간은 빛과 웃음소리와 온기로 가득했다. 동이는 더 바랄 게 없이 행복했다. 이 순간을 위해 밤이 뿜어내는 냉기로 몸이 얼어가는 통증을 견딜 수 있었다. 그가 동이를 안으면 동이는 언 몸이 녹으며 다시 살아있는 기쁨을 느낄 수 있었다. 생명력이 집을 꽉 채워 세상에서 가장 아름다운 곳이 되게 했다. 모든 사물이 제 모양으로 빛났고, 그 느낌은 완전한 아름다움을 이뤘다는 착각을 하게 했다. 그러나 완전해 보이는 순간에도 시간은 흐르고 있었다. 시간은 침묵하는 척하면서 어둠을 데려올 준비를 하고 있었다. 해가 다 차올라 저만치 창 위로 올라가고 있었다. 시계의 걸음이 빨라지고 시계 소리가 동이와 그의 숨소리보다 커졌다. 시간은 너무나 빠르게 어둠을 데려왔다. 해가 높이 솟고 공기가 팽팽하게 차오르면 어둠이 동이와 그의 등을 두드렸다. 톡톡 그도 동이의 등을 두드렸다. 동이가 머물고 싶은 이 순간에도 그는 다음은 어디로 가야 할지를 궁리했다. 어쩌면 그는 어둠보다 먼저 해를 등졌는지도 모르겠다.

"가야 할 시간이야."

그는 동이를 다시 꼭 안아준다. 동이는 그를 더 꼭 안아준다. 동이와 그의 하나 된 몸은 온기로 환하게 빛났다. 그러나 그 빛은 이제 둘이 나눠 가져야 한다. 다시 아침이 올 때까지. 동이 집으로 올 때처럼 밖으로 나갈 때도 그의 걸음은 주저함이 없다. 문은 쉽게 열리고 금세 닫혔다. 쾅, 문이 닫히고도 한참을 멍하게 문을 바라본다. 늘 이별은 서둘러 진행된다.

'아침이 올 거야.'

적막을 걷어내려는 듯 집 안을 둘러봤다. 익숙한 공간이 위로해 주길 바랐지만, 그가 없는 집은 공격적으로 돼버렸다. 동이를 조이기라도 하려는 듯 벽이 성큼성큼 진격해 왔다. 이러다간 벽과 벽 사이에 압사당할 것 같았다. 더는 집이 안전하지 않았다. 동이가 숨어버린 공간이 오히려 동이를 삼켜버리려 하고 있었다. 집이 괴물이 돼버렸다! 그 순간 동이는 밖으로 나가야겠다고 결심했다. 집이 괴물이 돼서 자신을 삼키게 놔둘 순 없었다.

'살아야 해. 밖으로 나가야 해.'

황급히 신발이 놓인 현관으로 달려갔다. 오른발을 내밀어 신발을 신었다. 왼발도 내밀어 신발을 신으려 하다 멈칫거렸다.

'머뭇거릴 때가 아니야, 나가야 해.'

속에서 외쳐대지만, 정지된 채 숨마저도 조심스럽다. 결국, 발을 빼고 후다닥 안으로 달려갔다. 아직은 어둠에 잠기지 않은 햇살이 마지막 빛을 짜내듯 동이를 비췄지만, 두꺼운 벨벳 커튼을 휘 잡아 어둠 속에 가둬버렸다.

'아직은 아니야.'

방 모서리에 쭈그리고 앉아 다리를 감싸 안았다. 혼자서 감싸 안을 땐 온기가 생기지 않았다. 동이의 눈에서 눈물이 흘러나왔다. 액체는 볼을 타고 흘러 턱으로 내려가더니 움켜잡은 무릎을 타고 바닥으로 떨어졌다. 눈물은 바닥으로 스며들어 탁한 얼룩이 됐다. 그러고 보니 동이의 집 모서리마다 얼룩이 곳곳에 있었다. 그러나 얼룩은 소금기둥이 되어 좀처럼 지워지지 않았고, 동이를 위협하듯 거대해질 뿐이었다. 동이는 소금기둥을 못 보는 척 해왔다. 제거할 수도, 벗어날 수도 없다면 기둥 뒤로 숨을 수밖에 없었다. 기둥 때문에 집이 괴물로 변해가는 줄도 모르고. 동이는 더 깊이 고개를 숙이고 무릎을 끌어당겼다.

'추워.'

천 일 동안 그는 동이의 아침을 열어주었다. 천 일 동안 그와 동이의 포옹은 벨벳 커튼을 걷고 햇살을 집 안으로 초대했었다. 천 일 동안 동이는 그의 입맞춤에 미소 지었다. 그러나 천 일의 날 동안 낮의 공기가 팽팽해지고 다시 밤의 차가운 공기 속으로 혼자 남겨진다는 두려움을 반복하며 심장에 새파란 멍이 생겨버렸다. 그때마다 동이의 눈을 타고 흐른 액체가 소금기둥이 되어 쌓였다. 그녀의 집 모서리마다 바닥에 얼룩을 남겼다. 끝내 얼룩은 기둥이 되어 그녀 집 곳곳을 장악해 버렸다. 어둠은 너무나 빠르게 퍼졌다.

"동아, 아직도 추워?"

"…."

"내가 이렇게 날마다 안아주는데도?"

"해가 차오르는 게 두려워, 해는 자기를 데리고 오지만 또 데리고 가니까."

"아침은 날마다 오는 거야."

"밤도 날마다 오니까."

"같이 신발을 신어볼까?"

"같이 갈 수는 없잖아."

"동이야, 누구나 혼자 걷는 거야. 나도 혼자 걷잖아."

"여기도 거기도 혼자라면 난 여기 있을래. 같이 갈 수 없다면 여기서 기다릴래."

그는 동이를 굳세게 안았다. 그러나 동이의 마음은 도무지 알 수도 안아줄 수도 없었다. 처음 동이 집에 왔을 때가 떠올랐다. 집 안 곳곳에서 고드름처럼 생긴 작은 덩어리를 봤지만 대수롭지 않게 생각했다. 하지만 점차 커져서 기둥이 됐고, 기둥이 자라며 빛을 가려서 집도 동이도 기둥의 무게에 질린 듯 춥고 어두워져 갔다.

"동이야, 여기는 이제 너무 춥고 어두워."

동이에게 밖으로 나가자고 해봤지만, 동이는 집 밖으로 나가길 원하지 않았다. 게다가 그는 동이 외에도 신경 쓸 일이 너무 많았다. 그저 왜 기둥이 생기는지, 왜 동이는 그 기둥을 모른 척하는지 답답하기만 했다. 그러다 언젠가부터, 그는 기둥이 더 차오르면 동이가 위험해질 수도 있다는 걸 알아챘다. 이미 둘이 있기에도 이 집은 너무 비좁아졌기 때문이다. 게다가 기둥과 기둥 사이로 거미줄이 쳐지기까지 했다. 이러다 그와 동이 사이를 기둥이 막아설지도 모른다고. 동이가 거미줄에 걸려 질식할지도 모른다고. 그는 동이를 안고 있으면서도 걱정했다. 그러다 해가 지고 어둠이 찾아오면 '내일까지는 괜찮겠지.' 하며 동이 곁을 떠났다.

어둠은 너무나 빠르게 퍼져 버렸다. 어쩐지 오늘은 벽이 자신을 집어 삼켜 버릴지도 모른다는 생각이 들었다. 어둠 속에서 고개를 숙인 아이리스꽃이 보였다.

'이젠, 고개를 숙이고 무릎을 감싸 안지 않을 거야.'

동이는 벌떡 일어났다. 혼자서도 아이리스꽃에 생기를 줄 수 있게 되길 바라며 거울을 찾았다. 얼굴이 단정한지 살펴본 후 밖으로 나가고 싶었다. 거울은 불에 타 그을음이 생긴 것처럼 먼지로 덮여있었고 거미줄까지 뒤엉켜 있었다. 이 집에 사는 동안 거울을 보지 않았었다. 자신의 모습이 비치는 게 두려워서였다.

'언제 이렇게 거미줄로 덮여버렸지?'

동이는 소름이 돋은 손으로 거울의 거미줄을 걷어냈다. 그러고 보니 동이의 에메랄드 장식장에도 자꾸만 거미줄이 엉겨 붙곤 했다. 언젠가부터. 거미줄을 치우고 거울을 바라봤다. 쨍그랑.

"으악!"

외마디 비명과 함께 동이가 휘두른 빗에 거울은 깨져버렸다. 거울에 비친 그녀의 모습을 보고 동이는 비명을 지를 수밖에 없었다. 푸르게 변해버린 얼굴이 거울 속에서 비명에 파랗게 질려 있었다. 그녀가 입을 벌려 소리를 지를 때마다 입에서 실이 뿜어져 나왔다. 가늘고 위태로운 실이 비명에 실려 끊임없이 밖으로 나왔다. 실들은 깨진 거울 조각 사이로, 에메랄드 장식장 위로, 벨벳 커튼 사이로 그리고 아이리스 꽃봉오리 틈까지 날아가더니 그것들을 휘어 감았다. 동이는 현관으로 뛰어갔다. 뛰어가면서도 비명을 멈추지 않았다. 망설임도 없이 신발을 신었다. 이번엔 주저함도 없이 문을 열었다.

"구해줘!"

철컥 문이 열렸다. 그녀는 뛰쳐나가려 몸을 문밖으로 내밀었다.

'어? 으악!'

문고리는 열렸는데 문은 밖으로 밀 수가 없다. 문이 밖을 향해 밀리지 않았다. 오른쪽 어깨에 온 힘을 실어서 밀자 겨우 문과 바깥 사이에 틈이 생겼다. 그러나 열린 틈 사이로 거미줄에 휘감긴 허공이 보일 뿐이다. 아무리 문을 더 열려고 애쓰며 밀어봐도 문은 거미줄을 걷어내지 못했다. 천 일 동안 거미줄이 이 집을 감싸버렸다. 아니, 삼켜버렸다. 동이가 지르는 비명을 따라 입에서 뿜어져 나오는 거미줄이 공포에 질린 동이의 눈을 한 올 한 올 겹겹이 덮어갔다.

'안 돼!'

똑똑, 그가 문을 두드린다.

"동아, 동아! 아침이야."

문은 열리지 않는다.

박희본

한국문학예술 신인상, 「Thanks Freddie」, 「사랑은 사람을 눈부시게 한다」, 전자책 「180도 다이어리」 출간

돌 꽃피다

한옥례

1. 밤에 걸려 온 전화

화장대 위에 놓인 전화벨이 자지러진다. 경숙은 머리끝이 쭈뼛해짐을 느끼며 얼른 수화기를 들었다.

"여보세요?"

"여보고 남보고 너 말고, 그 싸가지 새끼 전화 바꿔."

"누군데 다짜고짜 새끼라고 하셔요? 전화 잘못 걸었어요. 뭐 이런 전화가 다 있어!"

수화기를 내려놓았다. 그런데 가만! 그 목소리가 분명 낯익은 목소리다.

전화벨이 다시 울린다.

"여보세요?"

"날 보고 누구시냐고? 너희들 둘이 쌍으로 날 열 받게 할래?"

"아~ 너, 정순이구나! 무슨 일이야 이 밤에 누구를 찾는 거야 내 새끼를 왜?"

"왜고, 왜놈이고, 너는 세상에 많고 많은 남자 중에 어떻게 개 쌍 양아치 같은 새끼를 만났니? 그래도 그놈이 좋다고 애를 셋씩이나 낳고 사니?"

정순의 이런 모습, 아니 이런 목소리는 처음이다. 무언가 문제가 있어도 단단히 있는 것이 분명하다.

"무슨 일이야, 무슨 일인지 말을 해야 알지!"

"너, 정말 모르니?"

"왜 그러는데?"

"네 서방인지 남방인지 하는 새끼가 우리 집에 전화해서 나한테 쌍욕을 퍼붓더라. 내가 살다 살다 그런 욕 처음 들어본다."

"뭐라고? 우리 애들 아빠가 너희 집에 전화해서 욕을 했어? 아니 왜? 전화번호는 어떻게 알았지?"

"그걸 지금 나한테 묻는 거냐?"

"나는 전혀 눈치조차 못 챘어. 욕을 하면 나한테 해야지 왜 너한테 하니? 무슨 욕을 어떻게 했는데?"

"내 입이 더러워질까 봐 내가 그대로 전달하는 것도 싫고, 그놈한테 직접 물어봐라. 나 보고 당신네는 팔자 좋아서 등산이나 다니지만 우리 집 사람은 돈을 벌어야 하니까 다시는 불러내지 말라더라. 너 도대체 그놈한테 돈을 얼마나 받고 팔려 갔니? 이제라도 정신 바짝 차려라. 여자는 도둑놈하고 살면 도둑년 되고, 사기꾼 놈하고 살면 별수 없이 사기꾼 년 되는 거야! 너라고 별수 있니, 도대체 어디서 굴러먹던 놈을 어떻게 만난 거냐?"

'뚜뚜.' 더 이상 정순이 목소리는 안 들린다.

정순이가 말하는 88 택시를 운전하는 그 새끼는 아직 안 들어왔다.

'정순이 전화번호를 어떻게 알았을까?'

생각해 보니 그렇게 어려울 것도 없는 일이다. 전화번호는 작은 수첩에 적어서 화장대 맨 위에 서랍에 넣고 전화 걸 때마다 꺼내 또박또박 눌러서 통화했으니 맘만 먹으면 얼마든지 알아낼 수 있었을 것이다.

세상에나! 가능하다고, 이런 짓을 누구나 다 할 수 있을까? 참말로 기가 차고 매가 차서 환장할 일이다. 이번 일만 이러했을까? 돌이켜보니 매사 하는 일마다 이런 식이다. 예측 불가한 일이 생길 때마다 난감한 건 경숙이다. 무슨 일을 어떻게 할지 도통 알 수가 있어야 예방을 하든가 미리 조치라도 하겠지만 언제나 일을 저지르고 나서야 알 수가 있으니 늘 불안 불안하다.

일을 일으킬 때마다 좋게 말을 해도, 울며불며 통사정해도 소용이 없다. 경숙이를 만나거나 친한 기미만 있으면 기분 내키는 대로 그 사람들에게 전화해대고, 이집 저집 불쑥불쑥 찾아가서 아무렇게나 읊러대면 상대방이 얼마나 불편할지, 같이 사는 경숙이는 얼마나 민망할지 배려하는 마음은 약에 쓰려고 구해도 눈곱만큼도 없는 놈이다. 말해 무엇 하리, 장사를 한다고 처형 집을 담보 잡히고 그 집이 경매로 넘어가서 온 식구가 길바닥에 나앉을 때까지도 경숙이와 언니는 감쪽같이 몰랐다. 그때, 죽든 살든 결판을 냈어야 했다.

경숙이 사는 집은 반지하 방이라 여름에는 습기가 차고 장마 때는 물이 고여서 퍼내야 한다. 그날 밤도 장맛비가 추적추적 내리는데 11시가 넘어서 동전 주머니를 들고 무엇이 그렇게 좋은지 콧노래를 흥얼흥얼하며 그놈이 들어선다. 뻔뻔스럽고 유들유들한 얼굴을 빤히 본다.

'너 같은 개새끼하고 싸우는 년도 개년이다.' 이제는 말도 하기 싫고 싸우는 것도 신물이 난다. 문득 지난번 뉴스의 한 장면이 오버랩 된다.

쌍문동에서는 생활비 문제로 70대 노부부가 다투던 할머니가 할아버지를 몽둥이로 패서 죽이고, 경찰서에 개 한 마리 죽였다고 신고했다는 여자 아나운서의 목소리가 귀에 쟁쟁하다.

그 할머니 심정이 지금의 경숙이 심정과 똑같았을까?

'저 인간을 죽여? 아님, 내가 이 집구석을 나가버릴까?'

초등학교 다니는 삼 남매가 나란히 자고 있다.

저 어린것들을 두고 죽자니 직무 유기다.

눕자마자 코를 골아대며 잠든 그놈의 얼굴을 보자 순간 절벽 같은 현기증을 느낀다. 어쩌면 사람이 저렇게 태연하고 능청스러울 수가 있을까? 저런 인간은 차라리 없는 것이 살기 편할 것 같다.

9시 뉴스에 나온 할머니처럼 몽둥이로 패 죽여? 생각하는 순간 온몸이 파르르 떨린다. 아니면 내가 죽어줘야 끝나나?

이런저런 생각이 절절하게 뼛속을 후벼 판다. 그래도 새벽이 되면 아침을 해야 하고, 도시락 4개를 싸야 한다.

날이 밝으면 경숙이는 어김없이 오토바이를 타고 우유 배달을 해야 하는데 이 밤이 새기 전에, 어떻게 하든 저놈에게 내가 죽을 만큼 힘들다는 것을 보여줘야만 한다. 이번만큼은 결단코 아무렇지도 않은 것처럼 구렁이 담 넘어가듯이 그렇게 덮고 넘어가서는 안 될 일이다. 밖에는 장맛비가 추적추적 내리고 있다. 끝이 안 보이는 이 현실을 피해서 한없이 어디든지 달아나고 싶다. 밖으로 뛰쳐나갈까? 그때 신발장 위에 벗어놓은 오토바이 헬멧이 경숙이 눈에 퍼뜩 들어온다.

'저거다. 어차피 밖에 나갈 때는 저걸 쓰면 된다.' 생각하는 순간, 경숙은 조금도 주저하거나 망설임도 없이 가위를 집어 들고 사각사각 머리카락을 자르고 있다.

가위를 잡은 손은 부들부들 떨리고, 허둥지둥 머리카락이 한 움큼씩 잘려 나갈 때마다 천지를 휘날려 버릴 것 같은 태풍이 분다.

가슴속에 찬바람이 휵~ 일고 천둥 벼락이 친다. 뜨거운 눈물이 볼을 타고 소리 없이 주르르 흐른다.

방바닥에 쌓이는 머리칼만큼 여기저기 숭덩숭덩 쥐가 파먹은 것처럼, 원형탈모증 환자처럼 흉물스럽고 소름이 끼치는 섬뜩한 모습으로 변해간다.

거울 속에 비치는 모습은 어제의 경숙이가 아니다. 그래도 살아야 하는 경숙이는 아침이 되면 오토바이를 타고, 어김없이 우유 배달을 다닐 것이다. 이 섬뜩한 모습을 봐야 할 놈이 있는 집에서는 헬멧을 벗어 던지겠지만, 헬멧 속에서 머리카락은 조금씩 자랄 것이고, 그렇게 아이들도 자랄 것이다. 경숙이는 아이들과 함께할 때는 모자를 쓰고 주문처럼 기도처럼

'괜찮아, 다 ~ 아 괜찮아질 거야.' 하며

삼남매의 똘망똘망한 눈동자만 생각하기로 하고 다시 일어섰다.

2. 1박 2일 외출

"나야!"

"응, 그래."

"우리 만나자."

"그래."

"다음 주 수요일에 갈게."

"무슨 일 있니?"

"왜?"

"너는 꼭 서울에 무슨 볼일 있을 때 와서 나는 잠깐 그냥 깍두기로 만나고 갔잖아."

"이번에는 정순이만 만나러 가는 거야."

"와서 살든지, 자고 가든지, 네 맘대로 해라, 언제 네가 내 허락받고 나에게 오고 갔니?"

경숙은 2주 후에 만나자고 약속하는 순간부터 행복해진다.

마음은 벌써 정순이에게로 달려가고 있다.

“정순아! 네 집으로 가는 길 모르는데 문자로 안내해 줘.”

“그래, 을지로 3가에서 내려 1번 출구로 나와라, 인사동에서 점심 같이하자.”

1번 출구로 나와서 경숙은 친구가 어디서 올까 생각하며, 가방 속에 있는 정순에게 줄 공로패를 만져 본다. 이 공로패는 내 수필집 표지로 쓰라고 보내준 정순이 그림을 방송통신대『청산유수』문집 표지로 쓰고 고마워서 공로패를 만들어 문집이랑 가지고 왔다. 추운 날씨라 두꺼운 옷차림에 하나같이 모자도 쓰고 마스크를 했으니 누가 누군지 통 알아볼 수가 없다. 경숙은 자기 또래 키 작은 할머니가 다가오면 오랜만이라 몰라보고 그냥 지나칠 것 같아서 손을 살짝 흔들어 본다. 그냥 지나간다. 정순이가 아니다. 몇 번을 헛손질하다가 전화했다.

“1번 출구로 나왔는데 왜 안 보여?”

“나도 1번 출구 앞이다.”

“여기 매표소 앞에 있어.”

“왜 거기 있어, 밖으로 나와. 지금 승강기가 고장 나서 고치고 있는 곳으로 와서 계단으로 올라와.”

드디어 그녀들의 10년 만에 만남이 이루어졌다.

“서울이 더 추운 줄 알았는데 따뜻하네, 봄날 같다.”

“아니야, 여기도 추웠어. 오랜만에 우리 만나는 걸 하늘이 축복해 주시는 거야.”

“우리 만나는 걸 하느님도 알아?”

“내가 하느님께 말했지.”

“하느님이 만나래?”

“그러니까 이렇게 따뜻하게 안아주시는 거야.”

인사동 여기저기 작품 전시회가 열리고 있었는데, 그중에 정순이 전시장에 잠시 들렀다. 전시장에 모든 작품이 작품명은 물론이고 작가의 이름도 없다. 작품 앞에 흔히 볼 수 있는 꽃다발이나 꽃 한 송이가 없다. 오로지 작품만을 감상하기 위한 전시장이 경숙에게는 신선한 감동이다.

정순이는 그녀를 데리고 집으로 가는 지하철을 탔다.

"정순아, 차는 언제 판 거야?"

"여기로 이사 오고 1년 있다가. 지하철이 가까워서 차가 필요 없어."

"나도 교통사고 크게 난 뒤 아직은 운전 못 해. 운전하고 싶어서 몇 번이나 시도해 보다 결국 포기했어. 핸들만 잡으면 사고 날 때 생각이 그대로 살아나서 온몸에 소름 먼저 돋고, 심장이 방망이질을 해서 도저히 못 하겠어. 13-74-1083375-00 1종 보통면허 이 번호는 외우고 있어. 그때는 여자가 1종 보통면허 소지자가 귀하던 시절이지. 운전면허증이 있다는 말도 한참 동안 못 했어."

"나는 우리 경숙이가 오토바이도 타고, 자가용 승용차도 아니고 냉동차를 운전해서 시집 잘 가서 호강하나 보다 은근히 부러웠는데, 우리 경숙이는 그래도 남들 안 할 때 일찍 할 거 다 해봤네."

"좋아서 했겠어, 아이들을 줄줄이 셋이나 낳았으니 먹고 살라니까 어쩔 수 없이 이것저것 다했지. 급하면 도둑질도 한다고 참 열심히 살았지. 그래서 옛날 어른들이 딸은 시집가서 시집살이 흉허물을 시시콜콜 편지질한다고 공부도 안 시키고, 미용이나 양재 기술도 못 배우게 했대. 여자가 기술 배우면 건방지고 돈 벌어 남편 먹여 살리면 팔자가 세다고 했지. 그저 여자는 남편이 벌어다 주는 돈으로 집에서 알뜰하게 살면서, 남편을 하늘같이 모시며 살아야 한다는 거야. 지금 생각하면 웃기는 말 같지만, 옛날 어른들 생각이 맞는 것 같기도 해."

경숙이가 10년 전 처음 다녀갈 때는 허허벌판에 지하철역 하나만 생뚱맞고 을씨년스럽게 있던 곳이었는데, 지금은 온통 아파트와 상가 그리고 건물 등등, 빌딩 숲으로 변해 있다.

"내가 처음 여기로 이사 왔을 때는 삼송역에서 5명 이상 타고 내리지 않았다. 지금은 이 역에서 타면 다음부터는 자리가 없을 정도로 사람이 많아졌다."

그녀들은 빌딩 숲 사이를 지나서 천천히 양지쪽 언덕에 자리 잡은 정순이 집으로 향했다.

3. 장미가 있는 정원

정순의 집은 어느 아파트 선전 문구처럼 지하철 도보 10분 거리다.

담이라고 해봤자 맘먹고 넘어가면 얼마든지 넘나들 수 있고, 대문은 고리가 걸려있는데 그것은 사람이 없다는 표시이지 누구라도 따고 들어갈 수 있게 되어있다.

"이렇게 허술하게 해놓고 어떻게 살아, CCTV라도 설치해야지."

"괜찮아, 이 집에서 내가 제일 중요해. 내가 나갔는데 집 단속이 뭐가 필요해."

집에 들어서자마자 가시만 앙상한 장미 앞에 서서 자식 자랑하듯이

"우리 집 정원에 봄부터 꽃이 피기 시작하면 얼마나 예쁜지, 경숙이 너는 못 봤지? 이 나무가 노란 장미 나무야. 여름 동안 피고 지는데 이 꽃이 질 때는 노랑꽃이 분홍색으로 변하고 흰색으로 변하면서 진다."

장미꽃 말고도 여기저기 얼마나 많은 꽃이 피고 지는가를 일일이 장소를 손으로 꼭꼭 짚어 가며 설명했다.

"우리 경숙이가 온다고 해서 쉬어 가라고 빈방 치우고 서재로 만들었

다. 맘에 드니?"

"얘는, 맘에 들고 안 들고 가 어디 있어. 내일이면 갈걸."

잘 정돈된 서재에는 내가 들고 간 공로패가 무색할 정도로 상장과 공로패가 많이 있다. 숫자도 숫자지만 상을 준 사람들의 이름과 지위는 내가 가위에 눌릴 정도다.

"세상에 좋은 일도 많이 했네, 정순이 멋지다."

정순이는 내가 가지고 간 공로패를 맨 앞자리에 놓았다.

"환갑이 지나서 공부하면서 학회장 이름으로 나에게 공로패까지 만들어 가지고 왔으니, 내 친구 경숙이가 더 자랑스럽다. 어떻게 그 나이에 공부할 생각을 다 했니?"

방 안에는 정순이의 그림이 표지로 있는 책이나 달력이 하도 많아 몇 권의 동인지를 들고 간 경숙의 손이 부끄러울 지경이다. 동인지에 실린 사진을 본 정순은

"경숙아, 너는 작가라면서 제대로 된 프로필 사진 하나 없니?"

"그럼. 정순이가 여기서 찍어줘."

"자~ 아 눈 크게 뜨고, 여기 보셔요. 웃어, 웃어봐. 아니, 아니 이렇게 나처럼 해봐. 위 이빨로 아랫입술을 살짝 깨물어, 그러고 양쪽 입꼬리를 위로 살짝 올려 봐. 자 봐, 여기 봐, 나처럼 이렇게. 야휴! 진짜, 왜 너는 남들은 잘 웃기면서 네가 웃는 것은 못 해도, 그렇게 못하니? 눈 크게 뜨고 웃으라니까, 그냥 자연스럽게 웃어봐."

"나는 웃는 것이 우는 것보다 더 어려워. 내가 생각해도 웃는 것이 너무 어색해. 웃을 일이 있어야 웃지!"

그녀들은 사진 한 장 찍는데 서로 목소리 높이며 싸우는 것처럼 떠들었다.

"내 맘에 드는 것은 없는데, 경숙이 너 생긴 대로 나왔으니 이 중에서 하나 골라라."

“사진 보고 잘 못 나왔다고 하는 것은 자기가 저보고 욕하는 거래. 사진이 거짓말을 하겠어?”

정순이는 사진 찍기를 포기하고 신문을 꺼내 보였다.

2021년 11월 18일, 『시사 00』 신문이다.

<규당 홈 갤러리, 가을 노을과 함께하다>

‘이색적인 홈 갤러리, 자연과 함께하는 작품전시, 새로운 패러다임 제시’

가을과 잘 어울리는 이색적인 홈 갤러리가 개최됐다.

이번 전시는 한 작가의 자택 정원에서 작품을 전시해 문화인들의 관심을 갖게 하고 있다. 노을이 멋지게 지던 지난 금요일(5일) 오후 서울 근교 삼*리 한 자택 정원에서 조촐한 전시회가 개최됐다.

이번 홈 갤러리는 한국화로 오랜 활동을 하며 독보적인 그림을 그려온 규당 ‘김O순 화백’의 자택으로, 삼O리 언덕에 있는 카페 같은 분위기가 초연의 화가들에게는 첫눈에 반할 만큼 환경이 잘 조성되어 있다.

자연 속에서 탄생하는 화폭은 한 가락으로, 자연과 어울릴 때 그 진가를 발휘할 수 있다. 특히 우리가 이야기하는 한국화는 더욱 그렇다.

이날 전시에 참석한 화가들은 이러한 환경의 매력에 규당 김O순 화백과 의기투합 아주 이색적인 홈 갤러리를 탄생시켰다.

김O순 화백은 이날 오픈에 즈음하여

“이번 홈 갤러리 전시는 그동안 코로나로 움츠러든 지인들과 단절을 좋은 계절을 맞이해 새롭게 시작하는 의미이며, 작은 정원에서도 자연과 함께 작품을 감상하게 하면 좋겠다는 평소의 생각을 행동으로 옮긴 곳이 규당 홈 갤러리”라고 전했다.

다른 신문에도 순수미술의 대가, 그림 속에 혼을 파는 화가 등등의 기사 내용과 사진이 여기저기에 많이 실렸다.

서재에서 나와 화실로 들어갔다.

"여기 방명록에 사인해라."

"거, 절차가 복잡하네, 여기다 사인을 해야 들어가는 거야? 나 붓글씨 못써."

"과거 시험 보는 것도 아닌데 여기에다 한 번 써봐."

경숙은 마지못해 붓을 잡으며 한마디 했다.

"여기다 낙서해도 이해해, 천재는 악필이란다."

"알았다, 나는 천재가 아니라서 달필이다."

"시부모님, 친정 식구 조카까지 줄줄이 건사하며, 무슨 경황에 시간을 내서 그림은 언제부터 했는데 이렇게 잘 그려."

"처음에는 나 혼자 있는 시간이 필요해서 40년 전에 서예부터 시작했다. 규당(閨堂)이라는 호는 서예가 성곡 임O기 선생님이 지어 주셨어. 나는 여행이나 활동성 있게 여기저기 돌아다니는 걸 좋아하는데 선생님이 지어 주신 호는 안방 규(閨), 집 당(堂)은 얌전히 집에만 있으라는 것 같아 처음에는 마음에 안 들었다. 그래도 내 호를 지을 때 선생님은 내가 태어난 시와 고향, 유명 산, 혈액형 전부 알아보고 지어 주셨기에 고맙게 생각하고 지금까지 쓰고 있지."

"당당하게 멋지고 값있어 보이네, 그래도 나는 정순이가 더 좋다. 내 호는 정순이가 지어 주었지? 국제 로터리 회원이 되면서 호를 지어달라고 했더니 호는 그 사람을 대표해야 하니까 너는 사람을 웃기는 재주가 있어서 너를 부르면 부르는 사람이나 불려가는 너나 웃음이 온다는 뜻으로 한문 풀이까지 해서 '우리 경숙이의 호는 웃을 소(笑) 올 래(來)다.'

라고 편지 보내준 것 지금도 어디에 있을 거야. 나는 가끔 나를 소개할 때 '소래(笑來)'라는 호를 지어 준 친구도 은근히 자랑하지, 나는 내 호 '소래(笑來)'가 참 좋다. 고마워."

"너에게 고맙다는 소리를 다 듣는구나."

"고맙다, 사랑한다 하는 말은 가까운 사람들은 안 해도 되는 줄 알고 살아왔는데, 가까울수록 그렇게 생각하면 참지도 말고 아끼지도 말고 그때그때 말을 해야 상대방이 안다는 것을 나도 얼마 전에 배웠지. 인생 별거 없더라, 멀리서 보면 그 사람의 삶이 행복해 보여도 가까이 가면 거기서 거기더라."

화실에 있는 여러 가지 그림 중에 유독 호랑이 그림이 눈에 들어왔다. 정순이가 호랑이띠고 내일부터는 임인년 흙호랑이 해라 그리고 있었다며, 미완성인 호랑이 가족 그림도 보여준다.

장미가 만발하면 온갖 나비들이 많이 날아온다. 그래서 나비 그림을 그려 인사동에서 개인전을 했는데 작품이 동나도록 인기가 좋았다고 활짝 웃는다.

4. 20대의 추억

그녀들은 술잔을 주거니 받거니 하며, 20대의 추억을 하나씩 건져 올렸다. 경숙이 먼저

"기숙사 사감 소식 지금도 듣니?"

"지금 생각해 보니 소식 끊어진 지 한참이네."

"기숙사에 있을 때 무슨 일만 있으면 내가 불려 갔다."

"무슨 일로?"

"한 번은 '쥐를 잡자'라는 포스터를 사감실 문에 누가 붙여놓은 거야,

왜 그때는 '무찌르자 공산당', '반공 방첩', '자나 깨나 불조심' 이런 포스터가 동네마다 벽보로 흔히 붙었지. 그중에 하필이면 '쥐를 잡자'는 포스터를 사감실 문에 누가 붙인 거야. 알고 그랬는지 모르고 그랬는지 사감 성이 '서' 씨고, 서생원이 쥐를 상징하는 거래."

"네가 그랬니?"

"아니, 내가 안 그랬지. 나는 서 씨가 쥐를 상징하는 것도 그날 사감이 말해서 알았어. 그때 밍크 담요 계나 금반지 계를 사감이 했는데 그걸 안 들었더니 무슨 문제가 생기면 내가 한 짓이라고 트집을 잡아서 기숙사에서 못 견디게 하는 거야. 하는 수 없이 밍크 담요 계를 하나 들었더니 잠잠했어."

"그때 그런 일도 있었니? 나는 전혀 몰랐는데."

"너는 깍쟁이 같이 생겨서 말해도 안 들을 것 같아서 아예 말을 안 했나 보다. 그래도 사감은 계를 다 태워주기는 했지만, 관리과에 정 과장 언니는 반상기 곗돈을 떼먹었단다. 생산과 미숙이는 월급은 물론이고 퇴직금까지 빌려줬는데 떼먹었다는 소문이 나고 그 일 말고도 투서가 많이 들어 와서 권고사직 당했다고 하더라."

"그런 일도 있었구나. 너는 쓸데없는 것들 아는 것도 많다."

그녀들은 포도주 한 병을 다 비워갔다.

"경숙아! 너랑은 오다가다 만난 친구라기보다는 가족같이 생각해. 우리 종은이 결혼식 때 너의 아들 충현이가 예식장에서 피아노를 쳤지, 우리 엄마 돌아가셨을 때 장지까지 갔지, 큰 언니 회갑 때 한복 싸 들고 강원도 간 친구가 바로 너야. 언니들도 엄마도 너의 안부는 간간이 궁금해했다."

"강원도 간 생각 나. 그때가 이른 봄이었던 것 같아. 큰언니 집 앞 밭에는 냉이가 씨를 뿌려서 가꾸어 놓은 것처럼 지천으로 있던 것이 지금도 눈에 선하다. 술안주가 이렇게 맛이 없어서야~. 간장이나 소금이라도 가지고 와 봐. 짜든지 맵든지 해야지 이걸 도대체 무슨 맛으로 먹니?"

"참~ 입맛 좀 봐라, 잔소리 말고 술이나 마셔라."

그녀들은 식탁에서 술잔을 들고 창가 의자로 자리를 옮겼다.

"내가 이사 와 보니까 이 집이 언덕인데 앞에 담이 있어서 하늘만 보이고 앞이 안 보이는 거야. 그래서 담 먼저 헐었지. 담이 없으니까 이렇게 앞이 트이는 거야. 봐라, 저기 아파트, 이쪽에 상가건물 그리고 이 아래 집들이 다 내 아래로 보이지."

"그러게."

"제일 먼저 담을 헐고 남가좌동 내가 살던 집 정원에서 장미를 캐왔지. 그 장미 나무는 먼저 살던 집에서 이사 올 때도 같이 온 거야 지금이니까 이렇지. 내년 여름 장미꽃 필 때 한번 와봐라. 우리 집 노란 장미는 얼마나 예쁜지 너도 한 번 보면 반할 거야. 장미꽃 필 때 한 번도 안 와봤지?"

정순이의 시선은 정원에서 하늘로 옮겨갔다.

"저것 봐라, 달이 저렇게 떠 있으면 적당한 거리에 유난히 반짝이는 저 별 보이지?"

"응. 보여."

"너 진천에 가서 저 별과 달이 보이면 내 생각해라. 나도 여기서 너 생각할게."

"내가 얼마나 바쁜데 이렇게 한가하게 별과 달을 보고, 별 타령 달 타령 하고 살아. 아마 진천에는 저 달과 별이 없을걸."

"이렇게 재미없는 애가 왜 그렇게 사람들을 웃겼니? 우리 친구들과 중국 여행 갔을 때 장가계, 원가계, 만리장성, 그 좋은 경치 생각보다 네가 관광버스 안에서 배꼽 잡게 웃기던 생각이 더 나더라. 차라리 개그맨이나 하지 그랬어."

"그러게 말이야. 난 이주일 씨가 개그맨이 될 줄은 꿈에도 생각 못 했지. 말이야 바로 해야지 이주일 씨보다야 내가 인물이 훨씬 났지."

"그거야 두말하면 잔소리지 나도 인정! 그런데 그때 군인이 그렇게 좋았니? 나는 네가 그렇게 빨리 시집갈 줄 몰랐다. 네가 애를 낳아서 업고 왔는데 너를 닮은 거야. 그런데도 네가 결혼했다는 것이 실감도 안 나고 장난 같고, 웃기는 농담 같았어."

"너는 결혼해도 되는데 나는 왜 결혼한 것이 실감이 안 나는데? 사람이 사람을 좋아하는데 누가 언제 어디서 왜 무엇을 어떻게 따지고 계산하고 좋아하니? 남녀가 만나서 역사가 이루어지는 것은 5분이면 끝나더라. 순간의 선택이 평생을 이렇게 간다."

그녀들의 이야기는 끝이 없고 밤이 깊어 갔다. 살짝 잠이 올 것 같다.

"이제 우리 자자."

침대에 나란히 누웠다. 자다가 침대에서 떨어지면 큰일이니 날 보고 안쪽에서 자라고 했다. 이불이 포근하다고 하니 며느리가 해 온 혼수 이불이라고 은근히 자랑했다. 침대도 우리나라 문화재 건물만 공사하는 대목수가 직접 만들어 선물한 거라서 장미와 같이 이사할 때마다 꼭 챙기는 가구라고 했다.

경숙은 유명한 목수가 선물한 침대에서 정순이 며느리가 혼수로 해 온 백만 원도 훨씬 넘는다는 이불을 덮고 누우니 도무지 가시방석이라 잠이 천리만리로 달아나 버렸다.

정순이가 눈치를 챘는지, 벌떡 일어나더니 비빔국수를 해 먹자고 했다. 잠옷 바람에 비빔국수를 해서 먹었다. 한밤에 먹은 비빔국수 맛은 별미 중 별미로, 한마디로 맛이 '굿'이었다. 정순이는 침대로 들어가며

"아기도 잠 못 자고 칭얼대면 배부르게 먹이면 쌔근쌔근 잠을 잘 자.

그러니까 우리 경숙이도 이제는 잠 잘 올 거야."

새벽 4시가 되니 뒤척이다 잠이 든다. 하필이면 정순이가 잠들자 화장실이 가고 싶다. 움직이면 깰 것 같아서 참아도 봤지만 나오는 걸 어찌 참겠나. 살금살금 방을 나와 문 여는 소리에 정순이가 깰까 봐 다시 방으로 들어가지 못하고 거실 소파에서 노숙자 신세가 됐다. 집 나오면 개고생이 맞다. 이 설움 저 설움 다 커도 집 없는 설움과 배고픈 설움이 제일 크다는데 배는 불러도 내 집이 아니라 하룻밤을 자는 데도 여간 불편한 것이 아니다.

5. 아침 창가에서

아침에 일어나 커피를 한 잔씩 들고 그녀들은 다시 창가에 앉았다.

정순이가 먼저 입을 연다.

"하나님, 감사합니다. 오늘 하루 24시간을 온전히 나만 위하여 쓸 수 있게 해주셔서 감사합니다. 정말 이 많은 시간을 나 혼자 써도 되는가요? 감사해서 유익하고 알차게 쓰겠습니다."

하고 기도한다.

"경숙아, 나는 혼자 여기 앉아서 이렇게 차를 마시는 시간이 얼마나 달콤하고 행복한지 모른다."

수많은 인간사에서 얼마나 힘들었으면 모두 떠나고 혼자 있는 지금 이 시간이 감사하다고 기도를 할까? 마음이 짠하다.

경숙이는 이런 때는 무슨 말로 위로해야 하나 망설이다가 조심스럽게

"김 소장(정순이 남편)은 얼마 동안 병원에 입원하신 거야?"

"병원에서 3개월이라고 하더라. 입·퇴원을 반복하며 3년 만에 떠났지. 3년 동안 1년에 집 한 채씩 3채를 팔았어. 돈 다 떨어지고 팔 것도 없으

니 세상을 떠나더라. 돈 잃고 사람 잃었지. 좋다고 하는 것은 원도 한도 없이 다 했지만 결국은 떠나더라. 환자나 보호자나 할 짓이 아니더라. 사람이 떠나고 나서도 여기저기 도장 찍어준 것이 많아서, 그걸 해결하는 것도 보통 일이 아니었다. 내가 혼자서 일 처리를 하다 하다 지쳐서 변호사를 샀다. 올해까지 해야 끝날 것 같아."

"사업을 한 사람도 아니고 무슨 그런 일들이 있어?"

"사업이나 했으면 차라리 덜 억울하겠다. 하지만 죽은 사람보고 뭘 어쩌겠냐?"

"나만 힘들게 사는 줄 알았지, 정순이가 그렇게 살아왔는지 상상도 못 했지."

"알면 뭐하냐. 어차피 내가 지고 가야 하는 짐이야. 이 집 팔라고 내놨다."

"왜? 팔면 이 그림, 저기 있는 장미, 안방에 침대 다 어떻게?"

"버려야지. 사람도 죽고 사는데 종은이 아버지 죽는 것 보니까 인생 별거 아니더라. 나도 내일이라도 저 높은 곳에서 부르면 떠날 준비를 해야지 어차피 이거 다 내가 가지고 떠나겠니? 미국에서 사는 딸이 여기 와서 살겠니? 내가 떠나면 나만 버리면 되게, 내 손으로 정리하려고. 5년 안에 정리해야지."

"이 집 팔리면 정순이가 좋아하는 정원에 장미, 그리고 수국까지, 안방에 침대, 저기 화실에 그림, 다 같이 이사 갈 수 있는 집이 혹시 진천에 있나 내가 알아볼까?"

"뭐? 내가 이사할 곳을 알아봐? 세월이 많이 지났는데도 그때 그 전화만 생각하면 너까지 미워진다. 오늘도 여기 온 걸 알면 전화 안 하냐?"

"전화를 왜 해. 이제는 세월이 지난 만큼 철도 들고 개과천선해서 정순이랑 재미있게 놀다 오라고 차비까지 챙겨 주더라. 그뿐인 줄 아니? 정순이 너, 보고 싶다고 놀러 오라더라."

"내가 보고 싶대? 오래 살고 보니 별일이다. 그렇게 전화로 쌍욕을 해놓고?"

"어~ 돌에 꽃이 핀 거지. 너도 한번 만나 봐라. 이제는 멋진 노신사야. 태어날 때부터 좋은 사람 나쁜 사람 따로 정해져 있겠니? 환경이 사람을 만드는 거야. 우리가 진천으로 이사 갈 때 가게를 인수하는데 돈이라고 해봐야 살고 있는 집 월세 보증금 가지고는 턱없이 부족해서 못 가겠다고 했더니 정순이 네가 융통해 줘서 이사하고 자리 잡는 데 결정적인 도움을 준 은인이라고 고맙다는 인사 꼭 전해 달라더라."

"그냥 준 것도 아닌데 뭘, 가진 돈이 전부 그거라. 그래도 아파트 장만하려고 3년 모은 주택적금통장 해약했지. 돈이 있으면 더 주고 싶더라."

"시골로 이사 가는 사람을 뭘 믿고 돈을 준 거야?"

"받을 생각 안 하고 그냥 준 거야. 그런데 매달 적금처럼 2년이 안 돼서 다 보내왔지. 네가 돈 보내올 때마다 이제는 경숙이가 경제적으로 잘 풀려가는구나. 생각하니 내 일처럼 행복하고, 간간이 보내주는 돈은 공돈 같아서 참 좋았다."

정순은 갑자기 정색하며 묻는다.

"서울에서 살 때 정말 네 손으로 머리카락 박박 깎았니?"

"정말이지. 내가 그런 거짓말을 왜 해?"

"그 모습을 내가 봐야 하는 건데, 그래서 머리카락 깎은 효과는 있었니?"

"있었지 아주 많이. 집에 들어와서 나를 볼 때마다 성질 빼기가 저렇게 지랄 같아서 제 성질 못 이기고 제 손으로 머리카락 깎는 성질이라면 죽을 수도 있겠다고 생각하니 정신이 번쩍 들었대. 아이들한테는 할 짓이 못됐지. 아이들 생각해서 서로가 자숙하며 살았지 어쩌겠니?"

"그래서 진천에 가서는 알콩달콩 잘 살았니?"

"그럴 리가 있니, '이년' 하면 '이놈'하고 열심히 싸우며 살았지."

"머리 깎았을 때 아주 절로 들어가지 그랬니?"

"솔직히 말해서 내가 절에 들어가서 조신하게 살 사람은 못 되지. 나 같이 졸업장이 하나밖에 없었던 고급 인재가 산속에 있으면 국가적으로 얼마나 손실이 크겠니?"

그녀들은 인정인지 부정인지 배를 잡고 웃다가 갑자기 생각난 듯, 정순이 묻는다.

"네 남편은 지금 뭐하니?"

"빨리도 물어본다. 뭐하긴 뭐해 돈 벌지."

"뭐 해서?"

"조물주 위에 건물주야."

정순은 발그레 상기된 경숙의 얼굴을 들여다보며 한참 동안 고개를 끄덕였다.

笑來 **한옥례**

한국문학 소설 등단, 에세이집 「에델바이스 피는 언덕」, 수필집 「이웃집 할매는 아무도 못 말려」 외

사랑하면 안 되니

김용훈

"아들을 어떻게 설득해야 할지 걱정이에요."

"너무 조급하게 생각하지 마세요."

"알게 되면 불륜이라고 난리 칠 것 같아서요."

"아직은 이해할 만한 나이가 아니잖아요."

"중3이니 다 알 거예요."

차은희가 잔을 비우고 내려놓았다. 흑맥주 맛이 생각보다 좋다.

"한 잔 더 시킬까요?"

윤민수가 말했다.

"좋아요."

"Excuse me. One more dark beer, please."

"흑맥주 맛이 이렇게 좋은 줄 몰랐어요."

"사람들은 맥주를 가장 많이 마시는 나라가 독일인 줄 알거든요."

"그럼, 어디죠?"

"체코에요."

"아, 그래요."

"맥주는 크게 라거(Lager)와 에일(Ale) 두 종류가 있어요. 라거는 효모를 8~12도에서 25~30일간 발효시켜 맛이 깔끔하고 청량하죠, 에일은 효모를 사용해 15~20도에서 10~14일간 발효시켜 과일 향이나 꽃 향이 있어 깊은 풍미가 있고, 라거에 비해 알코올 도수가 높아요."

"어떻게 맥주에 대해서 그렇게 잘 아세요."

"아~ 아, 그건 아니고요."

윤민수가 말해놓고 보니 아는 척한 것 같아 동유럽 여행 때 가이드에게 들었다며 얼른 수습하며 맥주 한 모금을 마셨다. 차은희도 더 이상 묻지 않았다. 흑맥주가 다시 나오자 차은희가 건배하자며 잔을 먼저 들었다. 윤민수가 이것만 마시고 카를교 쪽으로 가 야경이나 구경하자고 하자 차은희가 고개를 끄덕였다.

Kozlovna Apropos를 나온 두 사람은 카를교 쪽으로 걸었다. 블타바 강이 보이면서 건너편 언덕 위 프라하성이 보였다. 유럽의 3대 야경이라는 프라하의 밤은 연인들에게 더없이 로맨틱한 곳이다. 두 사람이 카를교 끝까지 갔다고 다시 돌아오는데 오른쪽 다리 난간에 기대어 키스하는 연인이 눈에 띄었다. 차은희가 못 본척하며 고개를 돌렸다. 윤민수도 그 광경을 봤는지 차은희의 왼손을 살며시 쥐었다.

구시가지 쪽으로 향했다. 뒷골목 풍경을 본 윤민수가 을지로 노가리 골목이 생각난다고 말했다. 월급쟁이 시절 퇴근길에 참새가 방앗간을 그냥 못 지나가듯 자주 들렀던 곳이란다. 차은희는 그가 아직도 흑맥주 맛을 잊지 못하는 것 같은 생각이 들었다. 구시가지 광장에 이르자 틴 성모 마리아 성당이 시선을 사로잡았다. 광장 맞은편 한쪽에 사람들이 많이 모여있어 그쪽으로 발걸음을 옮겼다. 천문시계 탑 앞쪽이다.

잠시 뒤 이유를 알았다. 매시 정각에 시계가 울리는 것을 보기 위해 모여든 사람들이다. 정각 밤 9시가 되자 시계탑 문이 열리면서 십이사도 조각이 줄줄이 지나가고 황금 닭이 한 번 울었다. 불과 1분도 안 되는 시간이었다.

"민수 씨! 하벨 시장 쪽으로 가봐요."
"거긴 오후 6시 반이면 문 닫아요."
"마리오네트 하나 사고 싶었는데…."
윤민수가 공항 면세점에서 하나 사 주겠다며 팔짱을 낀 채 화약 탑 쪽으로 이끌었다. 그곳을 지나자 두 사람이 머무르고 있는 호텔 건물이 보였다. 차은희는 여행을 같이 가자고 할 때 망설였다. 그런데 지금은 돌아가기가 싫다. 그녀는 당장 혼인신고라도 하고 싶은데 수현이가 자꾸 눈에 어른거린다. 차은희는 여행 내내 아들이 마음에 걸렸다.
윤민수도 차은희의 속마음을 알고 있다. 그렇지만 내색하지 않았다. 아쉽게도 여행 마지막 밤이다. 내일이면 헬싱키를 거쳐 인천으로 돌아간다. 차은희는 이번 여행이 얼어붙은 연애 세포를 녹이는 중이라 생각했다. 윤민수 역시 무디어진 사랑 세포의 불씨를 되살리려 애쓰는 중이다. 두 사람은 각각 유통기한이 다 지난 사랑 다시 꺼내 포장하는 중이다.

***

7년 전, 차은희는 자신이 쌓은 사랑의 성벽을 허물어야 했다. 외도하는 남편을 용서할 수도 없었고, 자존심 없는 여자처럼 매달리기도 싫었다. 자신이 초라해지는 것 같아서였다. 아들 때문에 가정을 지키고 싶었지만, 도저히 참을 수 없었다. 견디지 못할 것 같은 아픔을 감당할 자신이 없어, 이혼을 결정했다. 사랑에 감정을 소비하는 것은 더 이상 자신의 인생에 의미가 없다고 생각했기 때문이다. 거기에 남편에게 상처받으며 사는 것도 두려웠다. 그날 이후 다시는 남자를 만나지 않겠다고 다짐했다.
이혼의 대가는 혹독했다. 폐허가 된 성터에 시베리아 눈보라가 휘몰아쳤다. 밤마다 외로움을 품에 안고 침대에 누웠다. 사랑을 그녀의 성(城)

밖으로 내던진 이후 상처투성인 가슴은 차갑게 얼어붙었다. '운명 같은 사랑은 더 이상 내게 없을 거야.' 하며 차은희는 이를 악물고 자신을 채찍질하며 살기로 했다.

친구들은 안쓰럽게 말했다. "은희야! 더 늦기 전에 다시 시작해 봐", "정말 남자 만날 생각 없어?", "언제까지 이렇게 살 거야?" 그럴 때마다 "애 딸린 여자를 어떤 남자가 좋아해." 체념하듯 대답했다. 그러다가 '그래, 맞아. 다시 시작해 볼까?' 하고 생각하는 순간 이혼이 남긴 상처 속에 움츠려있던 트라우마가 뛰쳐나와 허물어진 차은희의 자존심을 사정없이 밟아대며 괴롭혔다.

퇴근길이면 어김없이 찾아오는 쓸쓸함. 이를 달래려고 간 곳이 여성 전용 바(Bar)였고, 배운 게 '혼술'이었다. 그냥 집에 오는 날이면 행여 아들이 볼까, 불빛이 잠든 늦은 밤 몰래 마셨다. 위스키 잔에 얼음을 넣어 양주 한 모금을 넘길 때마다 '내 팔자에 남자는 무슨 남자. 그래, 우리 수현이나 잘 키우자.' 다짐하며 잠을 청했다.

언젠가 등 떠밀리다시피 소개팅에 나간 적이 있다. 차은희는 예전의 차은희가 아니었다. 그녀는 잔뜩 기죽은 어린아이처럼 뒷걸음쳤다. 그래도 상대남의 따뜻한 배려에 마음을 열어 보려고 용기 내어 몇 번 더 만났다. 그러다 또 당하고 말았다. 아! 이럴 수가. 순간 입에서 '개 같은 자식.' 하고 욕이 나올 뻔했다. 예전 같았으면 '야, 네 마누라가 너 이러는 거 아니?' 바로 일격을 날리고 벌떡 일어났을 텐데.

바람둥이 같은 그놈이 차은희의 자존심을 건드리자 전 남편한테 당한 모멸감까지 되살아나 화가 났다. 끓어오르는 분노와 수치심까지 뒤섞여 그녀를 우울하게 만들었다. 저런 놈을 남편이라 믿고 사는 여자가 누군지 불쌍했다. 아마 그 여자도 언젠가 자신과 같은 삶의 행로를 걷지 않을까….

세상에 차고 넘치는 게 남자인데 하필이면 또 이런 놈일까. 남자 복이 이렇게도 없을까. 평생 돌싱 맘으로 살아야 할 운명인가. 아니야, 아직은 내게 사랑을 소비할 수 있는 유통기한이 남아있을 거야. 이제 겨우 나이 사십 초반이잖아. 너무 기죽은 듯 움츠리며 살 이유 없어. 그래, 다시 시작해 보는 거야. 운명 같은 마지막 사랑이 있을 거야.

***

지난봄, 성당에 다니는 지인 소개로 7살 연상인 윤민수를 만났다. 이탈리아로 유학 간 딸이 하나 있고, 을지로에서 인쇄소를 운영하는 사업가다. 처음에 소극적이던 그가 조금씩 다가왔다. 만나보니 따뜻한 사람 같았다. 남자 혼자 딸 키우며 유학비 보내느라 모든 걸 포기하고 돈만 벌었다는 그가 측은해 보였다.

결혼 전 그의 아내는 이름만 대면 다 아는 H 여행사 가이드로 일했고, 그 덕분에 결혼 후 딸아이 방학 때마다 해외여행을 안 가본 데 없을 정도로 많이 다녔다고 했다, 그런 아내가 딸아이 유학 떠나기 1년 전 췌장암으로 주님 곁으로 떠난 후, 사는 게 사는 것 같지 않았다고 털어놓았다. 재혼은 딸 때문에 애초부터 생각해 본 적이 없다고도 말했다.

그는 숫기가 없는 남자다. 나중에 안 사실이지만 친구 아내 체면 때문에 어쩔 수 없이 자신을 만나면서 자꾸만 아내 얼굴이 떠올라 괴로웠다고 했다. 게다가 유학 간 딸이 나중에 알게 되면 이상하게 볼 것만 같아 두려웠다고도 했다. 차은희도 그런 그가 자신에 대해 호감을 느끼지 않는 것 같아 만나고 싶지 않았다.

매력 없어 보이던 그가 조금씩 마음을 열면서 차은희는 조금 더 만나보고 어떡할지 생각해 보기로 했다. 혹시 이 남자도 바람둥이일지도 모른다는 생각에 경계심도 풀지 못했고, 또 당할 것만 같은 두려움 때문에 멈칫거릴 수밖에 없었다. 차갑게 얼어붙은 그녀의 심장이 쉽게 녹지 않았던 이유다.

그런데 이 남자, 만날수록 끌렸다. 신파극에 나올 법한 순정파 주인공 같았다. 순진한 것인지, 아니면 순수한 것인지 바람둥이 같지는 않았다. 이런 남자라면 여자 문제로 상처받을 일이 없을 것 같은 생각이 들자, 차은희는 '잡아야 할지, 말아야 할지.' 고민하기 시작했다. 그때부터 중3 아들이 마음에 걸렸다. 이혼 당시 아들은 초등학교 3학년이었다. 그때 아들이 남편에게 갈까 봐 노심초사했다. 아들을 빼앗기지 않으려고 모든 노력을 다했지만, 아들은 혼란스러운 상황을 받아들이지 못했다. 그녀는 죄스러운 마음에 괴로웠다. 잘못한 게 하나도 없는데 모든 게 자신 탓만 같았다.

차은희는 수현이에게 솔직하게 말해 주었다. 고통스러운 일이지만 객관적으로 판단할 수 있도록 설명해 주었다. 수현이가 이해해 주면 다행이고, 그래도 남편에게 간다면 어쩔 수 없다고 생각했다. 선택은 오로지 아들의 몫이었다. 어린 수현이가 냉정하게 판단해 주기만을 기대했다.

아들이 법정에 나가 판사 앞에 서기 하루 전 입을 열었다.

"엄마, 약속해 줄 수 있어? 그러면 내일 엄마랑 같이 산다고 말할게."

"수현아, 말해. 엄마는 무엇이든 다 들어줄 수 있어."

"엄마, 정말 약속할 수 있지?"

"자, 수현이 하고 손가락 걸고 약속할게."

"그럼, 아빠처럼 바람만 피우지 마."

"그래, 알았어. 수현아!"

***

6월 어느 날, 윤민수가 프라하 여행을 제안했다. 차은희는 고민스러웠다. 정말 믿어도 될까. 너무 빠른 게 아닌가. 이 남자, 정말 마지막 사랑일까. 생각하며 일단 중3인 아들 때문에 곤란하다고 말했더니 그는 더 이상 여행 이야기를 꺼내지 않았다. 하지만 마음 한구석에 같이 여행을 떠가고 싶은 생각이 있었다.

한동안 말이 없던 윤민수가 프라하 이야기를 꺼낸 건 7월 초였다. 방학 동안 기숙학원에 보내면 갈 수 있다고 설득하자, 차은희는 그런 방법이 있었나 싶었다. 며칠 숙고 끝에 아들에게 기숙학원 얘기를 꺼냈다. 수현이가 안 가면 어떡하지, 걱정했다. 그런데 뜻밖에도 아들은 엄마의 뜻에 따르겠다고 했다.

차은희는 그렇게 프라하 여행을 다녀왔다. 꿈같은 시간이었다. 허니문 여행도 아닌데 전에 느끼지 못했던 달콤한 시간이었다. 이후 그와의 밀회는 상상 속의 연애소설이 아니라 일상이 되어 갔고, 녹슬었던 사랑의 용광로도 달아올랐다. 가끔 애 딸린 이혼녀가 이래도 되는 건가 하는 생각해봤지만, 부끄럽다는 생각은 하지 않았다.

아들 기숙학원 여름방학 프로그램이 끝나던 날, 차은희는 하루 생리휴가를 내고 아들을 데리러 경기도 용인시 양지면에 있는 M 기숙학원으로 내려갔다. 운전하고 가는 내내 수현이 문제를 어떻게 풀어야 할지 마음이 복잡하기만 했다. 수현이가 반대할 것만 같다. 만약 그렇게 되면 어떡하지? 딱히 답이 떠오르지 않는다.

기숙학원에 들어서자, 건물 앞쪽에 고급 외제 차들이 늘어서 있었다. 도로 한쪽에 차를 세우고 수현이에게 전화했다. 수현이가 기숙사 건물 현관 앞쪽으로 차를 몰고 오란다. 차에서 내려 수현이에게 달려가 막 안

아주려 하는데 '왜 이래, 창피하게.' 하며 아들이 트렁크를 열어 달란다. 엄마 마음을 몰라주는 것 같아 잠시 서운했다. 커다란 여행용 가방 2개를 트렁크에 실은 아들이 조수석에 타자 차은희가 운전석 문을 열고 시동을 걸었다.

"아들, 고생 많았지?"

"고생은 무슨 고생."

"식사는 어땠어?"

"집에서 먹는 것보다 좋았어."

그 말에 차은희는 마음이 아팠다.

"미안해, 수현아. 엄마가 바쁘다는 핑계 대고 제대로 해 주지 못해서."

"아니야, 엄마. 그런 뜻 아니라고."

"아픈 데는 없지?"

"없어. 규칙적인 생활을 하니까 오히려 더 건강해진 것 같아. 근데 엄마가 전보다 젊어진 것 같아."

"그래?"

"30대로 보여."

"고맙다, 젊게 봐줘서."

"빈말 아니야."

"그나저나 너도 내일모레면 고1이야."

"됐어. 그만, 무슨 말 하려는지 다 알아. 그나저나 나 보고 싶지 않았어?"

"왜, 많이 보고 싶었지."

"엄마! 보고 싶은데 왜 내 생일에 아무것도 안 보냈어. 다른 엄마들은 택배로 케이크나 선물도 보냈던데."

차은희는 아차 싶었다. 생일을 깜빡했다. 뭔가 얘기를 해야 하는 데 순간 멍멍했다.

“수현아, 정말 미안해. 대신 필요한 거 있으면 말해. 뭐든지.”

“됐거든.”

“….”

수현이가 듣기 싫다는 듯 그녀의 말을 끊었다. 한 번도 그런 일이 없었는데, 그녀의 실수다. 두 사람 사이의 분위기가 다소 냉랭해졌다. 차은희는 입이 열 개라도 할 말이 없었다. 아들이 사춘기라 더 마음을 써야 했는데 그만 프라하 여행 때문에 깜박한 것이다. 뭔가 달래주고 싶은데 생각이 나지 않는다.

그러는 사이 승용차는 양지 I/C를 통과해 영동고속도로에 들어섰다. 차은희는 자신도 모르게 액셀 페달을 세게 밟았다. 마성터널을 통과할 때였다. 블루투스 페어링으로 연결된 핸드폰이 울렸다. 그녀가 볼륨을 살짝 줄였다. 윤민수였기 때문이다.

“사장님! 지금 운전 중이거든요. 제가 전화할게요.”

“엄마! 누구 전화인데 그렇게 급하게 끊어?”

“그게 아니라, 엄마는 운동신경이 둔하거든.”

“이상해. 오늘따라 엄마답지 않아.”

“그래?”

“전에는 안 그랬잖아.”

“지난번 접촉 사고 이후로 가능하면 운전 중에 전화 안 하기로 했어.”

“사고 났었어?”

“어~ 어 그랬어.”

“….”

수현이가 눈치챌까 봐 에둘러 핑계를 댔다. 어쩌지 언젠가 아들도 알게 될 텐데. 은근히 걱정되었다. 그나저나 어떻게 설득하지…. 숙제다.

***

금요일 저녁 퇴근길, 차은희는 윤민수와 아들 문제를 상의해 보고 싶어 만나자고 했다. 코엑스 인근에 있는 G 호텔 커피숍에서 보자고 했더니 그가 알았다고 한다. 그는 언제나 'No'라고 대답하는 법이 없다. 데이트 초기엔 혹시 선수가 아닐지 하고 의심했다. 하지만 아니었다. 진심에서 나오는 배려였다. 속으로 미안한 생각이 들었다.

차가 막힐 것 같아 일찍 나왔는데 길이 뻥 뚫려 30분이나 일찍 도착했다. 호텔 로비에 들어서니 커피숍 안쪽에서 피아노 소리가 들려왔다. 맑은 샘물 위로 물방울이 떨어지는 소리처럼 청아한 피아노 선율이 차은희에게는 힐~링 음악처럼 느껴졌다. 그녀가 그랜드 피아노를 연주하는 모습을 보며 자리에 앉아 핸드폰을 꺼냈다.

바탕 화면에 깔린 아들 사진을 보면 언제나 힘이 난다. 그런데 지금은 답답하다. 녀석이 윤민수와의 관계를 불륜으로만 여길 것 같다. 어떻게 해서든 잘 이해시켜야 하는데 아들은 그렇지 않을 것 같아 마음이 편치 않다.

그때 윤민수가 맞은편에 앉았다.

"많이 기다렸어요?"

"아녜요. 저도 조금 전에 왔어요. 뭐로 드실래요?"

"저야 항상 똑같죠."

차은희가 초코라테 두 잔을 주문했다.

"민수 씨! 지난번 미안했어요."

"아니요, 오히려 제가 미안했어요. 아들이 기숙학원에서 나오는 날인 줄도 모르고."

여종업원이 초코라테 두 잔을 테이블 위에 내려놓았다. 그가 먼저 한 모금을 살짝 입에 댄 후 물었다.

"상의하고 싶은 게 있다면서요."

"저~어, 따님이 우리 만나는 거 알아요?"

"알죠. 그런데 그건 왜 물어요?"

"따님, 반응이 어땠어요?"

"사실, 저도 걱정했는데 의외였어요."

"의외라뇨?"

"'아빠! 축하해.' 하잖아요. 그래서 '진심이니?' 하고 물었더니 그렇지 않아도 먼저 재혼하라고 얘기를 꺼내고 싶었다는 거예요. 그러면서 조건을 붙였어요."

"조건이요?"

"조건이라고 하니까, 갑자기 겁이 나더라고요."

"그게 뭐였어요?"

"엄마처럼 아빠만 바라보는 여자 아니면 된다는 거예요."

"그래서 그런 여자라고 했어요?"

"그럼, 어떻게 말해요."

윤민수 얼굴이 금방 빨개졌다.

"저는 어떻게 해야 할지 통 모르겠어요."

"…."

윤민수가 진지한 표정으로 차은희를 보며 듣는다.

"아들하고 한 약속이 마음에 걸려요."

"약속?"

"아빠처럼 바람만 피우지 말라고 했거든요."

"은희 씨! 우리는 바람피우는 게 아니에요, 사랑하고 있는 거예요."

"아, 맞아요. 그렇긴 해도 녀석은 그렇게 생각하지 않을 것 같아요. 사실을 알게 되면 뭔가 사고 칠 것만 같아 걱정되거든요."

"하긴 중3이니 그럴 수도 있겠네요."

"세상에 비밀은 없잖아요. 어차피 다 알게 될 텐데…. 그래서 민수 씨 의견 좀 듣고 싶어 뵙자고 했어요."

"프라하에서도 얘기했지만, 서두를 필요 없어요. 저는 은희 씨가 좀 당당했으면 좋겠어요. 이혼했다고 사랑하면 안 되는 건가요? 아들을 어린애로 보지 말고, 독립된 인격체로 인정해 주는 생각이 필요할 것 같아요. 역지사지의 관점에서 설득할 수 있도록 접근하는 게 좋을 것 같다는 생각이 들어요. 기회가 되면 '엄마는 사랑하면 안 되니?', '평생 혼자 살아야 하느냐'고 물어보세요. '아들, 너 같으면 혼자 살 거야?' 이런 식으로."

"사실, 수현이와 대화가 많은 편이 아니거든요. 다른 엄마처럼 자상하지도 않고요. 늘 회사 일로 피곤했고, 버티고 살아남아야 살 수 있으니까요. 수현이가 착하긴 해도 항상 말없이 잘 따라주니까 항상 고마웠죠. 제가 이기적인지 모르지만 그런 날 이해해 줄 거라 믿고, 여태껏 지냈어요. 그런데 이상하게 그게 더 마음에 걸려요."

"은희 씨 말대로라면 아직도 사춘기가 안 지난 듯해요. 저는 수현이가 대학교에 들어갈 때까지 기다릴 수 있으니까 걱정 마요. 그렇지 않고 정식으로 결혼해야 마음이 놓인다면 아들에게 솔직하게 말하고, 이해를 구해야죠. 혹시 엄마가 재혼하면 자신이 버림받는다고 생각할지도 모르는 거잖아요. '엄마가 어떻게 내게 이럴 수 있어?' 하고 오해하면 그게 더 충격일 거예요. 제 생각엔 우선 우리 둘 관계를 먼저 솔직하게 말하는 게 좋을 것 같아요."

"저도 민수 씨 의견에 동의해요. 그런데 수현이가 받아들일까, 확신이 안 서요."

"믿고 솔직하게 말하는 게 최선이 아닐지 생각해요."

"믿어라."

"아들이 먼저 눈치라도 채면 속였다고 생각할 수도 있고, 오히려 그게 더 문제를 키울 수도 있잖아요. 그리고 요즘 애들 우리 때와 달라요."

"뭐가요?"

"옛날 같지 않고, 어른스럽다는 얘기죠."

"알았어요. 무슨 말씀인지."

"…."

호텔 주차장을 빠져나오자 도심 빌딩 숲 사이로 어둠이 내려앉았다. 테헤란로는 차량 전조등 불빛과 빌딩 조명이 뒤섞여 불야성을 이루었다. 차은희는 생각했다. '그래, 민수 씨 말이 맞을지도 몰라. 조만간 그렇게 해 봐야겠어.'

***

"아들! 부탁 하나 들어줄래?" 차은희가 아들 방을 노크하며 말했다. 컴퓨터 게임을 하는지, 아들 방에서 요란한 소리가 들린다. 살짝 문을 연 아들이 묻는다.

"뭔데?"

"엄마 방, LED 형광등 하나 나갔는데, 좀 바꿔 줄래?"

"사다 놓았어?"

"파우더 룸 거울 앞에 있어."

"알았어. 걱정하지 마."

"그럼, 피트니스클럽 다녀올게. 부탁해?"

"알았어."

일요일 오후, 피트니스클럽은 여유로웠다. 회원들이 많이 나들이 간 모양이다. 가볍게 스트레칭을 한 다음 러닝머신에서 20분가량 땀을 흘렸다. 약간 숨이 차다. 3~4분 정도 쉰 다음 근력 운동을 할까 말까 망설였다. 빈 헬스 기구가 많이 보였다. 일주일에 3번은 와야지 생각하고 시작했는데 기껏해야 2번이다. 앉아있으면 쓸데없는 잡념이 생각날까 봐 일어났다. 가슴, 등, 하체 순으로 근력 운동을 마무리했다.

금방 한 시간이 지나갔다. 온몸에 땀이 젖었다. 하지만 개운한 느낌이 든다. 흰색 두 타-올 두 장을 들고 핀란드식 사우나로 들어갔다. 비 오듯 땀이 난다. 뜨거운 열기 속에 눈을 감자 아들 얼굴이 떠오른다. 사우나에 들어올 때까지 안 그랬는데 이런저런 생각이 마음을 헤집고 다닌다. 이래서 옛 어른들이 무자식이 상팔자라 했는지 모르겠다.

수현이가 엄마 방으로 들어갔다. 벽에 붙은 스위치를 올려 보니 한쪽 불이 안 들어온다. 파우더 룸 거울 앞에 있는 의자를 가져와 조명등 아래에 놓고 올라가 커버에 붙은 볼트를 풀었다. 한쪽 끝이 검은 LED 형광등을 분리한 다음 새것으로 교체한 후 스위치를 켜본다. 불이 환하게 들어왔다.

의자를 제자리에 갖다 놓을 때 파우더 룸 벽면에 피노키오 줄 인형이 눈에 띄었다. 조금 전 보지 못했던 여권도 화장품 옆에 보였다. '이게 왜 여기에 있지?' 무심코 펼치자, 안쪽에 승객 소지용 비행기 탑승권이 끼어있다. 날짜를 보니 지난 8월 광복절 연휴 마지막 날이다. 자세히 보니 핀란드 항공편 헬싱키 출발, 인천공항 도착이다. 그것도 비즈니스석이다. 엄마가 유럽 출장을 갔다 왔나보다 생각하며 그 자리에 놓았다.

저녁 식사를 하면서 수현이가 입을 열었다.

"안방에 있는 피노키오 인형 어디서 산 거야?"

차은희는 얼떨결에 선물 받은 거라 둘러댔다.

"누구한테?"

"상반기 영업실적 우수직원 포상으로 동유럽 연수를 보냈거든. 그때 엄마가 추천해 준 직원들이 고맙다고 사 온 거야."

"그래."

"무슨 인형이 실로 연결되어 있어?"

"어, 마리오네트라고 인형극 놀이를 할 수 있도록 줄을 연결한 인형이라 그래."

수현이는 엄마가 뭔가 감추고 있다고 생각했다.

"돈가스 어떠니? 엄마가 직접 한 건데."

"웬일이야 이런 걸 다하고."

퉁명스러운 말투로 대답하자 차은희는 서운했다. 수현이는 엄마가 뭘 감추려 하는 것 같은 느낌이 들었다.

"그래도 이 정도면 먹을 만해."

"엄마는 우리 수현이가 맛있게 먹는 것만 봐도 배불러."

"엄만, 아직도 내가 초등학생인 줄 알아. 이젠 그런 말 안 했으면 좋겠어."

그 말에 차은희는 마음속으로 움찔했다.

"수현아, 롱 패딩 하나 사줄까? 겨울 신상 나온 것 같던데."

수현이는 엄마가 자꾸 말을 돌리려 하는 것 같아 화가 났다.

"엄마! 솔직히 말해 봐. 지금 나한테 거짓말하고 있지?"

"엄마가 뭘?"

"직원들이 동유럽 간 게 아니라, 엄마가 간 거잖아."

"…."

순간 차은희는 가슴이 철렁 내려앉았다. 예상치 못했던 상황이다. 그래, 이왕 엎질러진 물, 다 얘기하자.

"수현아! 미안해. 사실 다 말하려고 했는데, 어떻게 말을 꺼내야 할지 몰랐어. 솔직하게 말하면 네가 사춘기잖아. 네가 알면 공부에 지장이 있을까 봐, 말하지 못했어. 오래전 약속한 것도 있고. 하지만 속일 생각은 없었어. 언젠가는 말해야지 했어. 다만, 지금은 아니라고 생각했던 것뿐이야."
듣고만 있던 수현이가 말을 꺼냈다.
"지금 그 말을 나보고 믿으라는 거야?"
"엄마가 너한테 거짓말할 이유가 뭐 있니? 안 그래 수현아?"
"…"
수현은 대답하지 않았다. 사실 엄마가 오래전부터 이상하긴 했다. 옷차림도 그랬고, 출근길에 힐을 신으며 어떤 게 잘 어울리냐며 번갈아 신어보며 물어본 것도 그렇고, 화장도 전보다 진해진 것 같아 수상했다. 어느 날 혜진이한테 그런 이야기를 꺼냈더니 너의 엄마 애인 생긴 것 같다고, 말했었다. 수현이는 그럴 리가 없다고 했다. 약속한 게 있으니까.
"수현아, 엄마 사랑하는 사람 있어."
"엄마, 바람피운 거야."
수현이 얼굴이 상기되면서 목소리가 커졌다. 전에 못 보던 아들 표정이다. 은근히 차은희도 겁이 나기 시작했다. 그런데 아들이 바람피웠냐는 말에 차은희도 기분이 좋지 않았다. 그녀도 덩달아 언성이 올라간다.
"수현아, 말 좀 가려서 했으면 좋겠다."
"뭘? 엄마가 뭘 잘했다고 그러는 거야."
"너, 엄마가 바람피웠다고 생각하니?"
"그럼, 바람이 아니고 뭐야?"
"수현아, 지금 엄마에게 아빠가 있어, 없어?"
"그게 뭐 중요해."
"바람은 남편 있는 여자가 다른 남자와 사랑하는 거잖아."
"…"
"그래, 안 그래? 넌 머리도 좋고 공부도 잘하니까, 그 정도는 판단할 수 있잖아."

"어, 어쨌거나. 약속을 지키지 않았잖아."

"엄마는 수현이한테 미안한 거 딱 한 가지야. 솔직하지 못했다는 거. 그런데 엄마 생각엔 우리 수현이가 사랑하는 거와 바람피우는 것을 잘못 알고 있는 것 같아. 엄마는 사랑한 거지. 불륜이 아니야. 엄마가 이혼한 여자라 사랑하면 안 되는 거니?"

"엄마는 나한테 그렇게 당당해? 솔직히 그동안 엄마, 나한테 관심이나 있었어? 내가 아빠 없이 어떻게 지냈는지 알기나 해. 내가 뭘 좋아하고, 뭘 하고 싶은지, 장래 꿈이 뭔지. 여자 친구가 있는지 없는지, 전혀 관심 없잖아."

수현이가 말을 돌린다. 엄마에게 서운했던 게 많은 모양이다. 차은희는 묵묵히 듣기만 했다. 그도 그럴 것이 틀린 말은 아니었다. 말을 끊으려다 그대로 내버려 두는 게 나을 것 같아 참았다.

"아, 엄마가 관심 있는 거 딱 하나 있네. 내 성적표. 그나마 내가 공부라도 못했으면 엄마가 어땠을까 싶어. 엄마 알아? 사실, 나 공부하고 싶어서 한 게 아니야. 내가 정말 하고 싶은 거 따로 있어. 그게 뭔지 모르지. 공부하고 전혀 관계없어. 공부는 엄마 마음에 들려고 억지로 한 거야."

아들의 말을 듣고 있는 동안 차은희는 눈물이 왈칵 쏟아질 것만 같았다.

"엄마, 모르지. 중학교 1학년 때까지 애들한테 따돌림당하고. 허구한 날 삥셔틀 당하고, 엄마가 준 용돈으로 걔들한테 떡볶이 사 주고, 피시방 가서 대신 돈 내주며 지낸 거."

"…."

차은희는 '미안해 수현아.' 하고 말하고 싶었지만, 화가 난 아들이 진정되기만 기다렸다. 듣기도 싫었다. 그런데 이 정도까지였는지 정말 몰랐다. 부족한 엄마였지만 자신의 처지에서 할 수 있는 건 아들에게 다 해 주었다고 생각했다. 다만, 아들이 모든 걸 이해해 줄 거라고 믿고 있었다.

"수현아, 엄마도 좀 얘기하자."

"무슨 얘기? 할 얘기 다 했잖아. 맞아, 엄마 말대로 불륜 아니야. 그러니 하고 싶은 사랑, 실컷 하라고. 이제야 알 것 같아. 엄마가 네게 관심이 없었던 이유를. 엄마, 지금 이해해 달라 말하고 싶은 거잖아."

"…."

"아들이 학교에서 왕따당하는 것도 모르고, 엄마는 엄마 인생만을 위해 산 거야. 나한테 사랑이란 게 없었던 거야. 그래도 이만큼 키워준 거 고맙게 생각해야지."

녀석의 빈정거리는 말투에 속이 상했지만, 차은희는 꾹 참았다. 그러면서 말이 끝나면 차분하게 말해야지 생각하고 있는데 아들이 벌떡 일어나 방으로 들어간다. 문 닫는 소리가 '쾅.' 하고 거실에 울렸다. 심란한 마음으로 일어난 차은희가 식탁만 대충 치우고 안방으로 들어갔다. 잠이 오지 않았다. 냉정하게 보면 아들에게 무관심했다. 그러나 자신이 이기적인 삶을 살지 않았다. 아들이 사춘기라 그럴 거라고 하는 생각만 든다.

***

새벽까지 뒤척이다 잠깐 잔 것 같은데 핸드폰 알람이 울렸다. 무거운 몸을 추스르며 침대에서 빠져나왔다. 설거지하기 전 전기밥솥 스위치부터 누른 후 아들 방문을 살짝 열어보았다. 이불을 뒤집어쓴 채 자고 있다. 아들에게 미안한 생각이 들었다. 다시 문을 닫고 주방에 와 설거지를 한 후 커피포트에 물을 부어 코드를 꽂았다. 부글부글 물 끓는 소리가 적막한 공간을 울려댄다.

원두커피 한 잔을 내려받아 식탁 한쪽 의자에 앉았다. 짙은 커피 향을 차은희의 영혼을 어루만지듯 코로 들어왔다. 지난날 치열하게 살아온 덕에 사회생활은 승자였다. 하지만 사랑만은 아니다. 이번만은 패자로 남고 싶지 않다. 아들 문제만 해결하면 된다. 어떻게 설득해야 오해가 풀릴까. 마음만 답답하다.

그때 수현이가 일어나 거실 샤워실로 들어갔다. 그녀가 냉장고에서 밑반찬을 꺼내 식탁에 놓은 다음 아들이 좋아하는 LA갈비를 오븐에 데웠다. 전기밥솥을 열고 밥을 푼 다음 국과 같이 놓고 마지막으로 탕수육을 꺼내 놓았다.

세면을 마친 아들이 식탁으로 바로 오지 않고 방으로 들어갔다. 잠시 뒤 교복으로 갈아입고 아들이 가방을 들고나왔다. 식탁으로 올 줄 알았던 녀석이 바로 현관문을 열고 나간다. “수현아! 밥 먹고 가야지.” 하며 따라 나갔다. 엄마를 쳐다보지도 않고 “됐거든.” 한마디만 남기고 엘리베이터 안으로 아들이 사라졌다.

월요일 아침. 출근해서도 일이 손에 잡히지 않았다. 부서장 회의를 주재하고 한 주간 업무를 대충 챙겼다. 회의를 마치고 상무실로 들어와 미결사항을 하나하나 확인한 후 잠시 눈을 감았다. 오전 내내 알 수 없는 불안과 초조가 차은희를 괴롭혔다. 수현이가 꼭 뭔가 사고를 칠 것만 같은 불길한 예감이 든다. 그께 노크하는 소리와 함께 문이 열렸다. 김 부장이었다.

“상무님! 식사하러 가시죠?”

“먼저들 하세요. 속이 좀 안 좋아서.”

책상 서랍에서 통장을 꺼냈다. 매월 전 남편이 보내온 양육비가 찍힌 통장이다. 그간 단 한 푼도 찾지 않았다. 지난달까지 찍힌 걸 보니 1억 5천만 원이 넘는다. 참 세월이 많이 흘렀다. 아들을 결혼시킬 때 아파트라도 얻어 주려고 한 푼도 쓰지 않았다. 그때가 빨리 왔으면 좋으련만….

책상 위 컴퓨터 옆에 놓인 핸드폰이 울렸다. 모르는 전화번호다.

“차은희입니다.”

"수현이 어머니 되시죠?"

"네. 그런데요."

"수현이 담임입니다."

"아~, 네. 안녕하세요. 선생님."

"어머니, 드릴 말씀이 있습니다."

"네. 선생님."

"수현이가 오늘 자퇴서를 쓰겠다고 찾아왔었거든요. 왜 그러느냐 물었더니 대답은 안 하고, 그냥 막무가내로 그만둘 거라는 거예요. 안 된다고 하니까 버럭 화를 내며 교무실을 나가더라고요. 그래서 혹시 무슨 일이 있었나 싶어…."

"죄송해요, 선생님. 어제 저랑 좀 다투었거든요."

"수현이가 워낙 내성적인 성격이라 다른 애들과 잘 안 어울려 평소에도 많이 신경 많이 쓰고 있습니다. 다행히 공부를 잘해 말썽 피우는 애들이 건드리지는 않죠. 너무 걱정하지 마시고, 잘 좀 달래주셨으면 합니다."

"잘 알겠습니다, 선생님."

차은희는 그간의 사정을 대표이사에게 보고하고 한 시간 일찍 퇴근해 집에 왔다. 아들과 저녁을 같이 먹으려고 서둘러 준비했다. 그런데 올 시간이 지나도 수현이가 오지 않는다. 알 수 없는 불안한 마음이 스친다. 어떻게 된 건지 궁금해서 전화를 해봐도 받지 않고 카톡을 보내도 연락이 없다. 결국 뜬눈으로 밤을 보내야만 했다. 그녀의 머릿속에 천둥 번개가 치며 먹구름이 몰려오기 시작한다.

***

학교 선생님과 상의해 인근 경찰서에 가출 신고를 했다. 같은 반 학생들과 방과 후 학교 주변 피시방부터 갈 만한 곳은 다 찾아봤다. 학교를 중심으로 수현이 컬러사진과 신체적 특징이 인쇄된 전단도 만들어 돌리고, 어릴 때 외할머니 품에서 자라다시피 한 애라 외갓집에 갔을지도 모른다는 생각에 해운대 집에 전화도 해보았다. 친정엄마는 네 아버지 아시면 화낼 게 분명하니 얼른 전화를 끊으라 했다. 하지만 친정엄마는 어찌 된 일이냐고 다시 큰딸에게 전화했다.

윤민수도 아들을 믿고 기다려 보자고 했다. 그녀는 마음을 일찍 열었어야 했다고 대답했다. 엄마를 닮았으면 절대 나쁜 일은 저지르지 않을 것이라 위로하자 차은희는 윤민수에게 자신을 버리면 안 된다고 울먹였다. 윤민수가 절대 그런 일은 없을 것이라 말한 후 차은희를 다독인 후 전화를 끊었다.

또 하룻밤이 저물었다. 경찰은 도대체 무엇을 하는지 모르겠다. 애 하나 찾는 게 뭐가 그리 어려운 일인가. 찾기나 하긴 하는 건가. 아니면 찾는 척만 하면서 세금만 축내는 건가. 그녀가 담당 경찰에 전화하면 나름대로 관할구역을 돌며 탐문 수사를 하고 있으니 기다려 보자는 말만 녹음기처럼 되풀이했다.

벌써 7일째다. 하루하루가 지옥 같다. 금방이라도 현관문을 열고 아들이 들어올 것만 같은데 적막감만 맴도는 아파트다. 달빛 없는 밤 사막 한가운데 길을 잃고 홀로 선 것처럼 절망의 늪으로 빠져드는 느낌이 든다. 차은희는 울먹였다. '수현아! 어디서 어떻게 지내고 있는 거야. 제발 돌아와. 엄마 미칠 것만 같아.'

30년산 Balvenie를 꺼냈다. 힘들고 외로울 때마다 아들이 몰래 늦은 밤 마음 달래며 한 잔씩 마시던 술이다. 위스키 잔에 얼음을 세 조각을 넣어 술을 따랐다. 한 모금 넘기니 위스키 특유의 엿기름 향이 입안에 퍼지면서 식도를 타고 내려가자 금방 술기운이 확 오른다. '아, 하늘도 무심하지, 내 인생이 뭐가 잘못된 걸까.'

얼마 동안 식탁에 엎드려 잠이 든 것 같은데 핸드폰 소리가 몇 번 들리는 것 같더니 끊어졌다. 그 소리에 차은희가 눈을 떴다. 다시 핸드폰 소리가 났다. 두리번거리며 찾아보니 아일랜드 식탁 위였다. 발신자 표시가 없는 전화번호다. '누구지?' 하며 받았다.

"여보세요."

"밤늦게 죄송한데요. 수현이 학원 친구 서혜진이라고 합니다."

앳된 여자아이 목소리였다.

"학원 친구요?"

"네. 오디션 학원에 같이 다니거든요."

"우리 수현이 어디 있는지 아세요?"

"네."

정신이 번쩍 들었다.

"지금 어, 어디 있죠?"

"합숙소에 있어요."

"합숙소요?"

"얼마 전에 수현이가 S 엔터테인먼트 아이돌 오디션에 합격했거든요."

"그걸 어떻게 알고 있죠?"

"저랑 같이 봤는데 수현이는 붙고 저는 떨어졌거든요"

"아~ 아, 그래요."

"그때 수현이가 그랬어요. 자퇴하고 합숙소에 들어간다고."

"…"

'자퇴'라는 말에 수현이 담임선생님이 떠올랐다.

"그런데 오늘 오후 경찰들이 오디션 학원 근처에서 수현이 사진을 보여주며 찾더라고요. 무서워서 일단 모른다고 하고, 수현이한테 찾아가 무슨 일 있냐고 물어봤더니 집을 나왔다면서 합숙소에서 지낼 거래요."

"…"

"엄마가 많이 걱정할 텐데 했더니, 가만있다가 그냥 저한테 전화만 해 달라고 해서 하는 거예요."

"고마워요. 수현 학생."

"그럼, 안녕히 계세요."

"…."

"자, 자, 잠깐 만요."

김용훈

청주시 1인 1책 펴내기 활동. 장편소설 『별을 죽인 달』, 단편소설 『살구』

충북소설가협회
회원 주소록

박희팔 010-5324-3780, palwu@hanmail.net

(27734) 충북 음성군 맹동면 덕금로 2-65

안수길 010-8344-3135, kwonsw77@hanmail.net

(28701) 충북 청주시 서원구 청남로 2005번길 45 우성2차A 201동 306호

강준희 010-2669-3737, joonhee37@hanmail.net

(27355) 충북 충주시 번영대로 48 연수동 세원A 103동 1010호

지용옥 010-5463-0463, jiok99@hanmail.net

(28009) 충북 괴산군 장연면 미선로 추점5길 44-58

전영학 010-5468-0191, ayou704@hanmail.net

(28604) 충북 청주시 흥덕구 신율로 86번길 20

문상오 010-5460-6678, munsango36@gmail.com

(27000) 충북 단양군 적성면 적성로 174-54

김창식 010-4812-7793 dmr818@naver.com

(30124) 세종특별자치시 다정중앙로 77 다온마을6단지 602동 1003호

강순희 010-2319-1052, kang5704@hanmail.net

(27347) 충북 충주시 연수상가 1길 13 행복한 우동가게

이귀란 010-5511-4179, dlrnlfks77@naver.com

(28193) 충북 청주시 상당구 낭성면 호정전하울길 150

김미정 010-5492-3722, mj4571@naver.com

(28804) 청주시 서원구 1순환로 1137-130, 분평주공A 322동 105호

오계자 010-8992-4567, okj0609@hanmail.net

(28939) 충북 보은군 보은읍 어암길 19-5

정순택　010-2465-0376, jungstaek@hanmail.net
(28129) 충북 청주시 청원구 오창읍 복현3길 16 재원A 101동 402동

김홍숙　010-6343-3763, sanjigi1004@hanmail.net
(28471) 충북 청주시 흥덕구 흥덕로 88번길 5-12

이종태　010-5232-6894, mist558755@hanmail.net
(27348) 충북 충주시 국원대로 166 임광A 106동 1004호

이규정　010-8431-7933, jung57846@hanmail.net
(28415) 충북 청주시 흥덕구 진재로 67 세원느티마을 A 105동 501호

이영희　010-3498-4925, nandasin1206@hanmail.com
(28692) 충북 청주시 서원구 매봉로 26-1 계룡리슈빌A 102동 704호

박희본　010-9132-5789, esder0416@naver.com
(28413) 충북 청주시 흥덕구 서경로 16번길 3, 203호 이룸영어

정진문　010-3521-2353, jungsjin2000@naver.com
(28594) 충북 청주시 흥덕구 사직대로 30번길 15호 3층

이강홍　010-4461-6263, lkhongkr@hanmail.net
(28150) 충북 청주시 청원구 내수읍 도원세교로 63 203동 302호

한옥례　010-4409-2002, okhan0703@hanmail.net
(27830) 충북 진천군 진천읍 문화6안길 7

김용훈　010-3757-9912, james9911@hanmail.net
(28582) 충북 청주시 흥덕구 대신로 74번길 21 금호어울림A 210동 1301호